Verraten

Irmgard Braun klettert seit mehr als 30 Jahren in den Bergen, im Klettergarten und in der Halle und ist eine echte Insiderin der Kletterszene.

In den achtziger Jahren waren ihre Klettereien für eine Frau eher ungewöhnlich: Sie machte Erstbegehungen im Oberen Donautal und stieg namhafte alpine Routen vor. Später kletterte sie erfolgreich in Wettkämpfen und wurde Mitglied der deutschen Sportkletter-Nationalmannschaft. 2016, mit 64 Jahren, kletterte sie Routen bis 9– und 8+/9– on sight.

Ihre Begeisterung fürs Schreiben entdeckte die ehemalige Gymnasiallehrerin als Redakteurin beim Alpin-Magazin und später beim Süddeutschen Verlag Medien-Service. Sie veröffentlichte zahlreiche Artikel nicht nur übers Klettern und schrieb das Sachbuch „Klettern – aber sicher". In der Bergkrimi-Reihe des Bergverlags Rother erschienen von ihr bisher „Nie wieder tot – Mord am Gardasee", „Mutig aber tot – Mord am Grödner Joch" und „Vermisst – Monika Trautners 1. Fall".

Heute lebt sie als freie Journalistin und Schriftstellerin in München. Ihre Website: www.irmgard-braun.de

Anmerkungen der Autorin

Alle Personen in diesem Krimi sind frei erfunden; wenn sich Bekannte und Freunde porträtiert sehen, so war das nicht meine Absicht.

Die beschriebenen Orte und Klettertouren entsprechen der Realität. So habe ich zum Beispiel die im 1. Kapitel beschriebene „Solleder"-Führe durch die Civetta-Nordwestwand gemacht (ohne Biwak!), und ich war oft in den Tegernseer Bergen unterwegs.

Eine kleine Absurdität: Beim Anstieg zum Galaun habe ich tatsächlich einen Baum mit pinker Aufschrift „Gefahr" entdeckt. Das war im Herbst 2015, die Geschichte spielt 2015/16.

Ich habe versucht, auch für Nichtkletterer zu schreiben. Sollten gelegentlich Fachausdrücke oder Kletterer-Slang vorkommen, so hoffe ich, dass sie aus dem Zusammenhang heraus verständlich sind.

Bergsteiger genießen Sonnenaufgänge und
-untergänge in blendend lichten Höhen,
sie haben Erlebnisse, die anderen versagt bleiben.
Was zählt, ist der Augenblick.
Das Leben ist viel mehr als essen, kämpfen,
eine mächtige Position erreichen.

Willi Bauer

1. KAPITEL

Die „Solleder"-Führe durch die über einen Kilometer hohe Civetta-Nordwestwand galt als Prüfung für harte Alpinisten. Nun war Oliver mittendrin. Gestrandet in einer wilden Landschaft aus Schluchten, Pfeilern, mit Schutt bedeckten Absätzen und Mauern aus gelbem, splittrigem Fels.

Er blickte nach oben, alle Muskeln gespannt, bereit zu reagieren, wenn Dora stürzte. Sie schob sich einen von Überhängen flankierten Wandstreifen empor, der an eine hochkant gestellte Schotterstraße erinnerte.

Ein Aufschrei. „Stein!"

Oliver zog den Kopf ein. Ein Hagelschauer von Geschossen prasselte auf seinen Helm, ein Brocken von der Größe eines Fußballs pfiff an seiner Schulter vorbei in die Tiefe. Es polterte und krachte, in der Luft hing der Geruch von Schwefel.

„He, Dora! Warum wirfst du Griffe runter? Brauchst du die nicht?"

„Die waren vom TÜV nicht mehr zugelassen!"

Galgenhumor. Das war immer noch besser, als sich vor Angst in die Hose zu machen. Sie hatten sich verstiegen; die Originalroute von Solleder war wohl irgendwo weiter rechts. Olivers Sicherung bestand aus einem schlecht sitzenden Klemmkeil und einem rostzerfressenen Haken, an dem eine ausgefranste Seilschlinge baumelte. Vor langer Zeit hatten sich hier andere verirrte Kletterer abgeseilt. Einen neuen Haken zu schlagen war unmöglich, und der alte würde wahrscheinlich ausbrechen, wenn Oliver ihn mit seinen 82 Kilo belastete.

Abseilen war also nicht drin. Ihnen blieb nur die Flucht nach oben – Augen auf und durch.

Dora kroch höher, ihr in roten Hosen steckender Hintern wurde immer kleiner. Nach einem Steilaufschwung konnte Oliver nicht mehr sehen, was sie dort oben trieb. Das Seil lief durch keine einzige Zwischensicherung und schwang frei in der Luft. Wenn Dora fiel, würde sie an Olivers Standplatz vorbeifliegen, zwanzig Meter hinab in den Abgrund tauchen, bis das Seil sich straffte – ein gewaltiger Ruck, Haken und Keil würden ausbrechen – und dann … zwei Körper, die schreiend in die Tiefe stürzten, auf Absätzen aufschlugen, in schwarze Schluchten hinabgeschleudert wurden.

Das Seil glitt Zentimeter um Zentimeter durch Olivers Sicherungskarabiner, ein Zeichen, dass Dora Schwierigkeiten hatte. Und jetzt – Stillstand. Was war los da oben? Warum kam sie nicht mehr weiter? Mein Gott, Dora, pass bloß auf! Nicht fallen, bitte, bitte! Ich will nicht sterben!

„Stand!“

Der Ruf war eine Erlösung. Ein tiefer Atemzug, ein warmes Aufwallen.

Olivers Lebenszeit hatte sich um mindestens eine Viertelstunde verlängert. Im Nachstieg konnte ihm nichts passieren – es sei denn, Doras Standplatz taugte überhaupt nichts.

Quatsch. Es waren noch etwa zehn Meter Seil übrig. Sie hatte irgendeine brauchbare Sicherung, sonst wäre sie noch ein Stück weiter hinaufgestiegen, um etwas Besseres zu finden.

Das Seil, das von Olivers Standplatz herabhing, wurde kürzer und kürzer, während Dora es einholte. Dann spannte es sich.

„Seil aus!“, schrie Oliver.

„Nachkommen!“

Oliver hängte den Klemmkeil an seinen Gurt, klinkte den Karabiner aus dem Haken und kletterte den Wandstreifen aus zusammengebackenem Schotter empor. Nie an den Griffen ziehen, nur stützen, die Füße sanft setzen ... Dann eine mit Steinchen gefüllte Rinne. Er trat einen Schwall los, sie rauschten wie ein Wasserfall in die Tiefe.

Schlimmer konnte es nicht mehr werden. Und dann ... Ungläubig blickte Oliver eine doppelt mannshohe Wandstufe empor, die aus aufgeschichteten Butterkeksen zu bestehen schien. Er berührte einen der Kekse, die Kante bröckelte weg, der Rest hielt, er stellte sich auf höhere Tritte, unter seinen Füßen knirschte es. Höher – noch höher steigen – in Zeitlupe. Olivers Atem ging stoßweise, die Griffchen zerbröselten am

Rand zu feinem Sand, der in seine Augen rieselte und ihn blinzeln ließ.

Endlich. Er wälzte sich auf einen mit Geröll bedeckten Absatz, wischte sich den Dreck aus den Augen und erblickte Dora am Standplatz, nur drei Meter von ihm entfernt. Ihre krausen Haare klebten platt an ihrer Stirn, ihr Gesicht war gerötet.

Oliver stemmte sich vollends hoch, krabbelte zu ihr hinüber und klinkte seinen Karabiner in eine raffinierte Konstruktion aus Schlingen und Klemmkeilen, die einigermaßen zuverlässig wirkte.

„Das vorzusteigen war eine super Leistung, Dora." Er umarmte sie. „Wenn es in dieser Wand Pferde zu stehlen gäbe, wärst du die allerbeste Partnerin."

Sie stieß einen seltsamen Laut aus, einen Schluchzer zwischen Erschöpfung und Erleichterung. „Ich habe mich so gefürchtet, dass ich beim Klettern geheult habe."

Sie pflückte Klemmkeile und Karabiner von ihrem Gurt und gab sie an Oliver weiter. „So, und jetzt red nicht herum und mach, dass du weiterkommst. Und den Kamin mit dem Tröpferlbad, den steigst du dann vor."

„Tröpferlbad? Den Ausdruck kenne ich nicht."

„So hießen früher in München die öffentlichen Bäder und Duschen fürs einfache Volk."

***

Durch den Wasserfallkamin schoss ein Bach. Dora beobachtete Oliver, der fast im Spagat die trockenen Schluchtwände ganz außen hinaufspreizte, eine heikle Kletterei, bei der er keine Sicherungen legen konnte. Würde er sich weiter innen hinaufstemmen, würde er nass bis auf die Unterhose, und das wäre bei einem Biwak höchst unangenehm. Jetzt war es schon später Nachmittag, und sie hatten erst zwei Drittel der Wand durchstiegen.

Ein Biwak. Dora seufzte. Vielleicht würden sie sich aneinanderkuscheln. Mehr war sowieso nicht drin. Ihre Figur war stämmig, ihr Gesicht unattraktiv, und sie war zehn Jahre älter als Oliver. Er hatte eine bildhübsche Freundin … Dora war nur ein guter Kumpel für ihn, damit musste sie sich abfinden. Sie sollte sich lieber darauf konzentrieren, den Weg durch diese Riesenwand zu finden, statt unmöglichen Träumereien nachzuhängen.

Das Gelände war unübersichtlich, aber nicht allzu schwierig. Zweimal gerieten sie in Sackgassen und mussten wieder zurückklettern.

Die Wandflucht über ihnen verschwamm in Schatten, in einer halben Stunde würde es dunkel sein. Endlich stellte Oliver die entscheidende Frage. „Sollen wir biwakieren?"

„Logo. Sonst verlaufen wir uns nochmal."

Am Beginn einer Schlucht fanden sie einen mit Geröll gefüllten Felskessel, der so groß war wie ein Zimmer. Dort konnten sie sich zum Schlafen ausstrecken, ohne sich anseilen zu müssen. Es war windstill und nicht sehr kalt, obwohl sie sich auf etwa dreitausend Meter Höhe befanden; im Tal stöhnten die Leute seit Tagen unter der Hitze.

„Ein perfekter Platz für uns", sagte Oliver und schaute Dora an. Ihr Herz begann heftig zu klopfen. Wie hatte er das gemeint? Bestimmt nicht so, wie sie es sich wünschte …

Sie nahmen die Helme ab, schlüpften aus ihren Gurten. Dora musste pinkeln. Sie hockte sich am Rand des Lagerplatzes hin und bat Oliver, wegzuschauen. Er wandte sich von ihr ab und räumte ein paar größere Steine zur Seite, um ihre Schlafstelle einzuebnen. „Manchmal bin ich froh, dass ich keine Frau bin", sagte er. „In der Wand kann das echt unpraktisch sein."

Dora grinste. „Ich finde es auch gut, dass du ein Mann bist." War das zu direkt gewesen? Ach was. Oliver verstand schon, dass es witzig gemeint war.

Sie legten die Rucksäcke und Seile auf den Boden und breiteten den Biwaksack darüber. Dora kroch so weit hinein, dass die Plastikhülle bis zu ihrer Brust reichte und ihre Arme frei waren, dann drehte sie sich auf den Rücken. Oliver folgte ihrem Beispiel. Sie spürte seinen warmen Körper an ihrer Seite, er roch nach Schweiß und feuchten Socken, aber das störte Dora kein bisschen.

Dieser Augenblick war vollkommen. Sie war Oliver ganz nah, und ihr Kopf lag etwas erhöht auf dem Rucksack, so dass sie in die weite Landschaft hinausblicken konnte. Die Abendsonne übergoss die Gipfel mit goldenem Licht, und aus den Tälern stiegen die Schatten immer höher hinauf. Als die letzten Spitzen verglommen, wurden die Berge zu einem schwarzen Scherenschnitt vor einem Himmel aus flammendem Orange. Darin schwammen dunkle Wolkenbäusche, deren Unterseiten rot glühten. Am Rand des Kars unterhalb der Wand blitzte das Licht der Tissi-Hütte, das Dorf Alleghe war ein gelblicher Schimmer in der Tiefe.

Dora wies auf den alle anderen Berge überragenden Gipfelstock der Marmolada, der auf einer Seite verblüffend steil abbrach. „In der ‚Vinatzer' soll die Kletterei richtig gut sein. Da könnten wir nächste Woche hin, wenn das Wetter so bleibt."

Oliver seufzte. „Ich glaube nicht, dass ich dann Zeit habe. Der neue Job, du weißt schon."

Dora stiegen Tränen in die Augen. Bald würde sie nicht mehr mit ihm unterwegs sein. Ihn nur noch zusammen mit Nicole bei Festen sehen, lachend mit den Kindern, die sie irgendwann haben würden. Fern, so fern.

Sie schwiegen und schauten.

Das orangefarbene Licht hinter den Bergen verblasste zu mattem Rot und dann zu einem violetten Streifen vor einem nachtblauen Himmel, in dem Sterne aufgingen.

Kein Laut drang vom Tal herauf. Gelegentlich klickerte irgendwo ein Steinchen.

„Dora." Olivers Stimme war nur ein Flüstern, als wolle er die große Stille hier oben nicht stören. „In meinem Leben war ich fast immer auf einer vorgegebenen, super abgesicherten Route. Von morgens bis abends in einem Zimmer hocken, Bürokram erledigen, Smalltalk. Das ist alles so – flach. Ich würde viel lieber nur noch reisen, klettern, Berge besteigen."

„Warum seilst du dich nicht ab und tust, was dir Spaß macht?"

„Meine Mutter platzt vor Stolz, dass ich Geschäftsführer werde, und Papa wollte immer, dass ich Karriere mache und nicht von seinem Geld lebe.“

„Dein Vater ist tot. Unter der Erde sieht man das mit der Karriere bestimmt nicht mehr so eng. Und deine Mutter wird es überleben.“

Oliver antwortete nicht.

Das Schweigen hing schwer zwischen ihnen. Hatte Dora etwas Falsches gesagt?

Plötzlich drehte Oliver sich zu ihr hin und legte einen Arm um ihre Schulter. Die Berührung rann wie Feuer durch ihren Körper, ihr Atem ging schneller. Sie wollte sich an ihn schmiegen, ganz eng… Nein! Das war nur eine freundschaftliche Geste gewesen. Sie musste sich beherrschen, sonst würde er ihr erklären, dass da nichts lief, weil sie für ihn als Frau uninteressant war. Und diese Wahrheit zu hören wäre unerträglich.

„Wir hätten heute sterben können“, sagte er leise.

Seine Hand löste sich von ihrer Schulter, streichelte ihren Hals. Ein Zittern lief über Doras Haut. Olivers Gesicht neigte sich über sie, sein Atem traf ihre Lippen. Er küsste sie sanft. Dora presste sich an ihn, in ihr flutende Wärme, ein süßes Ziehen im Bauch. Es war ihr egal, dass er sie nicht liebte, es war ihr egal, was kommen würde, wie schrecklich es sein würde, wenn er zu Nicole zurückkehrte. Einmal, wenigstens einmal wollte sie ihn haben.

2. KAPITEL

Helmut blickte missmutig in seine leere Tasse und schluckte die trockenen Kuchenkrümel hinunter. Natürlich gab es nicht genug Kaffee, wie immer am Morgen nach einem Fest, bei dem viele Leute übernachteten.

Miserable Organisation, das war typisch für Oliver. Das Wochenendhaus mit Blick auf den Tegernsee hatte zwar eine schöne Aussicht, aber zu wenige Schlafplätze und keine vernünftige Küche für ein Dutzend Gäste.

Hätte man Helmut gefragt, er hätte Oliver nie zum Geschäftsführer von Outdoorfun ernannt. Er hatte ihm ja nicht einmal beibringen können, eine Gebirgstour vernünftig zu planen. Aber beim Klettern hatte der Junge Talent. Es hatte nur zwei Jahre gedauert, dann hatte er seinen Lehrmeister überflügelt – was eine harte Probe ihrer Freundschaft gewesen war.

Wo blieb Oliver nur? Halb zehn. Eigentlich müsste er sich jetzt um seine Gäste kümmern. Und den Kaffee. Dora hatte das nicht im Griff, sie klapperte schon seit einer Viertelstunde in der Küche herum.

Ein Pärchen kuschelte noch in der Sofaecke, ein langhaariger Typ lag mit Isomatte und Schlafsack auf dem Teppich und schnarchte. Helmut gähnte und musterte die verpennten Gestalten am Frühstückstisch. Er hatte die meisten Namen gleich nach der Vorstellung gestern Abend wieder vergessen, aber David war ihm aufgefallen. Mit seinem dunkelblauen Jackett, dem Spitzbart und der schwarzen Hornbrille passte er nicht in Olivers Freundeskreis, der fast nur aus Kletterern bestand. Und wie hieß der Kerl ihm gegenüber noch mal? Ach ja, Mike. Was für ein Kontrast zu David. Er trug ein schmuddeliges Leibchen, seine Bizepse hatten den Umfang von Davids Oberschenkeln, und er stank nach Rauch.

David lächelte ihn freundlich an. „Aber Mike, ein ärmelloses T-Shirt passt nicht zum Image von Outdoorfun, das sieht so ungepflegt aus.“

„Schmarrn. Ihr Marketingfuzzis habt eben keine Ahnung vom Klettern. Die Dinger mit Ärmeln sind viel zu warm, wenn man nicht gerade im Winter bouldert. Bevor ich so ein Teil anziehe, gehe ich lieber gleich oben ohne. Den Mädels gefällt das eh besser.“

„Vielleicht wäre eine Umfrage bei unserer Zielgruppe in der Kletterszene sinnvoll“, sagte David versöhnlich.

Mike fuhr sich durch die blonde Haartolle, die ein Auge und die Hälfte seines sommersprossigen Bubengesichts verdeckte. „Und diese Scheißgurte, die beim Gehen die Eier einklemmen, brettlhart sind und im Rucksack total sperrig, die hat wohl nie irgendjemand vorher getestet. Wird Zeit, dass Oliver ans Ruder kommt, der ist ein echter Insider und weiß, was Kletterer brauchen.“

David nickte eifrig. „Ja, dass er jetzt Geschäftsführer wird, ist eine zukunftsweisende Entscheidung für die Firma. Und er ist ein sehr umgänglicher Mensch – im Gegensatz zu einigen seiner Mitarbeiter.“

Dora marschierte – leider kaffeelos – an den Tisch, zog einen Stuhl neben Mike heran und setzte sich so schwungvoll darauf, dass die geschnitzte Lehne knackte. Sie hatte dunkles Kraushaar und Fältchen um Mund und Augen, die zeigten, dass sie viel Sonne und Wind abbekommen hatte. Obwohl sie Mitte vierzig war und allein lebte, schien sie sich keine Mühe zu geben, einen Ehemann oder Liebhaber zu finden; sie war kein bisschen kokett und trug weite, zufällig zusammengewürfelte Kleidung.

„Ich habe keinen Kaffeefilter gefunden“, sagte sie. „Egal. Ich habe Hunger.“ Sie säbelte eine dicke Scheibe Marmorkuchen ab. „He, Mike, warum guckst du so grimmig?“

„Es ist Morgen.“

Da hatte er recht. Und das ohne Kaffee.

„Wo steckt Oliver eigentlich?“, fragte Helmut.

„Er schläft im Schuppen“, erwiderte Mike. „Ich wecke ihn auf und bringe gleich noch eine Kiste Edelstoff mit.“ Er ging hinaus.

Eine Weile war es still am Tisch. Helmut lehnte sich zurück und schloss die Augen.

Davids Stimme. „… dass Sie erst gestern aus den Dolomiten zurückgekommen sind, wo Sie eine Route im sechsten Schwierigkeitsgrad bezwungen haben. Meinen Respekt!"

„Ja, die ‚Solleder' war echt hart."

Das war ein interessantes Thema. Helmut straffte sich und hob die Lider. „Die ‚Solleder' habe ich schon vor zwanzig Jahren gemacht", sagte er. „Wie hat sie dir gefallen, Dora?"

„Brüchig, schlecht abzusichern, schwer zu finden. Zum Glück war es nicht kalt beim Biwak."

„Hmmm. Na dann habt ihr ja Spaß gehabt", sagte Helmut.

Dora grinste breit. „Ja."

Ein Schrei. Lang gezogen, schaurig. Als würde ein Alleingänger in der Nordwand der Großen Zinne abstürzen. Helmut fuhr Hitze in die Glieder. Da musste etwas passiert sein!

Dora und David rannten hinaus, die Leute in der Sofaecke schauten verwirrt drein. Die Gestalt auf der Isomatte richtete sich zum Sitzen auf.

Helmut versuchte aufzustehen, seine Beine fühlten sich teigig an. Er stemmte sich an der Tischplatte hoch und stolperte den anderen hinterher, in die Richtung, aus der der Schrei gekommen war, hinaus auf die Terrasse, hinter das Haus, über die Wiese zum Schuppen. Dort standen Dora und David und starrten Mike an, der am Türrahmen lehnte. Sein Gesicht war ohne jede Farbe. „Oliver … er ist …"

Er hielt sich den Magen und krümmte sich, als würde er gleich kotzen.

„Was ist mit ihm?", fragte Dora heiser.

Die Stimme von Mike klang fahl. „Tot. Er ist tot."

Dora schubste ihn zur Seite und stürzte ins Innere des Schuppens, Helmut eilte hinterher und stieß gegen ihren Rücken. Sie war plötzlich stehen geblieben, keuchte auf. Dann ein lang gezogenes Stöhnen. Helmut trat neben sie. Er wagte es kaum, hinzuschauen. Feigling! Tu es! Er atmete tief durch und richtete seine Augen auf den Boden. Helles Licht strömte durch ein Fenster auf eine menschliche Gestalt, die auf dem Rücken lag, alle Glieder von sich gestreckt. Und der Kopf – seltsam weggedreht vom Hals – nein – oh nein!

Helmut wandte sich schnell um, stürzte zur Tür, rammte mit dem Schienbein eine Bierkiste, dann war er draußen in der Sonne. Sein Magen krampfte, er atmete flach und schnell.

Nerven bewahren. Verdammt noch mal, das musste er doch schaffen als Bergsteiger, der schon allerhand erlebt hatte, auch den Tod von Gefährten. Er schluckte, zog das Handy aus der Tasche seiner Joppe und tippte mit flatternden Fingern die 110. Während er sich darauf konzentrierte, eine ordnungsgemäße Meldung zu machen, eilten immer mehr Übernachtungsgäste herbei und bildeten eine Traube am Eingang zum Schuppen, vor dem Dora sich postiert hatte und niemanden hineinließ – was wegen möglicher Spuren sehr vernünftig war. Auf diese Frau war Verlass, sie war ein Ruhepol im Chaos. Die anderen standen dumm da, schluchzten, kreischten, stellten Fragen. „Wirklich? Mit einer Axt?“, „Das gibt’s nicht. Niemand –“, „Wo ist der Verbandskasten?“

Helmut schüttelte den Kopf. „Zu spät.“

3. KAPITEL

Oliver … Rosmarie konnte es noch immer nicht fassen, dass ihr Sohn tot war. Ermordet … von wem? Nein, nein, ihr Bruder konnte es nicht getan haben. Eberhard hatte Rosmarie gegen die Nachbarsbuben verteidigt, sie bei ihrem ersten Liebeskummer in den Arm genommen, sie getröstet, als sie eine Klasse wiederholen musste. Und beim Tod ihres Katers Milky hatte er geweint. Ihr Bruder hatte ein gutes Herz, Rosmarie liebte ihn. Und doch … In ihrem Bauch wand sich etwas Schweres und Heißes. Eberhard hatte ein starkes Motiv. Rosmarie würde nur noch ein paar Monate leben, und weil Oliver nicht mehr da war, würde ihr Bruder erben. Scharf aufs Geld war er schon als Kind gewesen. Hatte Oma mit ihrer niedrigen Rente den Geldbeutel leergeräumt und erklärt, sie wäre gaga und wüsste nicht mehr, dass sie es ausgegeben hatte.

War es doch möglich?

Eberhard mit einer Axt. Rosmarie rang nach Luft, eine schwarze Wand schob sich vor das Bild, nur nicht dahinterschauen. Nur das nicht.

Ach, Oliver …

Rosmarie schlug die Hände vors Gesicht und sank in ihrem Sessel nach vorn. Tränen liefen zwischen ihren Fingern hindurch und tropften auf ihre Knie.

Leer und dunkel und kalt. Allein im Weltraum.

„Kann ich etwas für dich tun, Rosmarie?“

Nicoles freundliche Stimme. Warme Hände auf Rosmaries Schultern, ein feiner Rosenduft.

„Es ist so schwer. Nicole, wenn du nicht wärst …“

„Soll ich dir deine Tabletten bringen? Oder magst du einen Tee?“

„Keine Tabletten, ich habe schon zwei genommen. Aber mach bitte Tee. Frau Trautner müsste bald da sein.“

Nicole nahm ihre Hände von Rosmaries Schultern, ging Richtung Tür und wandte sich noch einmal um. „Ich bin gespannt, wie die so ist. Im Fernsehen hat sie ganz schön taff gewirkt. Ob sie noch immer diese furchtbare Igelfrisur hat? Das ist völlig out, in ihrem Alter ist das doch total daneben. Ein Pagenkopf mit einem warmen Blondton wie bei dir gefällt mir viel besser."

Über Haare und Frisuren konnte Nicole endlos reden, vielleicht, weil ihre Mutter Frisörin war. Doch ihr Geplapper klang unecht, darunter spürte Rosmarie abgrundtiefe Trauer. Sechs Jahre lang hatte Nicole mit Oliver zusammengelebt, und alle Pläne und Träume dieses schönen jungen Paares waren durch den brutalen Mord ausgelöscht worden. Zwei Monate war das jetzt her, und die Polizei hatte noch immer nicht herausgefunden, was an jenem furchtbaren 16. August geschehen war.

Rosmaries Blick fiel auf die Kommode, auf der ihre liebsten Antiquitäten ausgestellt waren: eine Vase von Gallé aus Rauchglas mit einem Muster aus verschlungenen Blättern und eine von zwei Schwänen getragene Schüssel. Wie hatte sie sich gefreut, als sie diese Kostbarkeiten auf einer Auktion erworben hatte!

Jetzt waren sie ihr vollkommen gleichgültig. Nur noch eins war wichtig: dass Olivers Mörder bestraft wurde. Und dass es nicht Eberhard war. Lieber Gott, lass es nicht Eberhard sein!

Nicole kam wieder herein, in der Hand ein Tablett mit Stövchen, zierlichen Teetassen, einer Silberschale mit Plätzchen und After Eight. Die junge Frau war ungeschminkt, um ihre Augen lagen tiefe Schatten.

Nicole war ein Glücksfall für Oliver gewesen. So schön, so sportlich. Sie war sogar mit ihm zum Klettern gegangen. Und es war rührend, wie sie sich jetzt um Rosmarie kümmerte.

Nicole ließ sich auf dem Sofa ihr gegenüber nieder und schlug die Beine übereinander. „Bist du dir echt sicher, dass nicht Mike der Täter war, Rosmarie?"

„Vollkommen sicher. Die Polizisten sind voreingenommen, weil er schon einmal wegen ein paar Prügeleien im Gefängnis war. Mike ist doch noch ein Bub."

„Er ist einundzwanzig", erwiderte Nicole.

„Aber er hat Herz! Sonst hätte er mich nicht besucht und mir Kletterfotos von Oliver geschenkt. Ich habe gespürt, dass er ihn gern gehabt hat, und er hatte ihm ja auch viel zu verdanken. Ach, das war so typisch für meinen Sohn – Freundschaft ging ihm über alles, und weil Mike ein Kamerad beim Klettern war, hat er ihm trotz seiner Vorstrafen einen Job gegeben."

Nicole blickte auf ihre Uhr. „Huch. Ich muss den Tee abgießen."

Sie eilte hinaus.

Bei dem Treffen mit Mike hatte Rosmarie ihm von ihrer Idee erzählt, einen Privatdetektiv einzustellen. Mike war davon begeistert gewesen. Natürlich hoffte er auf einen Beweis seiner Unschuld. Und sein Bewährungshelfer hatte als Ermittlerin Monika Trautner vorgeschlagen, eine laut Bild-Zeitung „kletternde Miss Marple".

***

Monika Trautner fuhr durch Harlaching, eines der teuersten Münchner Wohnviertel, der Stadtplan lag ausgebreitet neben ihr auf dem Sitz; eine alte Bergsteigerin brauchte kein Navi.

Wer in dieser Gegend wohnte, war reich genug, ein renommiertes Detektivbüro zu beauftragen. Vielleicht hatte Rosmarie Baudel sie nur deshalb um ein Gespräch gebeten, weil sie ihre Neugier befriedigen wollte – Moni war in letzter Zeit in den Medien sehr präsent gewesen. Es geschah schließlich nicht alle Tage, dass eine alte Dame ein vermisstes Mädchen fand, ihren Entführer mit einer Pistole bedrohte, ihn an einen Stuhl fesselte und dann der Polizei übergab.

Der Fall, in dem Rosmarie Baudel Hilfe suchte, war etwas ganz anderes: ein brutaler Mord mit einer Axt. Der Täter war vermutlich ein höchst gefährlicher Psychopath. Aber einer, der raffiniert war und sich gut verstellen konnte, sonst hätten ihn die Leute von der Kripo längst geschnappt.

Moni tuckerte langsam über die Straße am Isarhochufer, Jugendstilhäuser versteckten sich hinter hohen Mauern und Hecken. Ah ja, da war schon Nummer 34.

Sie parkte ihren VW Caddy, stieg aus und drückte die Klingel. An einem Erker im ersten Stock bewegte sich ein Vorhang – jemand beobachtete Moni.

Das Gartentor war eine kunstvolle Arbeit aus Schmiedeeisen. Ein Summen ertönte, Moni schob es auf und ging auf die von alten Buchen gerahmte Villa zu.

Über der Haustüre prangte ein bogenförmiges Fresko mit zwei Pfauen. Sie öffnete sich, und eine auffallend schöne junge Frau trat heraus. Ihre großen braunen Augen musterten Moni von Kopf bis Fuß. „Nicole Mitz. Ich freue mich, eine so berühmte Frau wie Sie kennenzulernen.“ Sie lächelte und machte eine einladende Handbewegung.

Dunkelbraune Haare umrahmten ihr blasses Gesicht und wallten herab bis zu ihrer Taille. Ihr schwarzer Rock und die anthrazitfarbene Bluse waren erstklassig geschnitten und ließen ihre zierliche Figur erahnen. Ob sie eine Verwandte von Oliver Baudel war?

Monika folgte ihr in den ersten Stock. „Der Tod ihres Sohnes muss furchtbar sein für Frau Baudel. Wie geht es ihr?“

„Es ist echt total schlimm für sie, aber sie ist sehr tapfer.“

Moni betrat einen Salon, der mit Jugendstilmöbeln aus rötlichem Kirschbaumholz ausgestattet war.

Eine dünne Dame um die siebzig kam ihr entgegen. So hatte sich Moni eine trauernde Mutter nicht vorgestellt: Sie vibrierte vor nervöser Energie. Ihr kinnlanges Haar war perfekt geschnitten, ihre Augen blickten hellwach. Bei der Begrüßung schüttelte sie Moni die Hand und bedankte sich für ihr Kommen, dann wies sie auf einen gedeckten Teetisch. Moni nahm auf einem der Thonetstühle Platz, Rosmarie Baudel und Nicole Mitz setzten sich ihr gegenüber.

„Ich bin keine professionelle Detektivin“, eröffnete Moni das Gespräch. „Bitte erwarten Sie nicht zu viel von mir. Dass ich Susi Gerstmanns Entführer gestellt habe, war zum großen Teil Glück.“

Rosmarie Baudel schüttelte den Kopf. „Sie sind zu bescheiden, ich habe alles über diesen Fall gelesen. Und es ist für die Ermittlungen von Vorteil, dass Sie klettern, genau wie die meisten Leute im Umkreis meines Sohnes. Dadurch werden Sie schnell mit ihnen ins Gespräch kommen und vielleicht mehr erfahren als die Polizei. Natürlich werde ich Ihnen ein angemessenes Honorar zahlen, eine Tagespauschale, Spesen und einen Erfolgsbonus."

Das klang gut. Von Rentnern wurde oft erwartet, dass sie fast umsonst arbeiteten, weil sie angeblich jede Menge Zeit hatten und eine Beschäftigung suchten. Was für Moni nicht zutraf. Ihr war nie langweilig, sie ging drei- bis viermal pro Woche klettern, las viel und reiste gern. Aber etwas fehlte: eine spannende und sinnvolle Aufgabe. Die Idee, Verbrechen aufzuklären, reizte sie sehr. Obwohl es ein blödes Gefühl war, dass sie keine Ahnung von Ermittlungsarbeit hatte.

Rosmarie Baudel schlug eine Tagespauschale von vierhundert Euro vor und ein Erfolgshonorar von zehntausend.

Moni sog scharf die Luft ein. Mit ihrer Rente konnte sie ihren Lebensunterhalt finanzieren, aber nicht den Aufbau eines Detektivbüros. Zehntausend Euro würden als Startkapital reichen. „Einverstanden. Das ist sehr großzügig, Frau Baudel."

Die alte Dame umklammerte mit beiden Händen die Armlehnen ihres Stuhls. „Ich will, dass der Mörder meines Sohnes ..." Ihre Stimme brach.

Nicole legte eine Hand auf ihren Ellbogen. „Das regt dich viel zu sehr auf. Ist es dir recht, Rosmarie, wenn ich erst mal mit Frau Trautner rede?"

„Ja, bitte tu das."

Moni trank einen Schluck Tee. Er war dunkel und roch herb, genau so, wie sie ihn mochte. „Vorher wüsste ich noch gerne, was Sie mit dem Fall zu tun haben, Frau Mitz."

„Sorry. Sie können das ja nicht wissen. Ich bin – war – Olivers Freundin. Bitte nennen Sie mich Nicole. Frau Mitz klingt so alt."

Wenn Nicole das so sah, war sie wohl kein Teenager mehr. Ihr Alter war schwer zu schätzen, aber mit ihrem glatten Gesicht konnte sie nicht viel über dreißig sein.

„Sie können mich gerne Moni nennen. Natürlich habe ich mich informiert, was passiert ist. Wie haben Sie dieses Fest mit dem schrecklichen Ende erlebt?"

Nicole erzählte, das Fest sei super gewesen, total lustig, dann fuhr sie fort: „Gegen halb zwölf bin ich mit Rosmarie zusammen aufgebrochen und habe sie heimgefahren, sie war sehr müde. Am nächsten Morgen hat mich David angerufen – David Husenkamp, der Marketingleiter in Olivers Firma – und hat mir erzählt, dass Oliver ... dass er ..." Nicole schluchzte auf. Sie zupfte ein Tempotaschentuch aus ihrer Rocktasche, wischte sich damit die Augen und steckte es wieder ein. „Und dann sind plötzlich Polizisten vor meiner Tür gestanden. Sie haben versucht mich auszufragen, aber ich habe nur geweint."

„Rücksichtslos, so etwas ist absolut rücksichtslos", sagte Rosmarie Baudel.

„Dann ist so ein Krisen ... äh Krisenmanager oder so ähnlich gekommen und hat gesagt, ich soll mich erst mal erholen von dem Schock."

„Jemand vom Kriseninterventionsteam, vermutlich ein Psychologe", verbesserte Rosmarie Baudel. „Den hätte man schicken sollen, bevor die Polizisten erschienen sind. Aber diese Leute sind unfähig. Sie haben Mike Huber verhaftet und ihn einen Tag später entlassen, weil sie keine Beweise hatten."

Moni verzichtete darauf zu erklären, dass es sich wohl um eine vorläufige Festnahme und keine Verhaftung gehandelt hatte. „Haben Sie jemanden in Verdacht, Frau Baudel?"

Ein Zucken lief über das Gesicht der alten Dame. „Ja. Meinen Bruder." Ihre Stimme schwankte. „Ich habe Krebs und nur noch ein paar Monate zu leben. Und dann erbt Eberhard mein Vermögen."

Moni tat die Frau leid. Krebskrank – und dann noch der quälende Gedanke, dass ihr Bruder ihren Sohn umgebracht hatte.

„Haben Sie außer Ihrem Bruder keine lebenden Verwandten?"

„Nein. Ich ... ich mag Eberhard sehr. Ich kann einfach nicht glauben, dass er so etwas getan hat."

Das klang so, als wolle sie sich selbst davon überzeugen.

Die alte Dame griff sich mit der Zuckerzange ein Stück Würfelzucker und ließ es in ihre Tasse fallen. „Der Kommissar wollte vor allem wissen, ob jemand einen Grund hatte, Oliver zu hassen oder wütend auf ihn zu sein. Er glaubt an eine Tat im Affekt."

Das lag nahe bei einem Mord mit einer Axt.

„Wie war das Verhältnis Ihres Sohnes zu seinem Onkel?"

„Oliver mochte ihn. Er hat ihn sogar als Fotografen für Werbeaktionen in seiner Firma vorgeschlagen."

„Verdient Ihr Bruder gut?"

„Nein, er hat Schulden. Aber ich glaube es einfach nicht, dass er es war! Und ich will, dass Sie das beweisen!"

„Auf dieser Basis können wir nicht zusammenarbeiten", erwiderte Moni. „Ich suche den Täter, egal, was Sie sich erhoffen."

„Ich finde, das ist ganz richtig so", sagte Nicole mit sanfter Stimme.

Rosmarie Baudel seufzte. „Natürlich. Entschuldigen Sie. Wie wollen Sie mit Ihrer Detektivarbeit beginnen?"

„Ich werde mir zuerst den Tatort ansehen", sagte Moni. „Und ich werde Mike Huber fragen, ob er mitkommt. Danach würde ich gerne mit Ihrem Bruder reden."

Rosmarie Baudels Lippen waren ein dünner Strich. „Gut. Nicole, würdest du mit Frau Trautner zum Haus fahren? Und ich rufe Eberhard an und bitte ihn um seine Unterstützung bei Ihren Ermittlungen." Sie hob neckisch den Finger. „Aber passen Sie auf sich auf, Frau Trautner. Er ist ein Kavalier alter Schule und ein Charmeur."

4. KAPITEL

Tegernsee – damit assoziierte Moni bayerisch-volkstümlich und reich. Vermutlich wählten drei Viertel der Leute, die hier wohnten, CSU. Oder war das ein Vorurteil?

Und schön war er, dieser See. Eine tiefblaue Fläche vor Baumgruppen mit goldenem Laub, gerahmt von bewaldeten Hügeln. Dahinter wuchsen blaue Berge empor, deren Gipfel nach dem ersten Schneefall weiß strahlten – das große Leuchten des Herbstes, bevor der Winter kam.

Moni steuerte ihren Caddy durch den Ort Tegernsee, vorbei an den spitzen Doppeltürmen des ehemaligen Klosters, in dem neben einem Gymnasium auch das berühmte Bräustüberl der Tegernseer Brauerei untergebracht war.

Nicole, die neben Moni auf dem Beifahrersitz saß, dirigierte sie am Bahnhof vorbei und die steilen Straßen des Hangs hinauf, der zum Großen Tegernseer Berg gehörte.

„Hier hocken die reichen Säcke und schauen auf den See runter", knurrte Mike vom Rücksitz. „Tolle Villen. Man sollte denen eine Extrasteuer aufbrummen und damit Flüchtlingsheime bauen."

„In Tegernsee haben sie Flüchtlinge in der Turnhalle einquartiert", sagte Nicole. „Die Leute hier sind gar nicht glücklich über die vielen Araber und Afrikaner, die plötzlich in ihrem Paradies herumirren und nichts zu tun haben, weil sie keinen Job annehmen dürfen."

Moni kurvte an Anwesen hinter hohen Mauern vorbei und an einem Lattenzaun entlang, dann parkte sie auf Nicoles Geheiß am Straßenrand. Hinter einer Gruppe Fichten lugte ein Haus aus dunklem Holz hervor, auf dessen Balkon rote Geranien leuchteten.

Das Gartentor war nicht verschlossen. Nicole, Moni und Mike gingen hindurch und folgten einem mit Nadeln bedeckten Pfad unter den Bäumen, bis sie auf eine Wiese hinaustraten. Nun erblickten sie das kleine Haus. Die Eingangstür und die Fensterläden waren grün gestrichen, es sah alt, aber gepflegt aus.

„Olivers Vater war nicht der Typ, der prunkvolle Villen mochte, obwohl er das Geld dazu gehabt hätte“, sagte Nicole. „Der Grund hier muss Millionen wert sein.“

Rosmarie Baudel hatte Moni erzählt, dass ihr Ehemann Alexander vor ein paar Jahren an einem Herzinfarkt gestorben war.

„Das Häuschen gehört also Frau Baudel?“

Nicole nickte. „Sie hat es von ihrem Mann geerbt, der stammte aus einer reichen Familie. Aber sie war selten dort, sie ist ein Stadtmensch. Genutzt haben es vor allem Oliver und ich, wir waren oft am Wochenende hier.“ Ihre Stimme bebte. „Mein Gott. Und jetzt ...“

Sie überquerten die Wiese – eine richtige Wiese mit Breitwegerich und Löwenzahn, kein Rasen – und betraten die geflieste Terrasse unter dem Balkon.

Von hier aus konnte man über Dächer und Gärten auf den Tegernsee hinabschauen. Das dunkle Blau der großen Wasserfläche war ein Ruhepunkt fürs Auge.

Nicole fummelte einen Schlüssel aus ihrer Handtasche. „Gehen wir rein.“

Mike räusperte sich. „Irgendwie ist es ein komisches Gefühl jetzt hier. Am Anfang war es ein nettes Fest. Coole Leute, fast nur Kletterer.“

Nicole führte Moni durchs Haus. Die Küche war winzig, in den zwei Kammern unterm Dach hatten vier Betten Platz und sonst nichts.

Der bei Weitem größte Raum war das Wohnzimmer. Es war schlicht, aber gemütlich eingerichtet: Die Wände waren mit Holz verschalt, den Boden bedeckte ein blauer Teppich. Das einzige Dekorationsstück war eine Skizze von Olaf Gulbransson, die einen dicken Jägersmann zeigte. Neben einem gemauerten Kamin lagen ein paar Holzscheite. Ihm gegenüber war eine Sofaecke eingerichtet, und nahe dem Ausgang standen ein massiver Tisch aus Eiche und sechs Stühle.

Auf einem von ihnen ließ sich Moni nieder und zog ein Notizbuch aus ihrer abgewetzten Ledertasche. „Ich hätte gerne eine Liste mit Namen und Alter der Gäste. Und wer wo übernachtet hat.“

Mike holte sich ein Bier aus der Küche und setzte sich neben Moni, während Nicole die Liste aufstellte.

Moni studierte das Ergebnis: Insgesamt hatten zwölf Personen gefeiert. Nur Rosmarie Baudel und Nicole Mitz waren heimgefahren, neun hatten im Haus geschlafen: fünf auf Isomatten und dem Sofa im Wohnzimmer, vier in den Dachkammern. Und Oliver hatte sich den Schuppen ausgesucht.

„Woher weißt du, wer wo übernachtet hat, Nicole?“, fragte Moni. „Du bist ja nach Hause gefahren.“

„Ich habe das mit unseren Gästen ausgemacht, als sie angekommen sind. Das Haus ist echt klein für so viele Leute. Zum Glück ist das Gewitter erst lange nach Mitternacht losgegangen, und wir konnten auf der Terrasse feiern. Wir hatten dort Bänke und Klapptische aufgestellt.“

„Warum hat Oliver Baudel im Schuppen geschlafen?“

Nicole wickelte eine dunkelbraune Haarsträhne um ihren Finger. „Er hat sich den schlechtesten Platz ausgesucht, weil er der Gastgeber war. Dort ist es staubig, und es riecht nicht gut.“

Mike wischte sich mit dem Handrücken Bierschaum von den Lippen. „Es war klar, dass es irgendwann in der Nacht regnen würde, sonst hätte er sicher im Freien auf einer Isomatte gepennt.“

„Warum hat er sich nicht in den Flur gelegt?“, fragte Moni.

„Dann hätte jeder, der aufs Klo musste, über ihn drübersteigen müssen“, erklärte Nicole. „Aber es wäre ... wäre viel besser gewesen ...“

Plötzlich sprang sie auf und eilte hinaus.

Mike schaute stumm in sein Bierglas. In seinem fast noch kindlichen Gesicht mit dem vollen Mund und den Sommersprossen lag etwas wie Trotz und Abwehr. Sein Outfit war durchschnittlich, Jeans und T-Shirt. Aber irgendetwas an ihm war anders als erwartet bei einem jugendlichen Ex-Knacki ...

Ach ja, er war nicht tätowiert, zumindest nirgends, wo man es sehen konnte.

„Martl hat mir erzählt, dass du ein Jahr Jugendstrafe abgesessen hast“, sagte Moni.

Er blickte auf. Seine Augen waren wasserblau, gerahmt von langen blonden Wimpern. „Stimmt. Der Martl war damals mein Bewährungshelfer. Ein super Typ.“

Moni ging nicht darauf ein. „Wie hast du Oliver eigentlich kennengelernt?“

„Wir waren öfter um die Mittagszeit in der Kletterhalle, ich, weil da nix los ist, und Oliver hat seine Mittagspause zum Trainieren genutzt.“

„Mochtest du ihn?“

„Er hat mir ’nen Job verschafft. War ein prima Kumpel. Wenn ich nur wüsste, wer ihn um die Ecke gebracht hat! Den würde ich mir aufs Brot schmieren.“

„Hast du einen Verdacht?“

„Klar. David. Der wollte Olivers Job als Geschäftsführer und Nicole.“

In diesem Moment kam die junge Frau wieder herein. Ihre Augen waren gerötet. „Tut mir leid“, sagte sie. „Wieder hier zu sein ist einfach furchtbar.“

Moni erklärte ihr, sie werde mit Mike zum Schuppen gehen, und bat sie, Adressen und Telefonnummern in die Gästeliste einzutragen und alles, was ihr sonst noch wichtig erschien.

Nicole nickte und zückte ihr Handy.

Mike führte Moni zur Rückseite des Häuschens und auf einem gepflasterten Weg über eine Wiese, an deren Rand ein Schuppen stand; er war etwa dreißig Meter vom Haus entfernt.

„Weißt du, wann Oliver schlafen gegangen ist?“, fragte Moni.

„So gegen zwei. Da hat uns der Regen von der Terrasse vertrieben.“

„Und wann hast du Oliver tot im Schuppen gefunden?“

Mikes Adamsapfel ruckte, er schluckte mehrmals. „Etwa um halb zehn am nächsten Morgen.“

In der Nähe des Schuppens wucherte Gestrüpp über den primitiven Zaun aus Querlatten, der das gesamte Grundstück umgab. Dahinter erhoben sich die Stämme hoher Buchen. Moni kletterte über den Zaun, ein paar Zweige kratzten sie, aber es war kein Problem. Nur ein sehr unsportlicher oder gebrechlicher Mensch hätte Schwierigkeiten gehabt, darüberzusteigen.

Unter den Bäumen wuchs wenig Unterholz, der Boden war weich und von Laub bedeckt. Wenn der Mörder aus dieser Richtung gekommen war, hatte ihn wohl keiner gesehen. Und wie hoch war das Risiko der Entdeckung gewesen, wenn er vom Haus aus zum Schuppen gegangen war? Keiner der anderen Gäste hatte einen Grund gehabt, sich nach dem Schlafengehen draußen herumzutreiben. Hätte man ihn durch ein Fenster beobachten können?

„Waren die Fensterläden in der Nacht, in der Oliver starb, eigentlich geschlossen?“, fragte Moni.

Mike überlegte. „Ich war zugedröhnt mit Alk, ich habe nicht mitbekommen, ob sie jemand zugemacht hat. Moment, jetzt fällt es mir wieder ein: Dora ist am Morgen durchs Haus gegangen, hat die Läden geöffnet und frische Luft reingelassen.“

Nun standen sie vor der Tür des aus verblichenen Brettern gebauten Schuppens, an dessen Wänden Holz aufgestapelt war. Ein paar Schritte davon entfernt befand sich ein mit Spänen bedeckter Platz mit einem Hackklotz.

Über Monis Rücken krabbelte etwas wie Spinnenbeine.

Eine Axt war nirgends zu sehen.

Logisch. Die Polizei hatte die Tatwaffe mitgenommen. Oder der Mörder.

Mike stand mit hängenden Armen neben Moni; sein Gesicht war käsig.

„Zeige mir bitte, wo du Oliver gefunden hast“, sagte Moni.

Mike straffte sich. „Okay.“ Er stieß die Tür auf und ging hinein.

Moni folgte ihm. Licht flutete durch ein Fenster und erhellte das Innere des Raumes, der vollgestopft war mit Regalen, Kleidersäcken, kaputten Stühlen, Farbeimern und einem Stapel mit Holzscheiten für den Kamin. Gleich neben dem Eingang standen Getränkekisten. Es roch nach ungewaschenen Kleidern, Moder und Staub.

Mike deutete auf eine etwa vier Quadratmeter große freie Bodenfläche in der Nähe des Eingangs. „Hier hat Oliver gelegen."

„Wie?"

„Platt auf dem Rücken auf einer Isomatte. Ohne Schlafsack. Oliver war so ein Typ, der dauernd geschwitzt hat."

„Wie hat das ausgesehen?"

Mike legte sich auf den Boden. Staub wirbelte hoch, Moni musste niesen. Sie blickte auf Mike hinab. Seine Arme und Beine waren lang ausgestreckt, seine Füße zeigten in Richtung der Tür.

Moni stellte sich vor, wie der Täter hereinkam, eine Axt in der Hand, wie er an Oliver vorbei zu seinem Kopf schlich, ausholte und ...

Nein, das funktionierte nicht.

„Verstehst du etwas vom Holzhacken, Mike?"

Er stand wieder auf und klopfte sich den Staub von den Jeans. „Nein!"

„Ich habe die Frage nicht gestellt, weil ich dich verdächtige."

„Warum sonst?"

Moni tat so, als wolle sie mit einer Axt ausholen. „Weil man hier niemanden mit einer Axt erschlagen kann. Eine Axt hat einen langen Stiel, und die Decke ist niedrig. Es muss eine andere Tatwaffe gewesen sein."

„Aber ... aber sein Hals ..." Mikes Stimme zitterte. „Er war – offen. Fast durchgetrennt ..."

„Hast du nur diese eine Verletzung am Hals gesehen?"

„Ja."

Also hatte der Täter genau getroffen. Und nicht in einem blinden Wutanfall auf Oliver eingehackt, mit welcher Waffe auch immer.

Moni packte Mike an den Schultern und bugsierte ihn zur Türe hinaus. Er lehnte sich an die Außenwand des Schuppens.

Tränen liefen ihm über die Wangen. Er versuchte nicht, sie zu verbergen.

Moni wartete. Es hatte keinen Sinn, Mike jetzt weiter zu befragen.

In einem Busch hinter dem Zaun hüpfte ein Rotkehlchen herum. Die Buchen leuchteten. An diesem goldenen Herbsttag war es schwierig, an Mord, Blut und Hass zu glauben.

Aber jemand hatte Oliver Baudel umgebracht. Wie hatte er bei Nacht seinen Hals so genau treffen können? Er musste etwas gesehen haben. Elektrisches Licht gab es nicht im Schuppen. Mit einer Lampe hätte er riskiert, dass sein Opfer wach wurde. Vielleicht hatte das Mond- oder Sternenlicht ausgereicht, das durchs Fenster und die offene Türe fiel. Und das legte nahe, dass die Tat bei klarem Himmel begangen worden war – nach dem Gewitter.

Mike zog die Nase hoch und fuhr sich mit dem Ärmel übers Gesicht. „Ich hab keine posttraumatische Störung oder so was, ich habe schon allerhand gesehen, aber das hier – war echt schlimm.“

„Eine Frage hätte ich noch.“

„Okay.“

„Du hast Olivers Verletzung am Hals gesehen. Ist es möglich, dass er noch geschrien hat?“

„Nein. Glaub ich nicht.“

Das erklärte, warum ihn niemand im Haus gehört hatte.

„Das wärs fürs Erste“, sagte Moni. „Ich würde gerne noch ausführlicher mit dir reden – auch über David –, aber ohne Nicole und nicht so zwischen Tür und Angel. Wann hättest du Zeit?“

„Das ist schwierig. David hat mich rausgeschmissen. Jetzt habe ich ein paar mies bezahlte Jobs, schwarz natürlich. Gartenarbeit, malern, Pizza ausfahren. Ich muss ja von was leben. Ich rufe dich an. Vielleicht können wir uns in der Kletterhalle in Freimann treffen, das ist bei mir um die Ecke.“

5. KAPITEL

Moni bückte sich und zupfte ihr unbekannte grüne Pflänzchen aus dem Beet mit den lila Astern; im Frühjahr hätte sie sich das nicht getraut, weil sie da Gefahr lief, eine erwünschte Pflanze wie etwa den Spross einer Lilie oder Tulpe zu erwischen.

Seit sie in Rente gegangen war, versuchte sie, sich um ihren Garten zu kümmern, und freute sich, wenn dort trotz ihrer laienhaften Bemühungen etwas blühte und gedieh. Konnte sie nicht einfach zufrieden daheimsitzen wie viele andere Leute jenseits der Sechzig, maßvoll Sport treiben und das Leben genießen? Warum bildete sie sich ein, ausgerechnet als Detektivin arbeiten zu müssen? Die Polizei hatte doch viel bessere Möglichkeiten als sie, den Täter zu überführen.

Bestimmt war den Ermittlern die Tatwaffe bekannt.

Alle Medien hatten begeistert den Begriff „Axtmord" verwendet, das klang so schön gruselig. Aber es könnte auch eine andere Waffe gewesen sein – ein Sushi-Messer zum Beispiel –, und die Polizei hatte das nicht korrigiert, weil es Täterwissen betraf.

Moni hatte sich eine Aufgabe gestellt, der sie sich eigentlich nicht gewachsen fühlte. Wie damals im Oberreintal in der „Brych" am Unteren Schüsselkarturm. Da hatte sie noch nie einen Sechser vorgestiegen und kaum Erfahrung im Gebirge gehabt, genauso wenig wie ihre Partnerin.

Das Gefühl am Einstieg war das Schlimmste gewesen. Flauer Magen, flattrige Hände. Aber sie hatte es so sehr gewollt. Und war einfach losgeklettert. Im Notfall hätte sie immer noch abseilen können.

Und jetzt? Was konnte schlimmstenfalls passieren? Dass Rosmarie Baudel ihr Geld zum Fenster hinauswarf. Was peinlich wäre, aber keine Katastrophe.

Und Moni wollte nicht, dass der Täter einfach so davonkam.

Sei ehrlich zu dir. Da ist noch etwas. Du willst es den Jungen zeigen, die Leute über sechzig für scheintot halten.

Was für eine saudämliche Motivation.

Sie packte ein grünes Ungetüm beim Schopf, riss es mit einem Ruck aus dem lockeren Boden und warf es in einen Korb.

Eine halbe Stunde später saß sie mit einer Tasse Kaffee und einem Rippchen Domori-Schokolade am Gartentisch und las in der Alpenvereinszeitschrift „Panorama“, dass zwei Frauen in das siebenköpfige Präsidium gewählt worden waren. Gut so.

Sie konnte sich kaum auf den Text konzentrieren. Der Mordfall rumorte in ihrem Kopf.

Sie holte sich ein Notizbuch und einen Stift und versuchte, ihre Gedanken zu ordnen.

- *Jeder hätte sich dem Schuppen ungesehen nähern können – mit nur geringem Risiko, ertappt zu werden.*
- *Dass jemand zufällig in den Schuppen kam (Landstreicher?) und mordete, wäre höchst unwahrscheinlich.*
- *Der Täter wusste höchstwahrscheinlich, dass sein Opfer im Schuppen schlief. Daraus folgt, dass er einer der Gäste war oder jemand, der diese Information von einem Gast erhalten hatte.*

Moni kaute auf dem Stift herum. Mike … konnte es Mike gewesen sein? Wenn ja, dann war er ein guter Schauspieler.

Dudelidudeli …

Blöde Störung. Monika sprang auf und eilte zur Haustür, um sie zu öffnen.

Ein strahlendes Lächeln, rotblonde Löckchen und ein rosafarbenes, zerfurchtes Gesicht: Elsbeth. Mit einem kleinen Karton mit lila Schleife in der Hand.

Moni umarmte sie. „Grüß dich, Elsbeth. Magst du auch einen Kaffee?“

Die Stimme ihrer Freundin schallte durch den Flur. „Kennst mi doch.“ Sie hielt ihr das Päckchen hin. „I hab dir ein paar Pralinen mitbracht. Marke Eigenbau. Sonst fallst noch vom Fleisch. Für alte Leut is es gsünder, wenn sie a bissl was auf de Rippen haben.“

Elsbeth schnappte sich eine große Tasse aus dem Küchenschrank und marschierte hinaus auf die Terrasse.

Sie plauderten über Edi, Elsbeths Ehemann, der immer schlechter hörte und das nicht wahrhaben wollte.

Moni öffnete den Karton. Die Pralinen sahen sehr selbstgemacht aus, wie kleine Knödel, die jemand gegen die Wand geworfen hatte.

„Wie geht's dir a so, bist du mit dem Martl zsamm?", fragte Elsbeth.

„Wie kommst du darauf?"

„Weil er di so angschaut hat damals im Trauchgau. Warum klappt des ned bei euch? Gfallt er dir ned?"

Moni wählte ein Gebilde mit Schokoladenüberzug aus. „Hmm. Die sind gut. Tja. Ich finde ihn schon ganz nett. Aber ich brauche keinen Partner."

„Schmarrn! Du hockst allein beim Frühstück, im Bett nix zum Kuscheln. Des is doch kei Leben!"

Elsbeth wollte, dass alle Leute glücklich waren, und zwar so, wie sie es sich vorstellte. Manchmal ging Moni das auf den Geist, aber wenn sie nur Freunde akzeptierte, die in allem perfekt waren, hätte sie bald keine Freunde mehr.

„Jemand, der allein is, sollt sich an Hund anschaffen oder an Mann", fuhr Elsbeth fort.

„Aber ich bin nicht einsam", erwiderte Moni. „Mein Enkel ist oft hier und ich habe viele gute Freunde!"

Elsbeth stellte die Kaffeetasse ab, dass sie überschwappte. „Mach dir nix vor, des is ned des Gleiche." Sie griff nach der Zeitschrift „Panorama" und schlug sie ganz hinten auf. „Da! Jede Menge Männer, Bergsteiger, sogar Kletterer."

„Kein Interesse", sagte Moni. „Was machen eure Kinder?"

„Lenk nicht ab. Schau, das wär doch was: ‚Bayer, 58, sucht Bergziege mit Herz, Hirn und Humor zum Pferdestehlen'."

Moni kicherte.

„Na ja, das klingt a bissl wie von andre abgschriebn", gab Elsbeth zu. „Aber das ist schon besser: ‚Geschäftsmann im Ruhestand (65) mit eigenem Haus, liebt die Berge, Kultur und

Reisen, sehr sportlich. Du: vorzeigbar in Jeans und Abendkleid –‘ “ Elsbeth hielt inne. „Nein, der nicht.“

Moni riss die Zeitschrift an sich, fand die Anzeige. „Aha. Der sucht eine ‚feminine Frau bis fünfzig‘. Eine Unverschämtheit. Denn da geht’s nicht um Kinderwünsche, das könnte ich ja noch verstehen. Mit der Emanzipation ist es eben noch immer nicht weit her. Stell dir eine Annonce vor, in der eine fünfundsechzigjährige Frau einen sportlichen Fünfziger sucht!“

„Okay, okay“, sagte Elsbeth. „Aber die Männer in den Anzeigen sind doch nicht alle so! Probier’s einfach, das wär doch spannend!“

„Ich will überhaupt keinen Mann“, sagte Moni.

Elsbeth hob die Brauen. „Das ist unnatürlich. Ich weiß, du hast da mal a furchtbars Erlebnis ghabt. Vielleicht bist du deshalb bindungsunfähig. Ich kenn da einen guten Therapeuten …“

Moni ließ Elsbeths Plauderstrom an sich vorbeirauschen und betrachtete ihren Kirschbaum, dessen Blätter orangerot glühten. Die Sonne wärmte Monis bloße Arme, und die Rosen am Rand der Terrasse verströmten einen herrlichen Duft. Sollte sie von ihrem Detektiv-Auftrag und dem bevorstehenden Treffen mit Eberhard Ginzling erzählen?

„Du hörst mir ja gar nicht zu!“

„Entschuldige. Das ist bei mir immer so, wenn es jemand gut mit mir meint.“

***

Rund um die Bergstation der Wallbergbahn war der Bergrücken möbliert mit Bänken, Panoramatafeln und einem Fernrohr. Dazu kamen hässliche Sendemasten und das Metallgestänge der Seilbahn.

Aber diese Aussicht! Im Osten und Süden gleißten die schneebedeckten Gipfel der Hohen Tauern, in der herbstlich klaren Luft standen Wiesbachhorn, Großglockner und Venediger scharf gezeichnet vor einem eisblauen Himmel. Wandte man sich nach Norden, erblickte man tief unten den Tegernsee. Es sah so aus, als läge die blaue Fläche im Zentrum einer Stadt mit Gärten und Parkanlagen, die sich auf die bewaldeten Hänge ringsum ausbreitete. Nur das flachere Nordufer war nicht verbaut, ein von Wäldern und Wiesen gesäumtes Stück Natur. Deutschland war so eng, so überzivilisiert, auch in den Bergen. Manchmal sehnte sich Moni nach weiten, wilden Landstrichen wie in Kanada oder nach dem hohen Himmel Asiens mit seinen Wolkengebirgen.

Der strahlende Herbsttag hatte Hunderte Seilbahntouristen hier heraufgelockt, die nun rund um die Bergstation ausschwärmten. Familien lagerten auf Decken in der Wiese, Leute mit Rucksäcken und Wanderstöcken marschierten auf dem stöckelschuhtauglichen Weg Richtung Wallberghaus; andere „bezwangen“ die hundert Höhenmeter bis zum eigentlichen Wallberg-Gipfel.

Moni steckte ihre Jacke in ihren Biker-Rucksack. Sogar in Shorts und T-Shirt war es noch wunderbar warm.

Sie entdeckte Eberhard Ginzling auf einer Bank in der Nähe der mit Schindeln gedeckten Kapelle. Zu seinen Füßen lag eine flauschige Walze, die ein bisschen an die fürs Wändestreichen erinnerte, aber etwas größer war.

Moni hatte sich bei Facebook über Oliver Baudels Onkel informiert. Eberhard Ginzling war 59 Jahre alt, gelernter Fotograf, und seine Bildergalerie bewies, dass er eine künstlerische Ader hatte. Er sah so aus wie auf seinem Profilbild: schwarzes Haar mit silbergrauen Strähnen, ein kantiges Gesicht mit massiven schwarzen Augenbrauen. Unter seinen Facebook-Freunden waren sehr viele Frauen.

Beim Näherkommen wehte Moni Zigarrenduft entgegen. Die Fellwalze kläffte wie verrückt und bibberte vor Erregung.

Der Mann wandte den Kopf in Monis Richtung und stand auf. Eine leichte Verbeugung. „Ich freue mich, Sie kennenzulernen, Frau Trautner.“ Sie gaben einander die Hand, er deutete auf die Bank. „Wollen wir uns hier eine Weile unterhalten? Still, Rollo!“

Der Hund gehorchte. Moni setzte ihr Rucksäcklein ab und ließ sich neben Ginzling nieder. „Danke, dass Sie mich bei den Ermittlungen unterstützen."

„Aber das ist doch selbstverständlich. Diese schreckliche Sache mit Olivers Tod hat mich mitgenommen. Er hat immer gern mit meinem Hund gespielt und ihm den Spitznamen Rollo gegeben."

„Wie hat Rollo früher geheißen?"

„Maxl. Aber mit den Jahren hat er ein wenig zugelegt, und da hat der neue Name besser gepasst. Ich hoffe, dass es mir mit dem Älterwerden nicht ergeht wie ihm!"

Er tätschelte seinen Bauchansatz, der bei seiner großen, kräftigen Gestalt nicht sonderlich auffiel.

„Fishing for compliments?"

Er lachte. „Touché."

Monika wollte das Gespräch unverfänglich eröffnen und nach und nach immer kritischere Fragen stellen. „Warum haben Sie eigentlich den Wallberg als Treffpunkt vorgeschlagen?"

„Ich wollte das schöne Wetter und den Blick auf die Berge genießen, aber nicht weit marschieren."

„Wandern Sie nicht gerne?"

„Ich schon. Aber Rollo nicht. Ich kann ihn nicht zu oft bei den Nachbarn lassen."

„Ihre Schwester hat mir erzählt, Sie hätten für Olivers Firma gearbeitet."

„Ja, aber ich zählte nicht zu den Angestellten, es waren Einzelaufträge. Zum Beispiel habe ich in Finale Ligure eine neue Kleiderkollektion speziell für Kletterer fotografiert."

Etwas kitzelte an Monis Knöchel. Sie blickte zu dem Hund hinab, und der schaute aus schwarzen Knopfäuglein zu ihr empor. Sie bückte sich und streichelte seinen Rücken. Das Fell war seidenweich – da steckte viel Pflegearbeit drin.

„Klettern Sie eigentlich auch?", fragte Moni.

„Nicht mehr so intensiv wie früher. Aber eine Route im vierten bis fünften Grad bewältige ich noch immer. Natürlich kann ich mich nicht mit Ihnen vergleichen, ich habe im Fernsehen gesehen, wie Sie im siebten Grad eine Wand hinaufgetanzt sind. Ich bewundere Sie."

Das war wohl der erste Einwickelversuch dieses etwas aufgeblasenen Typen, der aussah wie ein George-Clooney-Verschnitt.

„Meinen Sie, schwer zu klettern sei etwas Besonderes für eine ältere Dame?"

Er lächelte. „Ältere Dame, so würde ich Sie niemals bezeichnen. Ihre Ausstrahlung ist so jung."

Der schleimte sich wirklich ein. Wäre es nicht so offensichtlich, dann ginge es runter wie Butter.

„Danke." Sie zückte ihren Notizblock. „Bitte erzählen Sie mir, was Sie über das Geschehen bei dem Fest und Oliver Baudels Tod wissen."

Ginzling berichtete im Wesentlichen dasselbe wie Nicole und Mike: gute Stimmung, nette Leute, Entsetzen am nächsten Tag. Wo wer geschlafen hatte, konnte er nicht sagen, nur dass er sich mit Mike Huber die Kammer mit dem Balkon geteilt hatte.

„Ist Mike in der Nacht irgendwann rausgegangen?"

Er hob die Brauen. „Ja, Miss Holmes, Mike war draußen, und das für längere Zeit, vermutlich nicht nur, um schnell auf die Toilette zu gehen."

„Wie lange war er weg?"

Der Onkel des Opfers zuckte mit den Schultern. „Das ist schwer zu schätzen, wenn man nachts aufwacht und versucht, wieder einzuschlafen. Aber ich bin mir sicher, dass es mindestens zehn Minuten waren."

Das hätte für den Mord gereicht. „Haben Sie das der Polizei so gesagt?"

„Selbstverständlich."

Zusammen mit Mikes krimineller Vorgeschichte war das bestimmt Grund genug gewesen, ihn festzunehmen.

Moni kam eine Idee. „Hatten Sie Rollo dabei?"

Ginzling nickte und tätschelte seinen Hund. Dabei streiften seine Finger Monis nackte Wade. Überhaupt hätte er etwas mehr Abstand halten können, eine Handspanne war fast schon aufdringlich, wenn man zu zweit auf einer Bank saß.

„Ja, Rollo war ebenfalls dort zu Gast."

Das war Moni neu. Weder Mike noch Nicole hatten den Hund erwähnt. „Wo hat er geschlafen?"

„Im Flur."

„Hat er gebellt, als Mike hinunterging?"

„Nein, aber das ist normal, Leute im Haus gehören für Rollo immer dazu."

„Würde er anschlagen, wenn jemand zur Haustür hereinkommt?"

„Daheim ja. Aber das Wochenendhaus ist nicht sein Territorium."

Es war also möglich, dass Mike beim Schuppen gewesen und ins Haus zurückgekehrt war, ohne dass der Hund ihn verbellte und dadurch jemanden aufweckte.

Moni musterte Ginzlings attraktives Gesicht.

„Wie ist eigentlich Ihr Verhältnis zu Ihrer Schwester?"

„Wir stehen uns nahe. Ihre Krankheit macht mich zutiefst unglücklich."

„Nach ihrem Tod sind Sie der Erbe, Herr Ginzling."

Er brach in ein künstliches Gelächter aus. „Sie haben es durchschaut, ich hätte ein Motiv. Und ich gebe zu, dass ich ein paar Milliönchen zu schätzen wüsste. Ich gehe nämlich gerne richtig gut essen und bin ein Freund edler Weine. Hätten Sie vielleicht Lust, mit mir in Winklers Restaurant am Chiemsee zu speisen? Ganz privat natürlich, ich lade Sie ein. Sie sind ja so schlank, da kann Ihnen das nicht schaden."

„Vielen Dank, aber ich will mich bei meinen Ermittlungen nicht beeinflussen lassen", erwiderte Moni.

„Schade. Übrigens habe ich heute Nachmittag noch einen Termin. Ich muss mich bald wieder talwärts begeben. Haben Sie noch weitere wichtige Fragen? Natürlich würde ich mich freuen, Sie öfter zu treffen. Einer Frau wie Ihnen begegnet man nicht alle Tage."

Er konnte es nicht lassen zu schmeicheln.

„Haben Sie einen Verdacht, wer Ihren Neffen umgebracht hat?“

„Dieser Mike natürlich.“

„Könnte es auch David Husenkamp gewesen sein?“

Ginzling bückte sich zu seinem Hündchen hinunter und streichelte es. Endlich erklärte er: „Eher nicht. Dieser Büromensch und eine Axt? Für mein Gefühl passt das ganz und gar nicht zusammen.“

Das weitere Gespräch brachte Moni nichts Neues. Beim Abschied ergriff Ginzling ihre Hand, führte sie an seine Lippen und hauchte einen Kuss darauf.

Sie zuckte unwillkürlich zurück.

„Sie sind eine faszinierende Frau. Sie können mich jederzeit anrufen, wenn Ihnen noch Fragen einfallen – und auch, wenn Sie keine haben. Ich würde mich sehr über ein Wiedersehen freuen.“

Moni unterdrückte ein von Herzen kommendes: „Ich nicht.“ „Vielen Dank für das nette Gespräch. Auf Wiedersehen.“

Schnell schnappte sie sich ihren Rucksack, schulterte ihn und marschierte Richtung Risserkogel davon.

Sie umrundete den Setzberg, dann ging es auf einem mit Wald bewachsenen Gratrücken weiter. „Auf der Wurz“ stand auf der Landkarte, und das passte. Moni wanderte über Wurzelgewirr unter hohen Fichten, es roch nach Moos und Pilzen, und sie genoss es, flott auszuschreiten. Hier waren nicht mehr so viele Menschen unterwegs, und sie überholte nur zwei Familien mit Kindern und ein älteres Pärchen. Der Pfad forderte viel Aufmerksamkeit; erst als sie aus den Bäumen herauskam und auf den latschenbewachsenen Gipfel des Risserkogels zuhielt, konnte sie über das Treffen mit Ginzling nachdenken.

Der Mann schien ein eitler Charmeur zu sein, jemand, der sein Selbstbewusstsein daraus zog, von Frauen gemocht zu werden. Früher als Personalchefin hatte Moni sich etwas darauf zugutegehalten, Menschen zu durchschauen. Aber den Entführer von Susi Gerstmann hatte sie falsch eingeschätzt – mit Verbrechern hatte sie keine Erfahrung.

Monis Blick schweifte über die graue Wand des Plankensteins, der ein schöner Kletterberg war, genauso wie der kecke Gupf des Buchsteins, der sich jenseits des Tals aus Waldhängen emporreckte. Und noch weiter im Westen schimmerten die Bergketten des Karwendels und des Wettersteins. Viele dieser Gipfel erkannte Moni an ihrer Silhouette, sie waren alte Freunde und Vertraute, auf denen sie mehrmals gestanden hatte.

Eberhard Ginzling flirtete gern und liebte seinen Hund. War es naiv zu denken, dass dieser Mann kein Mörder sein konnte?

6. KAPITEL

Eigentlich wäre David der nächste Kandidat für Monis Ermittlungen gewesen. Aber der Wetterbericht versprach zwei Sonnentage, und Moni wollte raus an den Fels. Da kam es gerade recht, dass sie auch mit Dora Ungerer sprechen musste, die kurz vor Oliver Baudels tragischem Ende mit ihm zusammen in der Civetta gewesen war. Moni kannte Dora, gelegentlich hatten sie in der Halle miteinander geklettert. Also rief sie bei ihr an und schlug vor, für zwei Tage in die Fränkische Schweiz zu fahren und bei dieser Gelegenheit über den Tod ihres Seilgefährten Oliver zu sprechen.

Ein paar Stunden später meldete sich Nicole Mitz bei Moni und fragte, ob sie mitkommen könne. Denn Moni hatte mit Rosmarie Baudel über ihre Pläne gesprochen, und die hatte es Nicole brühwarm weitererzählt.

Moni telefonierte noch einmal mit Dora. „Nicole würde gerne mit uns klettern. Sie tut mir leid. Wäre das okay für dich?"

Ein Moment Schweigen. Dann ertönte Doras tiefe Stimme: „In Ordnung. Ich war früher öfter mit ihr in der Gruppe um Oliver und Mike unterwegs. Aber es überrascht mich. Ich habe immer geglaubt, dass Nicole so ein Häschen ist, das ihrem Partner zuliebe klettert."

„Warum hast du das gedacht?"

„Sie war nicht wirklich begeistert davon, sie hat sich nur angestrengt, wenn Oliver ihr zugeredet hat. Sie wollte ihn nicht enttäuschen."

Wenn das stimmte, war Nicoles Vorschlag seltsam. Moni würde sie beobachten und eventuell nachhaken. „Gut, dann fahren wir also zusammen", sagte Moni. „Aber eigentlich hätte ich gerne allein mit dir über den Mord gesprochen."

„Kein Problem. Das tun wir dann eben nach dem Klettern bei mir daheim."

***

Um neun Uhr morgens bog Moni in Allershausen von der Autobahn ab und fuhr zu einem großen Parkplatz am Ufer der Glonn. Hier traf sie sich öfter mit Münchner Freunden, um in den Frankenjura zu fahren.

Nicole kam auf Moni zu, einen Rucksack auf dem Rücken und eine Reisetasche in der Hand.

„Danke, dass ich mitkommen darf", sagte sie. „Obwohl ich ein schlechtes Gewissen habe, weil ich Rosmarie sonst jeden Tag besuche. Aber ich brauche mal ein bisschen Abstand. Dass sie todkrank und traurig ist, zieht mich nur noch weiter runter. Ich muss ja ständig an Oliver denken und könnte dauernd losheulen. Vielleicht hilft mir das Klettern, den Kopf frei zu kriegen."

Moni öffnete die Heckklappe, um Nicoles Besitztümer zu verstauen. „Du bist also eine begeisterte Kletterin?"

„Ich bin nicht so fanatisch wie Oliver es war, und früher habe ich oft furchtbare Angst gehabt, sogar im Nachstieg. Aber jetzt macht es mir echt Spaß."

Ein angerosteter roter VW-Bus preschte heran und stoppte neben Monis Caddy. Dora stieg aus. „Hallo miteinander! Schön, mal mit dir am Fels zu klettern, Moni, und nicht nur in der Halle." Sie wandte sich an Nicole. „Du siehst blass aus. Und du bist noch dünner geworden."

„Na ja, ich werde wohl lange brauchen, bis ich mit all dem klarkomme", erwiderte Nicole. „Seit Oliver gestorben ist, war ich nicht mehr am Fels. Keiner ruft mich an und fragt, ob ich mitklettern will. Ich war immer bloß Olivers Anhängsel."

Dora wich Nicoles Blick aus und warf ihren Rucksack in Monis Caddy.

Sie fuhren auf der Autobahn Richtung Norden.

„An welchem Felsen sollen wir klettern?", fragte Moni.

„Ich bin für die Hartensteiner Wand", sagte Dora. „Da gibt's viele Routen um den sechsten, siebten Grad herum. Und auch ein bisschen was Schwereres, das ich vielleicht probieren kann."

„Aber das ist total im Schatten!", kam Nicoles Stimme vom Rücksitz. „Ich habe mich so auf einen Tag in der Sonne gefreut."

„Wenn ich in der Sonne brate, kann ich keine kleinen Griffe halten", sagte Dora.

„Ich will nur entspannen und ein bisschen Spaß haben. Schwer klettern finde ich nicht so wichtig", gab Nicole zurück.

„Ich schon", erwiderte Dora. „Sonst wird mir bald langweilig."

Moni mischte sich in die Diskussion: „Dann klettern wir uns eben in der Sonne ein und gehen danach in den Schatten."

„Okay", sagte Dora. „Und wo fangen wir an?"

„Am Weißenstein", schlug Nicole vor.

„Dort geht es doch immer zu wie beim Schlussverkauf!", erwiderte Dora.

Sie diskutierten lange, blätterten im Führer. Die Auswahl des Felsens war ein typisches Frankenjuraproblem, das Moni hasste. Sie würde akzeptieren, worauf immer sich die beiden anderen einigen konnten.

Die Chancen schienen gering zu sein.

„Der Weißenstein ist eben doch am praktischsten", sagte Nicole. „Da gibt es leichte Routen für Moni und mich, und du kannst dort jede Menge Achter und Neuner klettern, Dora."

Moni warf einen schnellen Blick auf das verkniffene Gesicht ihrer Beifahrerin.

„Ich habe doch gesagt, dass ich in der Sonne nicht schwer klettern kann! Aber okay, fürs Aufwärmen kann ich damit leben."

Eine Weile schwiegen alle drei, dann plauderte Moni mit Dora über Gebirgstouren, die sie beide kannten. Nicole hockte stumm auf der Rückbank. Manchmal war heftiges Atmen und Glucksen zu hören, als würde sie weinen.

Sie fuhren durch die Hügellandschaft hinter Ingolstadt, weiße Dörfer zwischen Feldern und Wäldern in herbstlichem Rotbraun und Gold.

Nicole brach ihr Schweigen. „Wie kommst du mit den Ermittlungen voran, Moni?"

„Geht so. Ich bin mir ziemlich sicher, dass der Täter einer der Festgäste war. Um ein Motiv zu finden, muss ich noch viel mehr über Oliver wissen – was für ein Mensch er war, welche Ziele er hatte und so weiter."

Nicole seufzte. „Er wollte Erfolge am Fels und im Beruf. Dass er Geschäftsführer wurde, hat ihn wahnsinnig gefreut."

„Hmm", machte Dora. „Warum hat er dann sein BWL-Studium abgebrochen? Der Abschluss war eigentlich notwendig für seine Karriere. Dass er trotzdem Geschäftsführer geworden ist, finde ich erstaunlich."

„Er hatte es verdient", erwiderte Nicole. „Er hat hart gearbeitet."

Dora schüttelte den Kopf. „Er ist doch oft schon am Freitagmittag ins Gebirge gefahren. Sogar bei zweifelhaftem Wetter."

„Das hat ihm gut getan, um Stress abzubauen, aber die Firma war ihm wichtiger."

„Den Eindruck hatte ich nicht", gab Dora zurück.

Nicole begann wieder zu weinen.

***

Neben dem Weißenstein parkten mindestens zwanzig Autos, darunter einige Rostgurken mit Chaos auf dem Rücksitz – typisch für Kletterer.

Der teils senkrecht aufragende, am rechten Rand bauchig ausgewölbte Fels erinnerte noch immer an das Korallenriff, das er einst gewesen war. Beim Anblick des löchrigen, festen Kalks juckte es Moni in den Fingern.

In jeder der leichteren Routen hing ein Seil, manchmal standen drei oder vier Leute Schlange.

Moni beobachtete Dora, die mit angewidertem Gesicht ihren Rucksack schulterte und auf die nur dreißig Meter vom Parkplatz entfernte Wand zumarschierte.

„Früher, zusammen mit Oliver, habe ich bei der Felsauswahl nie mitgeredet", sagte Nicole.

„Warum nicht?", fragte Moni.

„Ich wollte vor allem, dass Oliver Spaß hat. Er musste sich doch von der anstrengenden Arbeit erholen."

„Du nicht?"

„Ich hatte nicht so viel Stress wie er. Ich habe ja nur ein paar Stunden pro Woche im Sekretariat von Outdoorfun gearbeitet und mich um unser Zuhause gekümmert. Eine altmodische Rolle, ich weiß, aber ich habe das total super gefunden."

Moni umrundete einen Kinderwagen, ging an Familien vorbei, die in der Wiese lagerten, und entdeckte Dora, die bereits das Seil unter einer Route bereitgelegt hatte. Sie wartete ungeduldig darauf, dass die dort beschäftigte Kletterin wieder zum Boden zurückkehrte.

Moni, Nicole und Dora kletterten zwei Routen um den sechsten Grad. Wenn Dora und Nicole miteinander redeten, dann mit ausgesuchter Höflichkeit, die wohl die Spannungen zwischen ihnen überdecken sollte. „Würdest du bitte das Seil abziehen?", „Wenn du nichts dagegen hast, Dora, steige ich lieber nach."

Moni beobachtete die beiden Kontrahentinnen beim Klettern. Ihr Stil war so unterschiedlich wie ihr Körperbau.

Dora, etwa einen Meter achtzig groß und kräftig, kletterte geschmeidig, entschlossen und völlig angstfrei. Die grazile Nicole wirkte im Vorstieg eckig und zögerlich. Mit ihrem langen braunen Haar und dem hübschen Gesicht zog sie viele Männerblicke auf sich. Sie bekam Ratschläge und Ermutigungen: „Gleich hast du es geschafft!", „Cool, bleib dran!"

Ihre Unsicherheit und ihr Aussehen weckten offenbar Beschützerinstinkte – im Gegensatz zu Dora. Die wurde erst beachtet, als sie sich unter einer mit Acht minus bewerteten Route zum Klettern bereit machte: „Baggi ned", die fränkische Version von „Pack ich nicht". Der Name war wohl Programm, Dora musste sich am Haken ausruhen – was sie nicht zu ärgern schien. Wieder unten am Boden erklärte sie: „Ich brauch was zwischen die Zähne, vielleicht kann ich mich dann nachher besser durchbeißen!"

Sie fanden ein freies Plätzchen auf der Wiese nahe der Wand. Moni blinzelte in die Sonne. Eigentlich waren die Picknick-Szenerie und das bunte Gewimmel ganz nett, auch wenn das Idyll immer wieder durch das Röhren der vorbeirasenden Motorräder gestört wurde.

Moni unterdrückte ein Grinsen, als ihr Blick auf Nicole fiel. Mit offenem Mund sah die junge Frau zu, wie Dora zwei

Wurstbrote und dann noch eine Leberkäsesemmel aus ihrem Rucksack hervorzog. In Nicoles Plastikbox befanden sich zwei Karotten und eine Scheibe Knäckebrot mit Lachsschinken.

Dora bot Nicole ein Wurstbrot an. Die verzog das Gesicht. „Nein danke. Ich esse nie Wurst."

Ein weißer Pudel fetzte kläffend an ihnen vorbei, drehte jäh ab und setzte sich vor Dora hin. Dabei legte er den Kopf schief und schaute mitleiderregend zu ihrer Hand mit dem Wurstbrot empor. Sie schubste ihn weg. „Hau ab!"

Nach der Essenspause warf sich Dora erneut auf „Baggi ned", überkletterte den Haken, an dem sie vorher geruht hatte, und flog dann mit einem ärgerlichen kleinen Schrei aus der Wand.

„Toll, wie viel Power du hast", kommentierte Nicole. „Für dein Gewicht kletterst du verdammt gut."

Dora schnaufte noch vor Anstrengung. Langsam drehte sie sich zu Nicole um. „Magst du das mal probieren? Du wiegst ja fast nichts."

„Ich steige nicht gern schwer vor", erwiderte Nicole.

Dora wischte sich die magnesiaweißen Finger an ihren Shorts ab. „Ja, das war wohl der Grund, warum Oliver nur ausnahmsweise mit dir ins Gebirge gefahren ist. Er hat zu mir gesagt, dass es ihn zu viel Nerven kostet, wenn er im schweren Gelände alles führen muss."

„Ohne Oliver wärst du eine Tour wie die ‚Solleder' in der Civetta nicht hochgekommen!", konterte Nicole.

Dora starrte sie grimmig an. „Das ist wieder mal typisch. Wenn ein Mann und eine Frau miteinander schwere Touren im Gebirge klettern, glaubt jeder, der Kerl hätte sie hochgezogen."

Der Zickenkrieg ging weiter. Wer war da auf wen eifersüchtig oder neidisch?

„Wir sollten bald den Fels wechseln, es wird allmählich heiß", sagte Dora.

Nicole seufzte theatralisch. „Wenn du meinst. Ich mache hier noch eine Route, dann kannst du dich mit Moni an einem schattigen Felsen austoben, und ich lege mich irgendwo in die Sonne und entspanne."

Moni musste mal, erfreulicherweise gab es gleich neben dem Parkplatz ein Toilettenhäuschen.

Als sie zurückkehrte, fand sie Nicole und Dora am rechten Rand des Weißenstein. Dort starteten zwei Routen: „The End", eine Sechs plus, die im Kletterführer mit unfreundlichen Sechs minus bewertet war. Und eine anstrengende Sieben plus, die im oberen Teil durch stark überhängendes Gelände führte: „Panische Zeiten".

Nicole band sich gerade ins Seil ein. „Soll ich dir meinen Diätplan schicken?", fragte sie.

Dora legte das Seil ins Sicherungsgerät. „Toll, dass du es damit geschafft hast, Sechser vorzusteigen. Aber offensichtlich bringt diese Diät nichts, wenn man schwerer klettern will."

„Ich bin eben nicht so ehrgeizig wie du", erwiderte Nicole.

Dora kniff die Lippen zusammen. „Kein Ehrgeiz ist ein Euphemismus für nicht abheben."

Nicole kletterte los. Aber – das war nicht die Sechsertour, sie wandte sich am ersten Haken nach links, sie versuchte die „Panischen Zeiten"! Offenbar wollte sie es Dora zeigen. Zum Glück konnte nichts passieren, die Route war ordentlich mit Bohrhaken gesichert.

Nun kam Nicole in jene Zone, wo die Wand sich stark nach außen wölbte, und klippte den zweiten Haken. Sie griff in verschiedene Löcher, konnte sich aber nicht entscheiden, welches ihr am besten gefiel, und setzte die Füße mal hier, mal da – eine schlechte Taktik in einem Überhang. Ihr würde bald das Muskelbenzin ausgehen.

„Cool bleiben, dann kannst du es schaffen!", rief Dora zu ihr empor. Die Ermutigung klang gönnerhaft.

„Halt die Klappe!", schrie Nicole, die nun an dem Felsbauch herumzappelte und sich zum dritten Haken emporreckte, um eine Expressschlinge einzuhängen.

Mit deutlich hörbarem Aufatmen klinkte sie das Seil dort ein und zog sich an zwei mittelmäßigen Griffen ein Stückchen höher hinauf. Die Schlinge mit dem Karabiner baumelte vor ihrer Nase, aber sie konnte mit keiner Hand loslassen.

„Ich kann nicht mehr! Halt mich!“

Dora zog das Seil straff.

Moni stockte der Atem. Das Seil löste sich von Nicoles Körper, flog durch die Luft, schlängelte sich durch die Haken abwärts, landete auf dem Boden.

Nicole klammerte sich irgendwo fest – ohne Seil!

Wenn sie die Nerven verlor – ihr die Kraft ausging – sie würde zwölf Meter tief fallen und auf den Felsbrocken unten aufschlagen!

Sollte Moni um den Felsen herumlaufen und ihr von oben ein Seil zuwerfen? Zu ihr hinaufklettern? Zu spät! Nicole konnte sich höchstens noch zwei, drei Sekunden halten.

Ein schriller Schrei – ihre Beine schwangen hinaus ins Freie.

„Bring die Füße an die Wand!“, brüllte Moni. „Dann mach dich am Haken fest!“

Nicole zog ihre Füße an, stellte sie auf Tritte, ihre Beine zitterten heftig.

Monis Herz hämmerte gegen ihre Rippen. Bitte, halt durch! Bitte!

Trappelnde Füße, Rufe, ein Rucksack wurde geworfen, klatschte in Monis Nähe auf den Boden, wohl ein Versuch, den Landeplatz zu verbessern.

Nicole ließ mit einer Hand los, ergriff den an der Schlinge hängenden Karabiner und versuchte, ihn an ihrem Klettergurt einzuhängen. Ihr ganzer Körper bebte, als hätte sie Krämpfe.

Moni sprang zur Seite, zog den Kopf ein. Hörte die Leute neben ihr heftig atmen.

Es klickte.

Ein Aufstöhnen lief durch die Gruppe der Zuschauer.

Moni schaute nach oben.

Nicole schaukelte mit schlaffen Armen und Beinen an der Expressschlinge wie eine am Gürtel aufgehängte Puppe.

Moni liefen Tränen über die Wangen.

Doras Stimme klang brüchig. „Sicherst du mich, Moni? Ich

klettere zu Nicole hinauf und lasse sie an meinem Seil runter zum Boden."

***

Moni hockte Dora gegenüber an einem roten Plastiktischchen, das aus der Wand herausgeklappt war. Die Stuhllehne drückte in ihr Kreuz, vor ihr stand ein fleckiges Glas mit Weißwein. In der Kochecke von Doras Ein-Zimmer-Wohnung stapelte sich Geschirr.

Nach ihrer Rettung war Nicole heulend zusammengebrochen, sie hatte nur noch nach Hause gewollt; Moni und Dora war nichts anderes übriggeblieben, als den Kletterausflug vorzeitig abzubrechen und mit ihr zurück zum Treffpunkt in Allershausen zu fahren.

Dora starrte düster in ihr Weinglas. „Nicole war abgelenkt, weil ich sie angegiftet habe. Blöderweise hat der halb fertige Knoten gehalten, bis sie mitten im Überhang war. Und erst als ich das Seil straffgezogen habe, hat er sich gelöst. Das war echt haarscharf an einer Katastrophe vorbei."

Doras Wohnung befand sich in einem Bau aus den sechziger Jahren direkt über einer Kneipe. Gelegentlich drangen Geräusche nach oben, Scheppern, Klirren, Gelächter.

Dora schenkte sich aus der Weinflasche nach. „Ich habe den Partnercheck vergessen, weil ich mich so über Nicole geärgert habe. Trotzdem ist es unverzeihlich, dass ich mir ihren Anseilknoten nicht angesehen habe."

Moni schüttelte den Kopf. „Ich finde, jeder Kletterer ist selber für seine Sicherheit verantwortlich."

„Es war furchtbar zuzuschauen, wie Nicole um ihr Leben gekämpft hat", sagte Dora. „Plötzlich war es mir egal, wie sie vorher rumgezickt hat."

„Mit viel Glück hätte sie vielleicht noch schwer verletzt davonkommen können", erwiderte Moni.

In dem von einer Glühbirne schwach erleuchteten Zimmer hing der Geruch von gebratenem Fleisch und Knoblauch. Der

Teppichboden war braun, das Bett nicht gemacht, in offenen Regalen lagerte ein Durcheinander aus Kleidungsstücken, Büchern, Rucksäcken und Seilen – eigentlich trostlos. Wenn da nicht die Poster und Fotos an den Wänden gewesen wären, die das Licht und die Weite der Berge in dieses Zimmer brachten.

„Wo ist eigentlich dein Arbeitsplatz?“, fragte Moni. „Als Grafikerin brauchst du doch einen Schreibtisch und einen Computer, oder?“

„Ich habe ein Büro zusammen mit einer Freundin. Ich arbeite unregelmäßig und gerade so viel, dass ich genug zum Leben habe.“

Dora stand auf, holte eine Dose mit Erdnüssen und setzte sich wieder hin. Sie riss die Lasche auf, schüttete ein Häufchen Nüsse in ihre Hand und warf sie in den Mund.

„Was war da eigentlich los mit dir und Nicole?“, fragte Moni.

„Ich habe sie früher nie so erlebt“, sagte Dora kauend. „Wenn ich geahnt hätte, wie sie sich benimmt, wäre ich nicht bereit gewesen, mit ihr zusammen zu klettern. Aber seit Olivers Tod ist sie wohl total durch den Wind.“

„Die Erklärung reicht mir nicht ganz“, erwiderte Moni. „Da war viel Aggression zwischen euch.“

„Nicole hat mir die ganze Zeit versucht einzureden, dass ich zu fett bin. Womit sie leider recht hat. Und gerade deshalb war ich auf hundertachtzig.“

Moni musterte Doras kräftige Arme, die breiten Hüften. „Würdest du denn gerne aussehen wie eine Barbiepuppe?“

„Mein Aussehen ist mir scheißegal.“

Das klang ein bisschen zu entschieden, um wahr zu sein.

„Aber wenn ich nicht so verfressen wäre, würde ich besser klettern“, fuhr Dora fort.

Moni hakte nach. „Ich kenne keine Frau, der ihr Aussehen völlig egal ist.“

Dora starrte sie wütend an. „Verdammt, du hast mich ertappt. Es sollte mir egal sein, aber es gelingt mir nicht immer. Wegen dieser Scheiß-Gehirnwäsche durch Fernsehen, Kinofilme, Zeitschriften. Als ob es für uns Frauen nichts Wichtigeres zu tun gäbe als schön auszusehen. Wir sollen teure Kosmetika kaufen, stundenlang shoppen, uns mit Gymnastik abrackern und Augenaufschläge üben.“ Dora lachte bitter. „Wobei Augenaufschläge bei meiner Größe nicht funktionieren, ich schaue auf viele Männer herunter, und für die falle ich sowieso durchs Raster, weil sie sich nicht klein fühlen wollen neben mir.“

Eine so lange Tirade war ungewöhnlich für Dora. Mit ihrem Zorn versteckte sie ihre Verletzlichkeit. Und ihre Ambivalenz. Sie verurteilte die gängigen Ideale, konnte es aber nur schwer ertragen, ihnen nicht zu genügen.

Moni nahm das Thema Nicole wieder auf. „War das Gewicht schon vor dem Mord zwischen dir und Nicole ein schwieriges Thema?“

Dora hob die Schultern. „Sie hat mich früher deshalb nie so blöd angeredet. Allerdings ist mir ihr Schönheitswahn schon immer auf die Nerven gegangen. Wenn sie nach einer Route verschwitzt und abgekämpft war, hat sie sich mit Feuchttüchern und Parfum frisch gemacht, ihren Spiegel aus dem Rucksack geholt und Wimperntusche und Lippenstift erneuert.“

„Hat Oliver Wert darauf gelegt?“

Dora schaufelte mehr Erdnüsse in den Mund. „Er war immer stolz auf seine schöne Freundin.“

Die nächste Frage wollte Moni möglichst indirekt stellen. „Warst du an Oliver interessiert, Dora?“

„Er war in festen Händen.“

„Das ist keine Antwort.“

„Nein.“

„Mit diesem Nein gibst du zu, dass du nicht antworten willst.“

Dora wich Monis Blick aus. „Ja.“

„Du warst also in Oliver verliebt.“

Nun schaute Dora Moni direkt an. „Stimmt. Aber ich habe versucht, es zu ignorieren. Gegen Nicole hatte ich sowieso keine Chance.“

„Warum nicht?“

„Blöde Frage! Schau doch Nicole an und dann mich! Ich bin eine fette, hässliche Frau und gehe auf die Fünfzig zu. Und Oliver ist – war – erst sechsunddreißig.“

Jeder Versuch, Doras Selbstbewusstsein aufzubauen, wäre verlogen oder von oben herab rübergekommen. „Glaubst du wirklich, dass für einen Mann nur die Schönheit zählt?“, fragte Moni.

Dora stieß einen langen Seufzer aus. „Schon in der Jugendgruppe im Alpenverein war ich immer nur der Kumpel, der die schwersten Sachen vorgestiegen ist, niemand hat mich als weibliches Wesen wahrgenommen.“

„Ich glaube nicht, dass das etwas mit deinem Aussehen zu tun hatte“, sagte Moni. „Viele Männer wollen sich überlegen und stark fühlen. Wenn eine Frau daherkommt, die mehr Klimmzüge oder schwerere Routen schafft, passt sie nicht in ihr Beuteschema.“

Dora nickte langsam. „Da ist was dran. Aber ich bin obendrein nicht attraktiv – ja, ja, du wirst sicher gleich sagen, Ausstrahlung und Charakter seien wichtiger, aber ich habe da meine Erfahrungen. Ich war schon mal verheiratet. Die andere war jünger und hübscher. Plötzlich haben zwölf Jahre Gemeinsamkeit am Berg meinen Ex überhaupt nicht mehr interessiert.“

Dora hatte sich da in etwas hineingesteigert. Moni bezweifelte stark, dass die Jüngere der eigentliche Grund für die Trennung gewesen war. Aber das war jetzt nicht das Thema. Sie räusperte sich. „Es klingt unverschämt, aber ich ermittle und möchte alle Hintergründe verstehen. Hattest du Sex mit Oliver?“

Dora schob die Erdnussdose auf dem Tisch hin und her. Sie hatte ihre Füße hinter den Stuhlbeinen verhakt.

In der Kneipe unter ihnen kreischte eine Frau, Gelächter brandete zu ihnen herauf.

„Nein, kein Sex“, sagte Dora endlich. „Aber ich hätte Oliver kaum widerstehen können.“

Mehr würde Moni nicht aus ihr herausbringen. Sie wechselte das Thema. „Wen hältst du für den Täter?"

„Ich tippe auf David. Er hatte sich als Geschäftsführer beworben, aber sie haben Oliver genommen."

„Warum?"

„Das war für die ganze Firma ein Rätsel, es wurde viel darüber getratscht."

„Wieso kennst du dich so gut in der Firma aus?"

„Ich habe dort öfter Aufträge als Grafikerin bekommen, zum Beispiel für die Gestaltung des Katalogs und für Werbekampagnen."

„Wer ist eigentlich der Boss? Wer hat Oliver Baudel statt Husenkamp ausgewählt?"

„Der Besitzer. Er heißt Hans Rinkelfahr. Er kümmert sich sonst kaum um den Laden."

„Gibt es irgendwelche konkreten Hinweise, dass David der Mörder sein könnte?", fragte Moni.

„Ja. Dass er ein Arsch ist, für den nur Geld und Karriere zählen."

7. KAPITEL

Im Kamin prasselte ein Feuer, es roch nach Holz, Tannennadeln und ein bisschen nach Weihnachten, obwohl es erst Oktober war. Moni räkelte sich auf der Couch und streckte ihre Beine lang aus. Martl hockte ihr gegenüber in einem Sessel. Er sah aus wie ein typischer alter Bergsteiger: schmales, zerfurchtes Gesicht und in den schwarzen Augen ein Strahlen, das von eisigen Gipfeln und wilden Touren erzählte.

An den Wänden hingen gerahmte Bergfotos, meist aus den Westalpen, vom Mont Blanc, der Meije, dem Strahlhorn. Auf einigen Bildern war eine rundliche blonde Frau zu sehen, die mit Pickel und Steigeisen durch den Schnee stapfte.

Martl war Monis Blick gefolgt. „Ursula hat alle meine Touren mitgemacht. Ich vermisse sie immer noch.“ Er seufzte. „Lassen wir das. Hast du schon einen Verdächtigen?“

„Jede Menge. Eberhard Ginzling – der ist Oliver Baudels Onkel, David Husenkamp, der seinen Job und seine Freundin wollte, und Mike natürlich. Jeder von ihnen hatte die Gelegenheit. Und eine Waffe. Die Axt steckte wahrscheinlich neben dem Schuppen im Hackklotz. Aber gerade mit dieser Axt habe ich ein Problem.“

Martl hob die Brauen. Sie waren sehr dunkel, ein schöner Kontrast zu seinem silbergrauen, für sein Alter erstaunlich dichten Haar.

„Der Schuppen ist zu niedrig“, erklärte Moni. „Es ist nicht möglich, dort mit einer Axt auszuholen.“

„Hmm. Einen Moment.“ Martl stand auf und ging hinaus. Eigenartig. Alternde Singles waren manchmal ein bisschen seltsam. Ob Moni auch schon schrullig geworden war?

Martls Wohnzimmer war schlicht eingerichtet, die Möbel stammten vermutlich von Ikea, der Boden war blankes Parkett. Auf dem Fensterbrett drängten sich Kakteen, von denen einige blühten. Martl hatte nicht nur in seinem Garten einen grünen Daumen.

Er kam wieder herein, in der Hand ein Werkzeug, das an eine Axt erinnerte, aber einen viel kürzeren Stiel hatte. „Die Mordwaffe könnte ein Beil gewesen sein“, erklärte er. „Das nimmt man zum Beispiel, wenn man Anfeuerholz macht, also Holzscheite zu kleineren Spänen zerhackt. Damit kann man viel besser zielen als mit einer Axt.“

„Darauf wäre ich nie gekommen. In den Medien war immer von einem Axtmord die Rede. Und ich habe noch nie im Leben Holz gehackt, ich bin ein Stadtmensch. Du weißt, wie man mit einem Beil umgeht, und ich würde das Geschehen im Schuppen gerne nachstellen. Spielst du den Mörder?“

Martl hob drohend das Beil und grinste. „Aber gerne!“

Moni stemmte sich aus dem Sofa hoch und legte sich mit dem Rücken auf den Holzboden. Dann streckte sie Arme und Beine, sodass ihre liegende Gestalt an ein großes X erinnerte, genau wie Mike es ihr demonstriert hatte.

„Diese Haltung wirkt schutzlos und offen“, kommentierte Martl. „Wer so schläft, hat keine Angst vor der Welt. Und schon gar nicht vor einem Mörder.“

Moni schlief immer auf der Seite in Embryohaltung, ein Kissen im Arm.

„Und dann ist jemand gekommen und hat zugeschlagen wie ein Scharfrichter“, sagte Martl.

Sie blickte zu ihm auf. Er ragte vor ihr empor, das Beil in der Hand. Wie gut kannte sie ihn eigentlich? Sie war völlig hilflos … „Leg das Beil lieber weg und nimm irgendetwas anderes, um den Täter zu spielen. Du könntest stolpern.“

„Natürlich, Moni. Das wollte ich sowieso.“ Er deponierte das Beil auf einem Stuhl, ging zum offenen Feuer und ergriff eine Kaminschaufel. Damit stellte er sich neben Monis Kopf und ging leicht in die Hocke. „Beim Holzspalten hält man das Beil zuerst über der Stelle, die man nachher treffen will, also so.“ Die seitlich gekippte Schaufel schwebte eine Handspanne über Monis Hals. Dann richtete sich Martl auf, holte aus, schwang sie auf Moni herab. Die Schaufel stoppte ein paar Zentimeter über Monis Hals. „Uff“, sagte sie erleichtert und stand auf. „Wie schwierig ist es eigentlich, mit dem Beil den Hals genau zu treffen?“

„Ein bisschen Übung braucht man dazu schon, man muss die Schneide sauber führen“, erklärte Martl, während er die Kaminschaufel wieder an ihren Platz zurückbrachte. „Hat der Mörder mehrmals zugeschlagen?“

„Vermutlich nur einmal. Mike hat gesagt, dass der Hals fast vollständig durchtrennt war.“

„Wenn das stimmt, war der Täter kein Neuling mit einem Beil“, erwiderte Martl. „Wahrscheinlich besaß er einen Kamin und hat öfter Holz gespalten. Ich kann mir vorstellen, dass durch die Vertrautheit mit dem Beil auch die Hemmschwelle gesunken ist, es als Waffe einzusetzen.“

Moni überlegte. Wenn Mike der Mörder war, durfte sie seiner Aussage nicht trauen. „Kennst du Mike eigentlich schon lange?“

„Seit Jahren. Ein kaltblütiger Mord passt nicht zu ihm, aber wenn man ihn reizt, kann er schon mal ausrasten und zuschlagen. Ich hoffe sehr, dass er es nicht war.“

***

Nackte Oberkörper mit quellenden Muskeln, geballtes Testosteron, der scharfe Geruch von Schweiß, Stöhnen, Schreie: „Ziag o!“, „Auf geht’s!“

Drei junge Männer feuerten Mike an, der an einem Überhang klebte wie ein Käfer an der Unterseite eines Blattes.

„Urgggh!“ Mike warf seinen Körper nach vorne, seine Hände schossen gleichzeitig auf ein rotes Gebilde zu, das einem halbierten Fußball ähnelte, packten es, seine Füße schwangen nach außen. Schnell zog er die Beine an – seine Hände rutschten ab, er klatschte mit dem Rücken auf die Matte. „Scheiß Dynamo! Fünf Zentimeter mehr Reichweite, und ich hätt’s geschafft! Aber ich pack es schon noch, dieses Drecksteil!“

Er sprang geschmeidig auf; den Sturz aus drei Metern Höhe hatte die Spezialmatte gut abgefangen.

„Musst halt wachsen, Kleiner“, grölte ein Kerl, der ihn um mindestens einen Kopf überragte und kein Hemd, aber eine geringelte Mütze trug.

Mike baute sich vor ihm auf, kreuzte die Arme vor der breiten Brust. „Hast du gerade ‚Kleiner‘ gesagt?“

Ein Kahlkopf mit einem Drachentattoo auf dem Waschbrettbauch legte ihm die Hand auf den Arm. „Reg dich nicht auf. Wir wissen doch, dass du der Größte bist. Im Bouldern jedenfalls.“

In Mikes Gesicht arbeitete es. Dann sagte er mit sanfter Stimme: „Es kommt nicht nur auf die Größe an.“ Er wandte sich an den Langen mit der Mütze. „Jetzt zeig mal, was du draufhast.“

„Für Lange sind Dächer auch blöd, da braucht man viel mehr Körperspannung“, erwiderte der Mützenträger, bückte sich und tauchte bis zu den Ellbogen in einen auf dem Boden stehenden Magnesiasack von der Größe eines Tagesrucksacks.

Mike schob die blonde Haartolle zur Seite, die über seinem linken Auge hing; sein Blick fiel auf Moni.

„Hallo, Moni. Magst du mal probieren?“

Glaubte er wirklich, dass sie an diesem Monster-Überhang mit den abschüssigen Griffen eine Chance hatte? Oder war das ironisch gemeint? Sie entschloss sich zur Sachlichkeit. „Das ist zu schwer für mich. Und außerdem habe ich beim Bouldern immer Angst, dass ich mich beim Abspringen verletze.“

„Cool, du hast schon wieder ’ne neue Freundin!“, sagte der mit der Mütze.

Mike grinste. „Ich bin eben beliebt bei den Frauen. Die stehen auf Softies wie mich.“

Die Boulder-Runde brach in Gelächter aus.

Mike nickte Moni zu. „Gehen wir Kaffee trinken.“

„Ach ja, bloß Kaffee?“, tönte es hinter ihnen. „Und was ist mit der Briefmarkensammlung?“

Mike holte einen Rucksack aus einem offenen Regal in der Nähe der Boulderwände, nahm ein T-Shirt mit einem Muster aus winzigen Totenköpfen heraus und zog es über. Mit nacktem Oberkörper Kaffee zu trinken war wohl nicht sein Stil. „Hoffentlich hast du dich nicht geärgert über die blöden Witze. War nicht böse gemeint."

„Alles im grünen Bereich", sagte Moni. „Junge Männer müssen halt ein bisschen angeben. Übrigens: Warum hast du eigentlich kein Tattoo?"

„Weil das alle haben", erwiderte Mike. „Ich bin nicht Mainstream."

Im Bistro mussten sie sich in eine lange Schlange einreihen und zusammen mit Familien mit quengelnden Kindern und Männern in Anzug und Krawatte warten. Auch viele Nichtkletterer kamen vor allem wegen der preiswerten und knackigen Burger des Bistros hierher. Benannt waren sie nach Klettergebieten, so gab es zum Beispiel das Modell „Alpen" mit Rindfleisch und Zwiebeln oder „Kalymnos" mit Ziegenkäse, Joghurtsauce und Pute.

Moni und Mike setzten sich auf die Terrasse, wo man auf Häuserblocks und Industriegebäude hinausblickte, aber auch auf grünes Brachland und ein Fußballfeld.

Moni blinzelte in die Oktobersonne und nippte an ihrem Milchkaffee. Was war dieser Mike für ein Mensch?

„Also los, frag mich aus", sagte er. „Ich bin gespannt, wie Detektive das machen."

„Ich habe keine Ahnung", gab Moni zurück. „Ich habe das nie gelernt. Fangen wir mal so an: Mit welcher Begründung bist du eigentlich festgenommen worden?"

„Daran ist David schuld, dieser Oberarsch. Er hat den Bullen erzählt, dass ich mich kurz vor Olivers Tod mit ihm gestritten habe. Aber das war knallhart gelogen. Oliver hat mir nur gesagt, ich soll in Zukunft pünktlich im Büro aufkreuzen, als Chef von dem ganzen Laden könnte er sich keine Sonderbehandlung seiner Freunde leisten."

„Wieso wusste David Husenkamp davon?"

„Wir waren im Wohnzimmer, er in der Küche nebenan, da hat er wohl einiges mitgehört."

„Ich werde auch David Husenkamp befragen", sagte Moni.

„Schon klar. Und der wird dir eine Story von ’nem Riesenkrach erzählen, weil er Oliver umgebracht hat und mir das in die Schuhe schieben will. Übrigens hat er mich bei Oliver verpetzt, er hat ihm eine SMS geschickt, dass ich einen Tag später als geplant aus meinem Urlaub zurückgekommen bin. Normalerweise hätte Oliver das gar nicht mitgekriegt, weil er damals gerade mit Dora in der Civetta war.“ Mike trank einen Schluck Bier und knallte das Glas auf den Tisch. „Unsere kleine Meinungsverschiedenheit zu diesem Thema hätte schon gereicht, dass die Bullen auf mir rumhacken. Und dann hat Olivers Onkel auch noch behauptet, ich wäre nachts ziemlich lang nicht in unserem Zimmer gewesen. Aber das stimmt nicht. Ich war bloß kurz auf dem Klo.“

„Hat da Ginzlings Hund gebellt?“

Mike schüttelte den Kopf. „Ich wäre beinahe über das fette kleine Vieh gestolpert, aber es hat gepennt. Wahrscheinlich war es total überfressen, es ist den ganzen Abend von Gast zu Gast und hat gebettelt.“

Moni beobachtete einen Kletterer, der sich an der Außenseite der Anlage emporwuchtete – dicke Oberarme, zwei linke Füße. Wenn sie nur auch so viel Power hätte … „Ist Ginzling irgendwann in der Nacht rausgegangen?“

„Weiß ich nicht. Ich war ziemlich weggetreten um die Zeit.“

Moni bat Mike, mehr über David Husenkamp zu erzählen, aber dabei kam nur eine Hasstirade heraus. Der Mann sei ein Schleimer, ein typischer karrieregeiler Manager, hinterhältig und ein Egomane und total eingebildet.

„Du hast gesagt, dass er etwas von Nicole wollte. Bist du dir sicher?“

„Klaro. Weil die Olivers Trophäe war. Er war auch stinkig, dass alle in der Firma Oliver supercool fanden und ihn gar nicht. Und dann hat er David auch noch seinen Traumjob als Geschäftsführer weggeschnappt.“

„Wie ist das gelaufen?“

Mike zuckte mit den Schultern. „Entscheidung von oben. Eigentlich haben wir alle erwartet, dass David Chef wird. Der ist Betriebswirtschaftler und obendrein Marketing-Spezialist, er hat beides studiert."

„War Oliver weniger qualifiziert?"

„Auf dem Papier schon. Er hat nur zwei oder drei Semester BWL studiert, dann ist er von der Uni, weil es ihn angeödet hat, sich mit Geld zu beschäftigen."

Moni knabberte den Cantuccino, der hier zum Kaffee gehörte, und genoss seinen nussigen Geschmack und wie er beim Beißen zersplitterte.

Mike und Oliver Baudel hatten also kurz vor dem Mord gestritten. Dass David Husenkamp der Polizei davon erzählt hatte, war seine Pflicht gewesen. Wäre er der Mörder, so würde es ihm natürlich gut in den Kram passen.

8. KAPITEL

Es war Sonntagmorgen. Moni hockte in ihrer Küche, vor sich einen Halbliterpott Kaffee und Vollkornbrot mit Marmelade.

Was für ein Mist. Wunderbares Wetter, und weit und breit kein Kletterpartner. Elsbeth und ihre anderen Seniorenfreunde waren für ein paar Tage in die Pfalz gefahren, und ihren Enkel Liam durfte sie nicht vor zwölf Uhr durch einen Anruf aus dem Schlaf reißen.

Moni hatte David Husenkamp ein Gespräch in seiner Wohnung vorgeschlagen, weil sie durch seine Umgebung Hinweise auf seinen Charakter erhoffte, aber er war nicht darauf eingegangen. Er wollte sie am Montagnachmittag in einem Bistro in der Nähe des Hauptbahnhofs treffen.

Moni zog ihren Notizblock heran und kritzelte darauf, was sie durch ihre Gespräche mit Dora, Mike, Rosmarie Baudel und Nicole über ihn wusste:

- *Leiter Marketing bei Outdoorfun.*
- *Bewerbung als Geschäftsführer. Bessere Qualifikation als Oliver Baudel.*
- *Laut Mike scharf auf Nicole.*
- *Verpetzte Mike wegen Verspätung.*
- *Hörte Gespräch Mike – Baudel mit. Stellte es Polizei als heftigen Streit dar.*

Das war nicht gerade viel. Aber sie stand ja erst am Anfang der Ermittlungen. Sobald sie mit allen Verdächtigen gesprochen hatte, würde sie sich die Hilfe von Experten holen. Dass ihr Schwiegersohn eine Detektei besaß, war schon praktisch. Aber Benno war bestimmt nicht ohne Weiteres bereit, sie zu unterstützen. Sie musste sich etwas einfallen lassen …

Moni beendete ihr Frühstück und rief Nicole an.

„Hallo, hier ist Moni. Wie geht es dir?“

„Nicht total schlecht. Wird schon wieder.“

„Keine Alpträume?“

„Nein. Lieb, dass du dir Sorgen um mich machst.“

Verflixt. Jetzt musste Moni zugeben, dass das nicht der Grund ihres Anrufs war. „Es freut mich, dass du dich ein bisschen von dem Schock erholt hast. Aber ich wollte dich noch etwas anderes fragen.“

„Was denn?“

„Wie gut kennst du David Husenkamp?“

„Nicht wirklich gut, obwohl wir im Büro öfter zusammenarbeiten.“

„War Oliver mit David Husenkamp befreundet?“

„Nein.“

„Warum hat er ihn dann zu seinem privaten Fest eingeladen?“

Ein kurzes Zögern. „Vielleicht hatte Oliver ein schlechtes Gewissen, dass er David ausgestochen hatte.“

Moni fragte nach Husenkamps Freunden.

„Ich habe keine Ahnung. In der Firma ist er nicht beliebt. Vielleicht, weil er der Einzige ist, der keinen Sport treibt, er fährt nicht einmal Ski.“

Was taten unsportliche Menschen wie Husenkamp eigentlich in ihrer Freizeit? Fernsehen, spazieren gehen, basteln? Moni konnte sich ein solches Leben kaum vorstellen; fast alle ihre Freunde waren Kletterer oder hatten Freude an anderen Sportarten.

David Husenkamps Adresse war Schönstraße 36f, das war in der Nähe des Zoos Hellabrunn und nicht weit von der Kletterhalle in Thalkirchen. Moni beschloss, zum Bouldern zu gehen und vorher einen Abstecher zu Husenkamps Wohnung zu machen. Ihn anzurufen wäre eine schlechte Taktik: Wenn sie überraschend auftauchte, war es schwieriger für ihn, sie wegzuschicken.

Die Schönstraße war gesäumt von mehrstöckigen Häusern, die gut in Schuss waren. Moni parkte und ging auf einer von Mülleimerkästen gesäumten Stichstraße an der Fassade von Nummer 36 entlang. 36a, 36b, 36c …

Rechts des Weges erstreckte sich eine mit Baum- und Buschgruppen bestandene Rasenfläche mit einem Kinderspielplatz, eine Oase zwischen den Häusern mit ihrem gleichförmigen Raster aus Fenstern und Balkonen.

Eine flauschige Fellrolle sprang kläffend auf Moni zu – Rollo! Sie bückte sich zu ihm hinunter und knuddelte ihn.

Was hatte Eberhard Ginzling hier zu suchen?

Der Hund drehte ab und trollte sich zu einer Bank am Rand des Rasens, auf der zwei Männer saßen. Sie kehrten Moni den Rücken zu. Einer der beiden war kräftig und hatte schwarzes Haar mit silbernen Streifen, das musste Ginzling sein. Der andere war schmal und blond – vermutlich Husenkamp. Es war wohl kein Zufall, dass Ginzling hier war. Was hatten die beiden miteinander zu schaffen?

Moni ging an zwei Betonkästen mit Mülleimern vorbei und auf den dritten zu. Er war nur wenige Schritte von der Bank mit den beiden Männern entfernt. Eberhard Ginzling legte dem Hund eine Leine an, dann wandte er sich seinem Banknachbarn zu. Was er sagte, war nicht zu verstehen, dazu war er zu weit weg.

Moni schaute sich schnell um. Niemand war in ihrer Nähe. Die meisten Leute in der Wohnanlage waren wegen des schönen Wetters ausgeflogen, nur vom Spielplatz tönte Kreischen und Lachen.

Moni rollte ihre Füße weich ab, um ihre Schritte zu dämpfen, erreichte den nächsten Mülleimerkasten. Er ging ihr bis zur Brust. Sie duckte sich dahinter. Wenn sie jemand so sah, würde sie eine merkwürdige Figur abgeben.

„... Schwester Sie verdächtigt ...?“, murmelte der Mann, der vermutlich Husenkamp war.

Ginzlings Antwort war gut hörbar, leise zu sein entsprach nicht seinem Naturell: „Ja, deshalb hat sie diese Detektivin auf mich angesetzt.“

„... vielleicht ...“

„Ausgeschlossen, ich habe die alte Schachtel eingewickelt.“

Der andere Mann sagte etwas Unverständliches.

„Herr Husenkamp, ich bin sicher, dass Mike Huber der Täter ist“, erklärte Ginzling. „Und ich will natürlich, dass er angeklagt wird.“

Der andere Mann war also Husenkamp, genau wie Moni vermutet hatte.

Kurzes Schweigen.

„Wir haben uns doch immer gut verstanden.“ Ginzlings Stimme hatte einen seltsamen Unterton. Drohend? Ironisch? „Und wir haben einige finanzielle Angelegenheiten so geregelt, dass wir beide profitiert haben. Sie wollen doch sicher nicht, dass das Ihrer Ernennung zum Geschäftsführer im Wege steht. Wenn ich Sie um einen kleinen Gefallen bitten würde – könnte ich dann auf Sie zählen?“

Das klang nach Erpressung!

„Selbstverständlich… aber was kann ich…?“, murmelte Husenkamp.

Stöckelschuhe klickten.

Moni fuhr zusammen, bückte sich und tat so, als müsse sie einen Schnürsenkel an ihren Sneakers binden. Dann richtete sie sich langsam auf und drehte sich um. Sie blickte in das Gesicht einer üppigen Frau, die spöttisch lächelte. Moni wurde rot. Die Show mit dem Schnürsenkel war missglückt, die Frau hatte sie wohl schon eine Weile beobachtet. Sie grinste breit, hob die Brauen, legte den Finger an die Lippen und wandte sich dem nächsten Hauseingang zu. Offenbar hatte sie Verständnis für neugierige alte Damen.

Moni spähte über den Betonkasten zur Bank. Sollte sie noch länger lauschen? Die zwei Männer saßen noch immer mit dem Rücken zu ihr. Rollo zerrte an seiner Leine und bellte, Ginzling schimpfte.

Moni hatte nicht den Nerv zu warten, bis der Hund sich beruhigte und das Gespräch weiterging.

Sie eilte in Richtung Hauptstraße davon.

Vermutlich hatte Husenkamp mit Ginzling in der Firma ein paar krumme Sachen gedreht, und Ginzling hatte ihn in der Hand. Aber was sollte Husenkamp für ihn tun?

9. KAPITEL

Die Kletterhalle im Münchner Stadtteil Thalkirchen war so etwas wie Monis Stammkneipe. Etwa dreimal pro Woche verbrachte sie dort ein paar Stunden in der Wand, danach traf sie sich mit ihren Senioren-Freunden im Bistro bei Kaffee und Kuchen. Heute war sie mit niemandem verabredet, und ihre Chancen, einen Kletterpartner zu finden, standen eher schlecht. Moni kannte vor allem Rentner, Arbeitslose, Studenten und Hausfrauen, die unter der Woche Zeit hatten, wenn in der Halle wenig Betrieb war. Leider war Sonntag, und da kamen vor allem Familien mit Kindern und coole junge Leute, die Klettern wegen der Fitness betrieben.

Als Moni die Tür zur „rechten Halle" aufstieß, schlug ihr Stimmengewirr entgegen und das Plärren eines Babys, das in seinem Maxi-Cosi gleich neben dem Eingang abgestellt war. Schlangen hatten sich vor den mit bunten Griffen besetzten Wänden gebildet, und im Licht der Sonne, das durch große Fenster hereinfiel, wirbelten Wolken aus Magnesiastaub.

Monis Blick schweifte über die Menge.

Aber war das nicht – nein, das war doch nicht möglich um elf Uhr am Vormittag! Doch, dieser Riese mit den schulterlangen Locken in der überhängenden Wand war eindeutig ihr Enkel Liam! Gesichert wurde er von einem rundlichen Mädchen mit einem langen braunen Zopf – Susi. Sie ließ Liam keine Sekunde aus den Augen.

„Pass auf, Susi! Aufpassen!" Liam verhakte eine Ferse hinter einem gelben Plastikteil, was seine Arme entlastete, und zog sich höher hinauf. Für einen Anfänger war das eine ungewöhnliche Kletterbewegung, der junge Mann stellte sich geschickt an.

Liam hängte den letzten Karabiner ein. „Puuh! Kannst ablassen."

Er schwebte herunter zum Boden.

„Du bist doch super drauf, Liam", sagte Susi. „Das nächste

Mal gibt's kein Gejammer, wenn du vor zwölf Uhr mittags klettern musst."

„Aber das ist eine unnötige Quälerei, Susi!"

Liams Blick fiel auf Moni. „Oma! Schön, dich zu sehen."

„Hallo, Moni! Magst du mitklettern?", fragte Susi.

In den nächsten zwei Stunden war Moni glücklich. In der Wand gab es kein Grübeln über Mörder, keine Frage nach dem Sinn eines Rentner-Lebens. Nur das Tun. Und zwischen den Zeiten in der Vertikalen belanglose, nette Ratscherei.

„Wie hast du es geschafft, Liam aus dem Bett zu scheuchen, Susi?", fragte Moni.

„Wir hatten ausgemacht, heute Nachmittag miteinander in die Halle zu gehen. Gestern Abend hat er mich dann angerufen, völlig verzweifelt, weil er da keine Zeit hat. Logisch, dass ich ihn auf den Vormittag verpflichtet habe."

„Und warum hat er nachmittags keine Zeit?", fragte Moni.

„Weil meine Eltern heute Abend zu Besuch kommen!", ertönte Liams Stimme, der gerade am Seil herabschwebte. „Papa hat hier irgendwas Geschäftliches zu tun, und Mama wollte sich sowieso einmal meine WG anschauen. Es ist eine Katastrophe!"

„Was ist so schlimm daran?", fragte Moni.

„Ich muss aufräumen!", jaulte er. „Dazu brauche ich den ganzen Nachmittag."

„Warum musst du das?", fragte Moni. „Du bist erwachsen und kannst leben, wie du willst."

„Damit ... äh ... na ja, eigentlich hast du recht, Oma. Egal wie ich mich abmühe, Papa wird irgendein Stäubchen auf dem Schrank finden und schimpfen, dass das ein Saustall ist."

Er sicherte Susi perfekt, Bremshand nach unten. Wenn es wirklich wichtig war, konnte man sich auf Liam verlassen, obwohl ihn die Realitäten des praktischen Lebens sonst wenig interessierten.

Das Mädchen schlängelte sich eine senkrechte Wand mit neonfarbenen Griffchen hinauf; es war enorm beweglich und hatte keine Angst vor dem Fallen.

„Warum weiß ich eigentlich nichts davon, dass Anja und Benno heute nach München kommen?“, fragte Moni.

„Es war ein spontaner Entschluss“, erwiderte Liam. „Die wollen dich sicher auch treffen. Wann hast du dein Handy das letzte Mal gecheckt?“

Moni dachte nach. „Vorgestern.“

„Ach, Oma. Du bist echt von vorgestern.“

***

Liams WG-Genossen waren nicht daheim, Moni saß mit ihrem Enkel in der Küche und beobachtete ihn bei der Zubereitung von Chili con carne. Sie hatte keine Ahnung, wie das ging, sie kannte nur ein beschränktes Repertoire an Gerichten, deren Zubereitung maximal eine Viertelstunde dauerte. Als alleinerziehende Mutter mit einem Acht-Stunden-Tag hatte sie sich früher nur mit den allernotwendigsten Haushaltsarbeiten beschäftigt, um Zeit mit ihrer kleinen Anja verbringen zu können. Leider sah Moni sie jetzt nur noch selten. Wegen ihres Ehemanns war sie nach Berlin gezogen, und das nahm Moni Benno übel. Abgesehen davon mochte sie ihren Schwiegersohn nicht besonders, es war ihr ein Rätsel, warum Anja ihn geheiratet hatte.

Moni hatte bereits eine Riesenportion Salat geputzt und die Sauce angerührt; Anja und Benno würden bald eintreffen. Aber Liam war bei Weitem noch nicht mit seiner Kochaktion fertig. Er schaute nur selten auf die Uhr, Planung und Ordnung waren seinem Charakter fremd. Über seinem Gitarrespiel konnte er die Zeit vergessen, und er hatte schon Prüfungstermine verschlafen.

Die Küche der Drei-Mann-Wohngemeinschaft war mit einer himmelblau gestrichenen Anrichte vom Flohmarkt ausgestattet und einem Tisch und Stühlen in der gleichen Farbe. Ein Gummibaum reckte sich verzweifelt in Richtung des Fensters, das auf einen Hinterhof mit Mülltonnen und Fahrrädern hinausging. Auf dem Gasherd blubberte eine bräunliche Masse.

Moni tränten die Augen vom Dunst der Zwiebeln, die Liam gerade kleinschnitt.

Vor ein paar Monaten war er schwer in Susi verliebt gewesen und hatte sein Leben riskiert, um sie vor ihrem Entführer zu retten. Aber in der Kletterhalle hatte Moni den Eindruck gehabt, die beiden wären nur gute Freunde.

„Was ist eigentlich los mit Susi und dir?“, fragte sie unvermittelt.

„Es – äh – klappt irgendwie nicht.“

Moni musterte ihn. Eine große Nase, braune Teddybärenaugen, ein sinnlicher Mund und eine schwarze Lockenmähne. Er war ein süßer Junge, kein harter Kerl, wie ihn viele Frauen bevorzugten. „Interessiert sich Susi nicht für dich als Mann?“

Liam zuckte mit den Schultern. „Keine Ahnung. Ich habe – äh – nie versucht, sie anzufassen.“

Moni wischte die Tränen aus den vom Zwiebeldunst juckenden Augen. „Warum nicht?“

Liam stand auf und streifte die Zwiebeln mit einem Messer vom Schneidebrett in eine Pfanne mit heißem Öl, in der schon Knoblauch und gehackter Chili brutzelten. „Ich habe ihr das Leben gerettet und will nicht, dass sie sich irgendwie verpflichtet fühlt. Und außerdem bin ich – äh – nicht einmal sicher, ob ich überhaupt noch verliebt bin. Seit ich Susi besser kenne, weiß ich, dass sie trotz ihrer Zöpfe und ihres lieben Gesichts viel zielstrebiger und mutiger ist als ich.“

„Und das macht dir Angst?“

Liam nickte ernst. „Ja. Ich bin von Natur aus ein ängstlicher Mensch.“

„Aber bei Susis Rettung warst du doch sehr tapfer!“

„Nur weil meine Gefühle verrückt gespielt haben. Vielleicht hatte ich da so was wie Testosteronüberschuss. Angeblich ist das der Stoff, der aus jungen Männern Helden macht – wenn sie das Glück haben, ihre verrückten Aktionen zu überleben.“

Liam nahm eine große Tüte aus dem Kühlschrank und schüttete daraus eine Portion Hackfleisch in die Pfanne. „Beim Klettern bin ich total ängstlich. Völlig irrational.“

„Du solltest einen Kurs zum Sturztraining mitmachen."

„Hilfe! Bloß das nicht!"

Moni wollte gerade etwas Ermunterndes sagen, da schrillte die Klingel. Es war Punkt halb acht. Sie eilte hinaus in den Flur, um die Tür zu öffnen.

Ein blonder Wirbelwind, lautes Lachen – Anja! Ihre Tochter! Monis Herz machte einen Satz. Sie drückte sie fest an sich. Es dauerte eine Weile, bis sie sich voneinander lösten.

„Du siehst großartig aus, Mama!", sagte Anja. „Wie wär's, wenn du deine Haare blau färben würdest? Das würde cool aussehen."

„Färben heißt zwei Stunden beim Frisör hocken", erwiderte Moni. „Dazu habe ich nicht die Geduld."

Sie gab Benno die Hand. Ihr Schwiegersohn war ein frostiger Norddeutscher, bei dem eine überschwängliche Begrüßung unpassend gewesen wäre. „Schön, dass ihr mal in München seid. Liam steht am Herd. Es wird noch dauern, bis das Essen fertig ist."

„Typisch Liam", sagte Benno.

Sie gingen in die Küche, Anja umarmte ihren Sohn, Benno klopfte ihm auf die Schulter. „Es freut mich, dich so konzentriert arbeiten zu sehen."

Anja warf sich auf einen Stuhl und schnupperte. „Mhhh. Knoblauch. Riecht scharf. Was wird das, wenn es fertig ist, Liam?"

„Chili con carne."

„Super. Und das in dem Topf dort?"

„Die Bohnen fürs Chili. Die muss man doch gut weichkochen, bevor man sie mit dem Zeug in der Pfanne mischt, oder?"

„Na ja, du hast wohl ein anderes Rezept als ich", sagte Anja. „Wird schon passen. Wie geht's dir denn so?"

„Alles okay", erwiderte Liam knapp. Dann erzählte Anja von ihrem Pferd, das öfter falsch angaloppierte, Liam wehrte die Versuche seines Vaters ab, ihm etwas über Prüfungen und Studienzeiten zu entlocken, und Benno berichtete von den Erfolgen seines Detektivbüros. Sein Besuch war für Moni eine gute Gelegenheit, ihn um Hilfe bei ihren Ermittlungen zu bitten. Hätte sie früher davon gewusst, dann hätte sie mit Anja zusammen einen Plan entworfen, um ihn zu überzeugen.

Endlich war das Essen fertig.

Moni kleckste einen Löffel Chili con carne auf ihren Teller und häufte daneben eine Riesenportion Blattsalat mit Kohlrabi und Karotten.

Anjas Backen waren rot von zwei Gläsern Wein, ihre blauen Augen funkelten. „Wenn du so weitermachst, wachsen dir bald fingerlange Schneidezähne, Mama. Ob das dem Martl gefällt?"

Moni hatte ihr ein paarmal am Telefon von ihrem netten Nachbarn erzählt, und schon wurde sie mit ihm aufgezogen. „Der Martl mag alte Hasen. Und außerdem würde ich nie auf meinen Salat verzichten oder auf irgendetwas anderes, um einem Mann zu gefallen."

„Ich hab auch keine Lust mehr, mich um meine Schönheit zu kümmern", erwiderte Anja. „Benno hat mich vor zehn Jahren das letzte Mal angeschaut und das Bild in seinem Computerhirn als jpeg abgespeichert."

Das sollte witzig klingen, aber dahinter steckte ein ernster Vorwurf.

„Damals warst du recht hübsch", sagte Benno sarkastisch.

„Oh – ein etwas verspätetes Kompliment. Das überrascht mich wirklich."

Liam blickte verlegen von einem zum anderen. „Mag jemand noch einen Nachschlag?"

Seine Gäste wehrten ab, Liam sammelte die Teller und Schüsseln ein und begann abzuspülen.

„Anja hat mir erzählt, dass es dir gelungen ist, einen Auftrag als Detektivin zu bekommen", sagte Benno. „Ich wünsche dir viel Erfolg als Miss Marple – aber fehlt es dir da nicht ein bisschen am Know-how? Meine Mitarbeiter müssen eine mehrjährige Ausbildung durchlaufen."

„Ich fühle mich tatsächlich überfordert, mir ist klar, dass ich keine Ahnung vom Ermitteln habe", sagte Moni gelassen.

„Aber du hast doch zig Spezialisten, Computer-Freaks, Psychologen, Spuren-Fachleute."

„Das ist richtig." Ein Lächeln umspielte Bennos Mundwinkel. Natürlich machte er ihr kein Hilfsangebot.

„Benno!", sagte Anja streng.

„Erwartest du etwa, dass ich eine derart gefährliche Konkurrentin in meinem Berufsfeld unterstütze?", gab Benno zurück.

Anja und Moni schwiegen. Liam klapperte mit Tellern und verspritzte Spülwasser. Dann wandte er sich seinem Vater zu. „Du solltest Oma nicht unterschätzen, Papa. Sie bringt die Leute zum Reden und durchschaut sie. Ich bin bei ihr noch nie mit einer Lüge durchgekommen."

„Vielleicht weil du ein schlechter Lügner bist", erwiderte Benno.

Monis Gedanken wirbelten. Sie musste ihren Schwiegersohn bei seinem Berufsstolz packen. „Du hast doch eine Filiale hier in München, die dieser unhöfliche Mensch namens Back leitet. Glaubst du, der würde mehr herausfinden als ich?"

„Selbstverständlich. Er hat sieben Jahre lang bei mir in Berlin gearbeitet und führt die Münchner Niederlassung seit elf Jahren."

Bennos Antwort spielte Moni in die Hände. „Ich habe den Mann bei der Suche nach Susi kennengelernt. Back ist eine Pfeife."

Anja kicherte wegen des Wortspiels, Benno verzog keine Miene. „Da irrst du dich gewaltig. Er hat schon zig Fälle aufgeklärt, du nur einen."

„Weil er eine große Organisation mit Fachleuten hinter sich hat und obendrein gute Beziehungen zur Kripo. Wenn ich solche Möglichkeiten hätte, würde ich mehr herausbekommen als er und die Polizei."

Moni fing Anjas erstaunten Blick auf. Es war ihr peinlich, so auf den Putz zu hauen, aber es war notwendig.

Benno stieß ein selbstgefälliges Lachen aus. „Das glaube ich erst, wenn du den Fall gelöst hast."

Jetzt hatte sie ihn. „Okay. Machen wir eine Wette: Du stellst mir alle Mittel deiner Detektei zur Verfügung, auch deine Beziehungen zur Polizei. Wenn es mir gelingt, damit den Fall innerhalb von sechs Monaten zu lösen, hilfst du mir in Zukunft bei allen Detektiv-Aufträgen. Wenn nicht... ja, was soll ich tun, wenn es mir nicht gelingt?"

Das suggerierte eine Antwort, und damit war die Wette fast abgeschlossen.

Benno runzelte die Stirn. „Dann musst du Liam dazu bringen, nächstes Jahr seinen Bachelor zu machen. Du hast ja einigen Einfluss auf ihn."

Gemein. Das war wahrscheinlich noch schwieriger, als Olivers Mörder zu entlarven. „Nein, ich kann Liam zu nichts zwingen. Ich biete dir stattdessen meinen Jugendstil-Schreibtisch an, du warst doch immer neidisch darauf."

„Nein."

Moni überlegte. Das Nein hatte endgültig geklungen. Verdammt, das mit der Wette hätte beinahe funktioniert...

Liam legte den Spülschwamm weg, reckte den Arm in die Höhe und streckte drei Finger in die Luft. „Wenn Oma die Wette verliert, werde ich die Prüfung schaffen. Ich schwöre es bei meiner Gitarre, bei Eichendorffs Gedichten und bei meiner angeborenen Faulheit."

***

Es war halb zwölf, Anja und Benno waren gegangen, Moni hockte im Schneidersitz auf einer Matratze. Abgesehen davon war die Wohnstube der WG mit Bücherregalen und einem Schwarz-Weiß-Fernseher ausgestattet. Auf dem Linoleumboden lagen Zeitungen und offene Chipstüten herum.

Liam saß neben Moni, hatte die Beine angewinkelt und lehnte sich gegen die Wand.

Seit Moni mit ihm zusammen den Entführer von Susi Gerstmann zur Strecke gebracht hatte, war sie ihm recht nahe gekommen, und sie hatte Verständnis für seine Lebenseinstellung, die sie an ihre Jugend in der Hippiezeit erinnerte. Es freute sie, dass er nach München gezogen war, um seinem Vater zu entgehen. Und auch, dass er angefangen hatte zu klettern. Inzwischen hatte er dabei einigen Ehrgeiz entwickelt, obwohl er das peinlich fand. Denn Liam betonte gern, er sei ein Außenseiter in einer Gesellschaft, in der vor allem Leistung zählte.

Er hatte eine Tasse dampfenden Grüntee neben sich auf den Boden gestellt und ein Schüsselchen mit Grissini, die biologisch-dynamisch, gentechnikfrei und aus glücklichem Vollwert-Weizen hergestellt waren.

„Ein Wunder ist geschehen", sagte er. „Papa hat sich nicht zur Sauberkeit der Küche geäußert."

„Vermutlich hat Anja ihm mit sexuellem Entzug gedroht, wenn er sich nicht zusammenreißt", erwiderte Moni. „Sie hat mir erzählt, dass das bei ihm wirkt – manchmal."

„Ich finde es – äh – seltsam, wenn du so über Mama und Papa redest", sagte Liam.

„Du solltest dich an den Gedanken gewöhnen, dass sie nicht nur Eltern, sondern auch Menschen sind, dann kommst du mit deinem Vater besser aus."

Liam nickte langsam. „Oma, vor dir muss man sich wirklich in Acht nehmen, du hast Papa reingelegt. Aber ich hänge jetzt mit drin. Wenn du die Wette nicht gewinnst, werde ich sehr darunter leiden."

Leiden war bei Liam ein Synonym für Arbeiten.

„Vielen Dank, Liam. Ich weiß das wirklich zu schätzen."

„Und jetzt müssen wir alles tun, um den Mörder zu finden", sagte er.

„Wir?"

„Äh… selbstverständlich wir. Ich habe keine Lust, Literaturgeschichte zu büffeln."

Er trank einen Schluck Tee und streckte seine langen Beine. „Erzähl doch mal, was du bisher in deinem Mordfall herausgefunden hast."

Moni berichtete, Liam hörte aufmerksam zu. Danach fragte er: „Wer war es? Was sagt dir dein Gefühl, Oma?"

„Mike war es nicht. Eberhard Ginzling ist kein Mördertyp, wie ich ihn mir vorstelle. Dora war verliebt in Oliver Baudel, Nicole und Dora können einander nicht ausstehen. Eifersucht ist natürlich immer ein Motiv. Über David Husenkamp kann ich nichts sagen, den lerne ich erst morgen kennen."

Liam zog einen Grissini-Stängel aus der Packung und drehte ihn zwischen den Fingern. „Was für einen Job hatte dieser Mike eigentlich bei Outdoorfun, bevor er gefeuert wurde?"

„Er hat in der Zentrale in Moosach im Lager gearbeitet."

„Ist Husenkamp auch in Moosach beschäftigt?", fragte Liam.

„Wahrscheinlich. Nicole hat mir erklärt, dass dort die Marketingabteilung, Verwaltung und die Online-Verkaufsstelle sind. Die drei Läden rund um München dienen nur dem Verkauf der Produkte."

Liam nickte langsam. „Gut. Dann werde ich mich für Mikes ehemalige Stelle im Lager bewerben und Maulwurf spielen. Abgesehen davon kann ich ein paar Kröten mehr brauchen, ich will mir eine neue Gitarre kaufen."

„Ich werde für meine Detektivarbeit gut bezahlt", sagte Moni. „Dir steht ein Teil meines Tagessatzes zu. Und Spesen bekommst du auch."

„Nein, nein, das will ich nicht", erwiderte Liam. „Kommt überhaupt nicht in Frage."

Das war keine Pro-Forma-Abwehr. Liam war alles andere als geldgierig, obwohl er manchmal so klamm war, dass er sich nur noch von Haferflocken, Milch und Nudeln ernährte.

„Wenn du mal wieder auf der Bank warst, stecke ich es dir heimlich in den Geldbeutel, so wie ich dich kenne, merkst du das dann gar nicht", erwiderte Moni. „Und ich habe noch einen Vorschlag: Wenn wir Erfolg haben, machen wir ganz offiziell miteinander ein Detektivbüro auf. Ich brauche einen starken jungen Mann an meiner Seite."

„Ämmm … meinst du, ich soll dann Verbrecher verprügeln oder so? Das liegt mir überhaupt nicht. Dir würde ich das schon eher zutrauen, Oma."

Moni knabberte ein Grissini, dann sagte sie: „Ich denke daran, einen Kurs zu machen, bei dem ich das lerne."

„Oma, du spinnst."

„Sag bloß, ich bin zu alt."

„Oh je, du bist ganz schön empfindlich mit deinem Alter!", erwiderte Liam. „So habe ich das nicht gemeint. Aber du gegen einen Kriminellen – das wäre wie ein Pinscher gegen eine Bulldogge. Du solltest lieber lernen, mit einem Schießeisen umzugehen."

10. KAPITEL

Am Montagnachmittag wartete Moni in einem Bistro in der Innenstadt auf Husenkamp. Er war auf die Minute pünktlich und kam direkt auf ihren Tisch zu, vermutlich hatte er ihr Bild irgendwo in den Medien gesehen oder gegoogelt.

Husenkamp war groß und dünn und hatte keinerlei Spannung im Körper. Mit seiner schwarzen Hornbrille, Spitzbart, Jackett und löchrigen Jeans wirkte er wie ein typischer Großstädter, der sich einen coolen Anstrich geben will.

Nach einer höflichen Begrüßung begann er das Gespräch locker und gekonnt. Moni konnte sich gut vorstellen, wie er mit Geschäftspartnern umging, die er für sich einnehmen wollte. Er fragte nach Monis Erfahrungen mit ihrem plötzlichen Ruhm, ließ ein bisschen Bewunderung durchsickern und erzählte auch Persönliches, etwa, dass ihm durch seine Überstunden kaum Zeit bliebe für eine Freundin oder kulturelle Veranstaltungen.

Eine Viertelstunde später stellte Moni die erste gezielte Frage. „Wie war eigentlich Ihr Verhältnis zu Oliver Baudel?“

Er lehnte sich zurück, schien zu überlegen. „Distanziert. Ich fand ihn etwas – na ja, freakig. Sicher wollen Sie wissen, ob wir Rivalen waren.“ Husenkamp fuhr sich durch sein kurzes blondes Haar und blickte vor sich hin, als überlege er, wie viel er Moni erzählen sollte. Dann räusperte er sich. „Ich gebe es zu, ich war neidisch auf Oliver. Die gesamte weibliche Belegschaft schwärmte für ihn und ich war – nein, bin – ein bisschen verliebt in Nicole, aber wer wäre das nicht?“

Moni nahm einen Schluck Cappuccino. Seine Offenheit war keine schlechte Taktik, wenn er Wichtigeres zu verbergen hatte.

„Und dann bekam Oliver auch noch den Job, auf den ich seit Jahren hingearbeitet hatte“, fuhr Husenkamp fort. „Rinkelfahr, der Besitzer von Outdoorfun, hatte aus unerfindlichen Gründen einen Narren an Oliver gefressen. Natürlich war ich enttäuscht.“

Nun kam Moni auf den Streit zwischen Oliver und Mike zu sprechen. Husenkamp erklärte, er sei in der Küche nebenan gewesen und hätte bei geschlossener Tür deren Geschrei gehört. Mike hätte Oliver vorgeworfen, den Chef raushängen zu lassen. Er müsse doch verstehen, dass er seinen Urlaub einen Tag verlängert hatte, die Verhältnisse in der Matterhorn-Nordwand seien ideal gewesen. „Leidenschaftliche Kletterer sind eben Süchtige", beendete David Husenkamp seinen Bericht. „Für ihre Traumtouren riskieren sie ohne Weiteres ihren Job."

Da hatte er recht. Moni erinnerte sich noch gut an die Sturm-und-Drang-Zeiten von einigen Freunden aus ihrer Rentnercrew. Vor vierzig Jahren hätte zum Beispiel Edi für einen Erfolg an der Eiger-Nordwand sein Studium hingeschmissen und seine Freundin in die Wüste geschickt.

„Ich bin mir so gut wie sicher, dass Mike der Täter ist", erklärte der Marketingleiter. „Er ist aufbrausend, neigt zur Gewalttätigkeit und kommt aus kriminellem Milieu."

„Auch Ginzling hatte ein Motiv", sagte Moni. „Geld. Kennen Sie ihn?"

„Ja, er hat bei Werbekampagnen für uns gearbeitet."

„Hatten Sie in letzter Zeit mit ihm zu tun?"

„Nein." Die Antwort kam schnell. Eine Dummheit. Die Frage hätte ihn stutzig machen müssen. Mal sehen, was passierte, wenn man ihn mit seiner Lüge konfrontierte.

Moni schaute ihm in die Augen. „Sie haben ihn gestern getroffen. Ich habe Sie zusammen gesehen."

Er führte seine Tasse an den Mund, wohl ein Versuch, Zeit zu gewinnen. Der Kaffee schwappte über. Er lachte verlegen, zog ein Papiertüchlein aus dem Spender und wischte die Tropfen auf. „Ertappt. Na so ein Pech. Ich habe Sie gar nicht bemerkt. Aber wieso haben Sie sich nicht blicken lassen?"

Das wollte Moni lieber nicht beantworten. „Ich war auf dem Weg zu Ihnen. Ich war zufällig in der Gegend, und gestern hätte ein Treffen mit Ihnen besser in meine Pläne gepasst. Sie saßen neben Ginzling auf einer Bank. Da wollte ich nicht stören und bin gleich wieder gegangen."

Husenkamp sammelte sich. „Ich habe versprochen, niemandem von unserem Gespräch zu erzählen, er wollte nicht, dass seine Schwester davon erfährt."

„Es ging also um den Tod von Oliver Baudel", sagte Moni.

Er wich ihrem Blick aus. „Herr Ginzling und ich glauben beide, dass Mike Huber Oliver umgebracht hat. Es war... ein Meinungsaustausch zu diesem Thema."

„Dann frage ich mich, warum Rosmarie Baudel nichts von diesem Treffen wissen durfte", gab Moni zurück.

Husenkamp wirkte plötzlich wieder selbstsicher. „Ginzling will seine Schwester von seiner Unschuld überzeugen, aber sie soll keine Ahnung davon haben, dass er Beweise gegen Huber sammelt."

„Warum nicht?"

„Weil er sonst den Eindruck erwecken würde, auf die Erbschaft scharf zu sein."

Moni schüttelte den Kopf. „Eine dünne Begründung. Er könnte seiner Schwester ja sagen, dass es ihm um die Beziehung zu ihr geht und ihren Seelenfrieden."

David Husenkamp rückte seine Brille auf der Nase zurecht und musterte sie. „Ich nehme an, Herr Ginzling kennt seine Schwester und kann ihre Reaktionen einschätzen. Daher fände ich es angemessen, wenn Sie Frau Baudel vorerst nichts von unserem Treffen erzählen würden."

Moni nickte. „In Ordnung, vorerst. Das Weitere hängt vom Verlauf meiner Ermittlungen ab."

***

Liam wuchtete ein Paket von einem Metallregal auf einen Elektro-Gabelstapler, hinter dessen Steuer ein dunkelhäutiger Riese aus Nigeria thronte. Er hieß Chukwuebuka, akzeptierte aber die Abkürzung Tschuk. „Morgen hast Muskelkater", sagte er mit breitem Lächeln. „Der Job macht schwach zuerst, dann stark." Er winkelte seinen Arm an und zeigte seinen kugeligen Bizeps.

Liam entfuhr ein Ächzen. Nach vier Stunden Be- und Entladen fühlte er sich, als hätte ihm ein Pferd ins Kreuz getreten, seine Arme und Hände krampften.

Detektiv spielen konnte mühsam sein. Doch seine Seele hatte viel schlimmer gelitten: Er war beim Frisör gewesen. Und der hatte sich mit Feuereifer auf seine schulterlangen Locken gestürzt und sie abgesäbelt. Für Liam waren sie eine Protestkundgebung gegen gängige Männer- und Modeideale gewesen, und sie hatten seine Bewunderung für die Hippie-Bewegung zum Ausdruck gebracht. Zum Vorstellungsgespräch hatte er sich obendrein mit sauberen Jeans und einem weißen Hemd präsentiert, das allerdings nicht gebügelt war, so weit wollte er es mit seiner Verkleidung nicht treiben. Und er hatte einen falschen Namen angegeben, den seines WG-Genossen Max Fiedler, und dessen Personalausweis gezeigt. Was sich blöd anfühlte, aber sinnvoll war, denn nach Susis Rettung hatte nicht nur Oma, sondern auch er im Rampenlicht gestanden.

Das Opfer seiner Haarpracht hatte sich gelohnt: Bisher hatte ihn niemand erkannt. David Husenkamp hatte ihn beim Vorstellungsgespräch kurz gemustert und gesagt: „Sie sehen sehr kräftig aus. Treiben Sie Sport?"

„Ein bisschen. Ich fahre viel Rad und gehe klettern."

Das blasse Gesicht Husenkamps verzog sich zu einem Lächeln. „Sie werden gut in unser Team passen."

Tschuk hüpfte aus dem Wagen. „Lassen ma stehen. Zeit für Essen." Er klopfte Liam auf die Schulter.

Erst jetzt merkte er, dass sein Magen knurrte. Effektiv und fehlerfrei zu arbeiten hatte ihn völlig in Atem gehalten.

Chukwuebuka deutete auf Liams Pranken. „Super Hände. Gut für Job."

Liam zerrte seine Arbeitshandschuhe herunter und folgte Tschuk durch die mit Metallregalen bestückte Lagerhalle, die ihn an die von Ikea erinnerte: Reihen um Reihen von Paketen verschiedener Größe an nummerierten Plätzen, hier allerdings ohne Abbildungen des Inhalts. Wenn er zum Beispiel H 243 mit H 234 verwechselte, konnte es passieren, dass der Kunde anstelle seines online bestellten Eispickels rosafarbene Damenunterwäsche auspackte.

Sie durchschritten ein Rolltor, überquerten einen großen Parkplatz und betraten die Kantine. Der säuerlich-würzige Duft von Kassler mit Sauerkraut hing in der Luft, etwa vierzig Leute saßen an Plastiktischen oder warteten an der Essensausgabe. Die Auswahl an Gerichten war nicht groß. Liam, der nur Biofleisch aß, entschied sich für Kartoffelsuppe und zwei Portionen Tiramisu.

Zusammen mit Tschuk ließ er sich in einer Ecke nieder und begann zu essen. Der Nigerianer verschlang das Kassler so eilig, dass er nicht reden konnte, dann erklärte er: „Heute ich gehe früh heim, muss Kinder aufpassen“, nickte Liam zu und marschierte davon. Liam würde ihn später über seinen Vorgänger Mike ausfragen.

Heute würde er versuchen, mehr über Nicole Mitz herauszufinden und über Julia Dingelmeier, eine Mitarbeiterin von Outdoorfun, die bei Oliver Baudels Fest dabei gewesen war.

Oma hatte Fotos der beiden Frauen besorgt und sie Liam gezeigt.

Sein Blick wanderte durch den Raum. Tatsächlich, die Große dort im knappen roten T-Shirt mit dem blond gesträhnten langen Haar, das war unverkennbar Julia Dingelmeier. Sie saß allein an einem Vierer-Tisch.

Wäre es aufdringlich, wenn er sich zu ihr setzte, obwohl es noch freie Tische gab? Ja, aber als Detektiv musste er solche Bedenken ablegen, egal wie peinlich das war.

Liam holte sich eine Tasse Grüntee und eine Butterbreze und steuerte auf ihren Platz zu. „Hallo. Ist hier noch frei?“

Wie unbeholfen. Das war doch offensichtlich.

Sie blickte von ihrem Salat auf. Violetter Lidschatten, hellrosa Lippen und ein freundliches Lächeln. „Hallo. Klar doch, du bist neu hier, oder? Hab dich noch nie gesehen, und ich kenne praktisch alle hier, auch Tschuk, mit dem warst du doch gerade zusammen, er ist nett, für einen Afrikaner kann er toll deutsch, arbeitest du mit ihm im Lager? Muss anstrengend sein, und ...“

Sie stieß die Sätze hervor, als müsse sie nie Atem holen. Sie zum Reden zu bringen war nicht das Problem, sondern das Gespräch in die erwünschte Richtung zu lenken. Liam ließ sich ihr gegenüber nieder und den Wortwasserfall über sich hinwegschwappen. Es war nicht sein Stil, andere zu unterbrechen, aber nachdem er alles über Julias sportliche Karriere als Kletterin erfahren hatte, die Talkshow gestern Abend und die jeden Morgen und Abend überfüllte S-Bahn, wagte er es doch, einen Satz einzuwerfen. „Magst du deinen Salat nicht?"

Sie schaute auf ihren Teller. „Ach so. Wir haben so nett geplaudert, da habe ich glatt das Essen vergessen." Sie spießte ein paar grüne Blätter auf, schob sie in den Mund, und es war unvermeidlich, sie zu kauen. Die Gelegenheit musste Liam nutzen. Aber wie? Sobald sie das Grünzeug hinuntergeschluckt hatte, würde es weitergehen. Er musste sich etwas einfallen lassen, irgendetwas, das ihr ein paar sinnvolle Informationen entlockte, aber sein Hirn war in der Wortflut ertrunken. „Äh – was arbeitest du hier eigentlich?", fragte er lahm.

Sie schluckte, und schon ging es los. „Ich bin Sekretärin, und das gefällt mir, obwohl ich viele Überstunden machen muss, ich hab da eine Kollegin, die soll mir helfen, aber die Chefs merken das eben nie, wer was arbeitet und wer nicht, die sehen bloß, ob die Sekretärin hübsch ist und –"

„Du bist mit deiner Kollegin unzufrieden?", unterbrach Liam sie rüde.

Julia hielt schnell die Hand vor den Mund. „Ups, sorry – nein, nein, Nicole ist ganz lieb, total nett, nur die Arbeit, von der versteht sie nicht so viel, und mit ihrer Motivation stimmt was nicht, kein Wunder, weil sie früher ein berühmtes Model war." Sie lud Salat auf ihre Gabel, konnte aber nicht essen, da sie noch mehr dazu erzählen musste: „Das färbt natürlich ab, sie ist dauernd auf der Toilette und frischt ihr Make-up auf, aber na ja, das war mal so, gerechterweise muss ich sagen, dass sich das geändert hat, seit Oliver tot ist, natürlich trauert sie um ihn und geht nur noch in Schwarz, aber das ändert sich bestimmt bald, schöne Kleidung ist ihr Ein und Alles, bei einem Model ist das ja normal.“ Eine Portion Salat verschwand in ihrem Mund.

„Echt, war sie früher so ein Model bei Modeschauen?“

Die Gabel war leer, der Mund voll, aber die Kollegin schien ein Lieblingsthema zu sein, Julia war nicht imstande, noch länger mit der Antwort zu warten. „Nein, nein, oh nein, für den Laufsteg war sie zu klein“, nuschelte sie, „und sie hat keine Kleiderständerfigur, sondern ein bisschen mehr obenrum, sie hat von Fotografen Aufträge gekriegt. So ist sie auch zu uns gekommen, für Werbefotos, sie macht das immer noch nebenher, aber nicht mehr so oft, ich glaube, allmählich wird sie zu alt dafür. Dabei hat sie immer behauptet, sie würde beruflich zurückstecken und nicht mehr so viel reisen, damit sie mit Oliver zusammen sein kann.“

Sie schaute auf ihre Uhr. „Oh je. Ich muss los, die Pause war schon viel zu lang, aber du bist so ein interessanter Gesprächspartner. Ich wünsche dir einen guten Start bei uns in der Firma!“

Sie stand schnell auf, ergriff ihr Tablett und eilte davon. Liam stieß einen Seufzer aus.

***

Moni keuchte nach dem zwölften Liegestütz, ihre Trizepse spannten. Genug. Das musste als Ausgleichstraining fürs Klettern reichen. Sie ließ sich auf ihrer Isomatte nieder und spreizte die Beine zum Spagat, na ja, fast zum Spagat. Wenigstens war sie noch einigermaßen beweglich – im Gegensatz zu Klaus und Edi. Die behaupteten, in ihrem Alter müsse die Beweglichkeit ja nachlassen, und nahmen das als Argument, nichts dafür zu tun.

Moni atmete langsam aus, drückte die Beine noch ein bisschen weiter auseinander. Es gab einfach zu viele Verdächtige in ihrem Fall.

Auch Nicole Mitz gehörte dazu. Obwohl sie nicht im Wochenendhaus übernachtet hatte. Sie hätte zurückfahren und in den Schuppen gehen können, um ihren Freund umzubringen. Vielleicht war sie ausgerastet, weil Dora Sex mit ihm gehabt hatte. Geld spielte bei ihr wohl keine Rolle. Um durch den Mord reich zu werden, hätte sie ihn vorher heiraten müssen. Warum hatte sie das eigentlich nicht getan, obwohl sie sechs Jahre lang mit ihm zusammen gewesen war? Moni hätte sie längst danach fragen sollen. Bisher hatte sie mit Nicole nur über die anderen Verdächtigen geredet. Was waren ihre persönlichen Wünsche und Träume? Wie hatte ihr Leben ausgesehen, bevor sie Oliver Baudel begegnet war?

Sie stand auf und ging in ihr Wohnzimmer zu dem Stapel mit den Dossiers, die ihr heute Morgen Konstantin Back geschickt hatte, der Leiter von Bennos Münchner Filiale. Schade, dass der Kripomann, mit dem er zusammenarbeitete, gerade keine Zeit hatte; Geduld war nicht Monis Stärke.

Sie rief Nicole an und fragte, ob sie Lust auf einen Kletterausflug hätte – trotz ihres furchtbaren Erlebnisses im Frankenjura.

„Aber natürlich“, sagte Nicole. „Toll, dass du an mich gedacht hast. Wirklich gerne.“

„Stört es dich, mit einem Haufen alter Leute zu klettern? Wir wollten morgen zum Brauneck. Vielleicht ist es dieses Jahr die letzte Gelegenheit in den Bergen, bevor der Schnee kommt.“

Nicole lachte. „Ich mag alte Leute! So viel Lebenserfahrung ist doch etwas Schönes. Und ich kann mir meine Teilzeit-Arbeit einrichten, wie ich will. David ist da echt supernett.“

11. KAPITEL

„Ach ist das schön hier oben“, sagte Nicole, als sie aus der Bergstation der Brauneckbahn ins Freie trat.

Klaus schüttelte seinen weißen Pferdeschwanz, sein Gesicht legte sich in grimmige Falten. „Na ja. Wanderstraßen, Kindergeplärr: Von Naturerlebnis merke ich nur was, wenn ich da rüberschaue.“ Er wies in Richtung der Karwendelberge im Süden. „Dort gibt es noch wilde Natur. Die Voralpenklapfen sind doch alle zu Events für Touristen verkommen.“

Elsbeth kicherte. „Ziag koa Lädschn! Die Bohrhaken im Klettergarten san a ned Natur, aber die hast immer gern benützt.“

Klaus erwiderte nichts und marschierte mit langen Schritten Richtung Tölzer Hütte.

„Da Fels is koa Frosch, der hupft ned weg, wenn mir fünf Minutn später kommen!“, rief ihm Edi hinterher, der neben Elsbeth auf dem Panoramaweg dahinschlenderte, gefolgt von Moni und Nicole.

Die Luft war klar, der Himmel über ihnen tiefblau, es duftete nach trockenem Gras. Auf Wiesenbuckeln und Wäldern lag der rötliche Schimmer des späten Herbstes, und die Gipfel standen weiß über einer feinen Schicht aus bläulichem Dunst, eine Zackenlinie hinter der anderen.

„Ich würde diesen Ausflug gerne nutzen, um mit dir über Oliver zu reden“, sagte Moni. „Was für ein Mensch er war, wie du ihn erlebt hast.“

„Er war mein Traummann!“, sagte Nicole mit einem leichten Zittern in der Stimme. „Schon als Teenager habe ich mich nach einem Mann wie Oliver gesehnt: gescheit, supernett, mit tollen Muskeln und einem Gesicht wie ein Filmstar in einem Abenteuerfilm. Und er hatte so ein wunderbares Lachen. Wir haben perfekt zueinander gepasst.“

„Obendrein stammte er aus einer reichen Familie, und er war dabei, Karriere zu machen“, fügte Moni hinzu. „Auch das gehört zur Ausstattung eines Märchenprinzen.“

„Sein Geld war mir total egal!"

Sie kamen an Familien vorbei, die auf den Bänken am Wegrand picknickten, und überholten Gruppen von Wanderern mit klackenden Stöcken, die es irgendwie schafften, noch langsamer zu gehen als Monis Freunde.

„Wie war deine Kindheit, Nicole?"

„Ich bin in Pottenstein aufgewachsen. Papa ist schon vor meiner Geburt abgehauen und hat nichts für mich gezahlt. Mama war als Frisörin angestellt, da verdient man nicht viel. Sie hat auf einen eigenen Laden gespart und ist gar nicht auf die Idee gekommen, mich aufs Gymnasium zu schicken. Ich fand es toll, dass Oliver das überhaupt nicht gestört hat, obwohl er aus einer sehr gebildeten Familie stammte."

„Wie hast du dich mit seinen Eltern verstanden?"

„Rosmarie ist ein Schatz. Aber Olivers Vater mochte mich nicht, weil ich kein Abitur hatte und nicht wusste, wofür man welches Besteck verwendet." In Nicoles Stimme lag Bitterkeit, ja Hass. „Er hat gesagt, dass ich nur auf mein Aussehen setze und dumm bin. So ein arroganter…!" Sie verschluckte das letzte Wort mit einiger Mühe.

Manche Leute verwechselten den sozialen Hintergrund mit Intelligenz. Nicole verwendete häufig Klischeeausdrücke – Traummann, toll, super. Über Kunst oder philosophische Themen konnte man sich mit ihr nicht unterhalten. Aber für Moni bedeutete das keineswegs, dass sie nichts im Kopf hatte.

Sie kamen an der Tölzer Hütte vorbei und schlugen einen Pfad ein, der sie zum Gänsemarsch zwang. Er führte unter einer Reihe grauer Kalkzapfen entlang, an denen bunt gekleidete Gestalten herumkrabbelten.

Edi, der immer gerne demonstrierte, dass er sich bestens auskannte, wandte sich zu Nicole um. „Des is der Zirkus, der Fels da vorn hoaßt Manege, und des da hinten is der Raubtierkäfig. Aber mir gehn lieber noch a Stückl weiter zur Stie-Alm. Da gibt's a Bier und an selber gmachten Kas."

„Du denkst scho wieda ans Essen", kommentierte Elsbeth.

„Na, eher ans Trinken."

Links des Weges stand ein lustiger kleiner Felszacken über dem Tal. Zwischen dem Gipfelkreuz und der Skulptur eines weißen Steinbocks war eine Leine mit bunten Fähnchen gespannt. „Der Gamskopf", erklärte Edi. „So a Schmarrn. Dass des a Gams is, glaabt a bloß a Preiß."

„Der Edi tut gern so, als wär er eine Panorama-App", sagte Klaus. „Weißt du denn auch, wie der da hinten heißt?" Er zeigte ins Karwendel hinein.

„Aber sicher. Dös is da Schafreiter, und dahinter rechts, des san die Kaltwasserkarspitz und die Birkkarspitz."

„Na, Edi, des stimmt ned", wandte Elsbeth ein. „Des is doch der Risser Falk, und der andere is die Bockkarspitz."

Die Eheleute blieben stehen, um die Sache auszudiskutieren, und Klaus zog sein Handy hervor. „Mit meiner App kriegen wir das schon raus."

Moni grinste. „Das kann dauern. Gehen wir schon mal zu unserer Wand."

Sie überquerten einen Wiesenhang mit einer Liftanlage. Moni nahm den Gesprächsfaden wieder auf. „Du bist also in Pottenstein aufgewachsen, Nicole. Wie bist du auf die Idee gekommen, Model zu werden?"

„Ich wollte es allen zeigen!"

Moni musste die Beine in die Hand nehmen, denn Nicole war plötzlich schneller geworden.

„Ich war ein dickes Kind", sagte sie. „Alle in meiner Klasse haben mich ausgelacht. Meine Mutter fand meine Figur eklig und hat dauernd auf mir rumgehackt, und natürlich hat sie mich auf Diät gesetzt. Aus lauter Frust habe ich dann noch mehr gegessen und sogar Pausenbrote und Riegel aus dem Mülleimer geholt. Das ging so, bis ich vierzehn war. Dann habe ich mich total verliebt, aber der Typ hat sich nur über mich lustig gemacht und mich ‚Fettkloß' genannt. Ich habe gehungert, ein Jahr später war ich dünn, und der Kerl hat mir aus der Hand gefressen. Und dann habe ich mich bei einer Model-Agentur beworben. Die haben mir versprochen, mich als großen Star rauszubringen."

Vor ihnen öffnete sich der Blick auf einen Felskessel mit einer Gruppe niedriger Gebäude, der Stie-Alm. Moni und Nicole stiegen hinunter und setzten sich unter einen der Sonnenschirme neben eine Gruppe Wanderer, die ein frühes Mittagessen einnahmen. Es roch nach kräftigem Käse und Speck. Direkt neben den Tischen und Bänken erhob sich ein mannshoher Felsklotz mit einem winzigen Gipfelkreuz. Moni und Nicole schauten den Kindern zu, die darauf herumkraxelten und Bergsteiger spielten. „Die sind echt süß", sagte Nicole.

„Du warst sechs Jahre lang mit Oliver zusammen. Wolltet ihr keine Kinder?", fragte Moni.

„Doch. Aber es hat nicht gleich geklappt. Wenn ich schwanger geworden wäre, hätten wir geheiratet."

Das reichte Moni nicht. „Gab es denn einen Grund, darauf zu warten? Ihr wolltet doch zusammenbleiben, oder?"

„Natürlich. Aber wahre Liebe braucht kein Papier vom Staat."

„Das sagen meistens Leute, die nicht davon überzeugt sind, den richtigen Partner zu haben", erwiderte Moni.

Nicole fuhr auf. „Bei uns war das ganz bestimmt nicht so!"

In diesem Augenblick tauchten Edi, Klaus und Elsbeth bei der Alm auf, und Nicole und Moni schlossen sich ihnen an. Der Weg zu den Felsen war mit roten Punkten markiert. „Hier geht's zum Rotpunkt", sagte Klaus, der auf einmal besser gelaunt zu sein schien. „Wer in einen Haken greift, zahlt ein Bier!"

An der sogenannten Hauptwand, einem Felsen in der Mitte einer Kette kleinerer Zacken, waren schon fünf Seilschaften zugange.

Alle packten aus und rüsteten sich mit Helmen, Sitzgurten und Expressschlingen zum Klettern. Klaus und Elsbeth stiegen in die „Via Bonsai" ein, einen bestens gesicherten Fünfer von drei Seillängen. Edi wollte es gern schwerer, er schloss sich Moni und Nicole an. Nach einigem Hin und Her fanden sie eine noch nicht belegte Route, eine Verschneidung mit einem vor Nässe schwarzen Riss, in dem ein paar Meter weiter oben eine kleine Birke wurzelte. Edi hatte den Kletterführer aufgeschlagen. „Wos hoaßt denn der Namen mit der Sau? Des kommt mir spanisch vor, des Französisch.“

„Ziemlich schräg das“, sagte Moni. „‚Le Saut de la mort d’un escargot‘ bedeutet ‚Der Todessprung einer Schnecke‘.“

„Dann probier i do glei amal, ob i da babbn bleib oder abifliag“, sagte Edi. „Wenn’s euch recht is, dass i anfang.“

„Nur zu, Edi!“

„Okai. Wenn ihr nachher die harten Sachen oreißt, dad i gern nachsteign.“

Nicole ließ das Seil durch das Sicherungsgerät gleiten und beobachtete Edi aufmerksam. „Sieht irgendwie alpin aus, die Route“, sagte sie. „Eigentlich ist das nicht so mein Ding.“

„Wir alten Bergsteiger finden das nicht schlimm“, erklärte Moni. „Früher waren brüchige Wände und nasse Risse und Kamine völlig normal.“

„Ich kann mir nicht vorstellen, dass so was Grusliges Spaß gemacht hat.“

„Es ging um das Durchsteigen einer gewaltigen Wand“, sagte Moni, „das Naturerlebnis, das Erreichen eines großen Ziels. Was übrigens auch manche jungen Leute fasziniert. Oliver war doch auch Alpinist, oder?“

„Ja, aber da habe ich nicht mitgemacht, ich hätte mich total gefürchtet. Er ist dann mit anderen Partnern losgezogen, und ich habe mich nie darüber beschwert, obwohl ich lieber etwas mit ihm unternommen hätte.“

Ein bisschen Provokation konnte nicht schaden. „Dora hat zu mir gesagt, dass du sowieso nur Oliver zuliebe geklettert bist.“

Nicole presste die Lippen aufeinander. „Das ist nicht wahr, ich finde Klettern super. Aber es stimmt, dass ich Oliver zuliebe damit angefangen habe. Um mit ihm zusammen zu sein, hätte ich auch Golf spielen oder Surfen gelernt oder mich mit einem Hobby wie Modellfliegen angefreundet. Das kann jemand wie Dora nicht verstehen, sie ist extrem ehrgeizig und denkt nur an sich.“

Moni und Nicole gelangen noch ein paar schöne Routen, danach kehrten sie in der Stie-Alm ein und wanderten zurück zur Bergstation.

Als Moni in der Gondel talwärts schwebte, beteiligte sie sich nicht am Gespräch zwischen Nicole und Klaus, sondern beobachtete die junge Frau. Ihren Charakter einzuschätzen war schwierig. War sie wirklich nur das nette Mädchen, das aus Liebe alles für ihren Partner getan hatte? Liam hatte Moni von seinem Gespräch mit Julia erzählt. Hatte Nicole ihre Model-Karriere tatsächlich für Oliver Baudel aufgegeben? Oder hatten bei ihrer Beziehung zu ihm materielle Interessen mitgespielt, die Hoffnung auf eine reiche Heirat? Auf jeden Fall versuchte Nicole, sich und Oliver als perfektes Paar darzustellen, ja vielleicht glaubte sie sogar selbst daran.

Es war anzunehmen, dass es wegen Oliver Baudels alpinen Abenteuern Spannungen zwischen den beiden gegeben hatte. Mit Dora war er besonders oft weggefahren, und seit dem Ausflug in den Frankenjura war offensichtlich, dass Dora und Nicole einander nicht ausstehen konnten. Vielleicht war es bei dem Mord nicht um Geld gegangen, sondern um Eifersucht.

12. KAPITEL

Moni lümmelte auf ihrem dunkelblauen Designer-Sofa, das sie drei Monatsgehälter gekostet hatte. Trotz der elegant geschwungenen Form war es so gemütlich, dass das Aufstehen nur gelang, wenn es unbedingt sein musste.

Der Sturm schleuderte Regenschwaden gegen die Scheiben des Panoramafensters und warf Blätter und dürre Zweige auf die Terrasse. Sie lauschte dem Sausen und Heulen, das an- und abschwoll, und freute sich, heute nicht mehr aus dem Haus gehen zu müssen.

Sie wartete auf Kriminalhauptkommissar Moll. Er ließ sich dafür bezahlen, dass er polizeiinterne Informationen an Bennos Detektivbüro weitergab. Der Leiter seiner Filiale in München, Konstantin Back, hatte Moni erklärt, Moll hätte Schulden durch den Bau eines viel zu großen Hauses in Wolfratshausen und müsse an zwei studierende Kinder Alimente zahlen.

Moll würde über den Fall Oliver Baudel bestens Bescheid wissen. Zuerst hatte sich die Tegernseer Kripo darum gekümmert, aber dann wurde eine Mordkommission gebildet, zu der viele Beamte aus München und auch Moll gehörten. Zu ihrer Überraschung hatte der Kommissar Moni vorgeschlagen, sie heute Nachmittag in ihrem Heim zu besuchen. Eigentlich hätte sie ein konspiratives Treffen in einer Spelunke oder auf einem anonymen Parkplatz erwartet, aber der Mann schien es nicht für nötig zu halten, aus ihrem Gespräch ein Geheimnis zu machen.

Monis Blick schweifte vom Fenster über die mit Bücherregalen gepflasterten Wände zu dem Jugendstil-Schreibtisch, den sie Benno bei ihrer Wette angeboten hatte. Ein wunderbares Erbstück, nur schade, dass der große Computer-Bildschirm nicht recht dazu passen wollte. Heute Morgen hatte sie sämtliche Fragen, die sie Moll stellen wollte, gesammelt und ihre eigenen Erkenntnisse aufgelistet, die ihr ziemlich mager erschienen. Sie hatte nichts als Vermutungen, die sich aus den Gesprächen mit den Verdächtigen ergeben hatten.

Was, wenn sie bei diesem Fall scheiterte? Ihre Bekanntheit durch Susis Befreiung würde schnell verblassen. Und dann hätte sie wieder nichts wirklich Sinnvolles zu tun. Vielleicht könnte sie sich für Flüchtlinge engagieren. Aber besonders spannend war es wohl nicht, mit schwangeren Afrikanerinnen im Wartezimmer eines Arztes herumzusitzen. Es sei denn, sie lernte erst einmal Arabisch oder irgendeine afrikanische Sprache – das wäre echtes Gehirnjogging.

Bis zu ihrer Pensionierung hatte sie ihr Leben vor allem mit Arbeit gefüllt, mit ihrer Tochter Anja und mit Bergsteigen und Klettern.

Auf dem Schreibtisch stand ein gerahmtes Foto: eine strahlende, junge Moni mit der kleinen Anja in der Kraxe, Blumenwiese, schneebedeckte Gipfel.

Natürlich war sie das Alleinsein gewohnt, seit ihre Tochter erwachsen war. Anjas Vater hatte sie sitzenlassen. Ein fieser kleiner Schmerz saß noch immer in ihrer Herzgegend.

Vorbei, vergiss es.

Danach hatten ihre Beziehungen nie länger gedauert als ein Jahr … Würde sie sich mit einem Mann an ihrer Seite besser fühlen? Mit 64 Jahren war es schwierig, jemanden zu finden, schon deshalb, weil man sich nicht mehr so leicht anpasste. Und interessante Männer, die kletterten, waren meist viel jünger als sie oder verheiratet.

Die Zeit nach ihrer Pensionierung hatte Moni sich wunderbar vorgestellt. Noch mehr Bergsteigen, endlich keine Hetzerei mehr und morgens ausschlafen. Sie war auf Weltreise gewesen, eine spannende Erfahrung, aber sie hatte sich einsam gefühlt. Danach war sie in ein stilles Haus zurückgekehrt.

Dudelidudeli. Die Wohnungstür. Moni arbeitete sich aus dem Sofa heraus, ging durch den mit Bergfotos geschmückten Flur und öffnete.

Bernhard Moll war ein dicklicher kleiner Kerl, über dessen Glatzkopf ein paar quergelegte Haare drapiert waren.

Sie gaben einander die Hand. „Grüß Gott, Frau Trautner“, sagte er. „Ihr Kollege Back hat mir einiges über Sie erzählt.“

„Und Sie wagen sich in die Höhle des Drachens“, stellte Moni fest und winkte ihn herein. Er lachte, hängte seinen Mantel an einen Garderobenhaken und stellte seinen tropfnassen Schirm in den dazu bestimmten Ständer. „Soll ich meine Schuhe ausziehen?“, fragte er.

Auf ihrem Ahornparkett würden die nassen Sohlen Spuren hinterlassen, aber ein Kommissar in Socken …

„Eigentlich wäre das praktischer. Aber ich kann Ihnen leider keine Hausschuhe anbieten, ich habe nur welche in Größe sechsunddreißig.“

Der Polizist öffnete seine Aktentasche und zog ein Paar karierte Pantoffeln heraus. „Die habe ich immer dabei, wenn ich Hausbesuche mache.“

Sie führte ihn ins Wohnzimmer, er ließ sich in den Ohrensessel fallen, der einst Monis Urgroßvater gehört hatte, und musterte den Raum. Was erzählte er dem Kommissar? Die mit mehrfachen Reihen bestückten Bücherregale zeugten davon, dass Moni lieber las als Staub wischte. Und es gab keinen Nippes oder sonstige Deko-Elemente. Ob er dadurch auf einen kühlen, unromantischen Charakter schloss?

„Darf ich Ihnen etwas zu trinken anbieten? Einen Kognak oder Whisky vielleicht? Oder einen Kaffee?“

„Wenn Sie einen Orangensaft hätten, wäre das schön. Ich trinke keinen Alkohol.“

Moni verschwand in der Küche und richtete zwei Gläser, Mineralwasser, Orangensaft, Salzbrezeln und Erdnüsse auf einem Tablett an. Sie stellte es auf das Tischchen neben dem Sessel.

„Nett haben Sie es hier“, sagte Moll, dann folgte ein bisschen Smalltalk, über den Föhn, der zusammengebrochen war, und die Flüchtlinge, die der Polizei zu schaffen machten, auch der Kripo.

Der Mann war so glatt wie sein feistes Gesicht, das nicht recht zu seinem Alter zu passen schien – er war Mitte fünfzig und sah trotz der wenigen Haare aus wie vierzig. Er lächelte ständig und wirkte ganz so, als wolle er Moni etwas verkaufen, was er in gewissem Sinn auch tat.

„Danke, dass Sie gekommen sind", sagte sie.

Er lächelte wieder, strich sein fliederfarbenes Hemd glatt und rückte seine Krawatte zurecht, ein Outfit, zu dem die karierten Pantoffeln einen hübschen Kontrast bildeten. „Das ist doch selbstverständlich, wir arbeiten ja am selben Fall. Bitte erzählen Sie mir, was Sie bisher herausgefunden haben."

Raffiniert. Er tarnte den Verkauf seines Wissens als Gespräch unter Ermittlern, ja, er könnte sogar behaupten, diese Begegnung sei ein fairer Austausch. Moni ging auf das Spiel ein. „Ich möchte zuerst mehr über die Erkenntnisse der Polizei erfahren", sagte sie. „Ich verspreche Ihnen, dass Sie im Gegenzug von mir eine Information bekommen, die Sie überraschen wird."

„Tatsächlich? Nun, was wollen Sie wissen, Frau Trautner?"

„Im Vergleich zur Polizei sind meine Möglichkeiten sehr beschränkt, vor allem was Indizien wie DNA-Spuren oder den Todeszeitpunkt betrifft."

Bernhard Moll lächelte schon wieder. „Natürlich, natürlich. Es wurden DNA-Proben von allen Gästen genommen und im Schuppen Hinweise auf Dora Ungerer, Nicole Mitz, Helmut Meisterbier und Mike Huber gefunden, aber von denen wussten wir sowieso, dass sie dort gewesen waren. Und es ist auch möglich, dass der Mörder keinerlei Spuren hinterlassen hat."

„Wann ist Oliver Baudel gestorben?"

„Etwa um drei bis vier Uhr morgens, da war das Gewitter schon abgezogen."

Moni musterte den Kommissar. Sie hatte den Eindruck, dass er sich vormachte, sein Vorgehen sei nicht wirklich illegal. Aber wie redete er sich die Sache mit dem Geld schön? Vielleicht damit, dass er in einer Zwangslage war und niemandem schadete.

„Ich glaube, dass der Täter nicht mit einer Axt, sondern mit einem Beil zugeschlagen hat", sagte Moni. „Hat man die Tatwaffe gefunden? Waren Spuren daran?"

Moll zögerte einen Augenblick, dann hob er die Brauen und lächelte, es wirkte fast verlegen. „Na ja, ob Sie das wirklich wissen müssen … Nun gut. Sie haben recht, es war ein Beil, und laut Nicole Mitz steckte es normalerweise im Hackklotz. Wir fanden es im Inneren des Schuppens in einem Kleidersack. Jemand hatte den Schaft abgewischt.“ Moll richtete sich im Sessel auf und musterte Moni mit leicht amüsiertem Blick. „Nun sind Sie an der Reihe, Frau Privatdetektivin. Was haben Sie Interessantes herausgefunden?“

„Ich glaube, dass Ginzling und Husenkamp sich gegen Mike Huber verbündet haben. Und Ginzling erpresst Husenkamp.“ Moll hob die Brauen. „Wirklich? Haben Sie Beweise dafür?“

Moni berichtete von ihrem Ausflug in die Schönstraße und wiederholte wortwörtlich, was sie von dem Gespräch mitbekommen hatte. Ihr Gedächtnis war ausgezeichnet, wenn sie sich für etwas interessierte. Dagegen konnte sie sich ihre eigene Handynummer nicht merken.

Moll schrieb alles auf, altmodisch mit Block und Stift. Dann reichte er ihr seine Visitenkarte. „Meinen Respekt. Das sind wirklich spannende Neuigkeiten. Falls Sie noch mehr erfahren sollten … Sie wissen schon.“

Moni runzelte die Stirn. „Ich habe noch Fragen.“

„Hmm – ja, meinetwegen. Weil Sie eine so nette Ermittlerin sind.“

Er versuchte, seine Fassade zu wahren. Dabei wusste er genau, dass Back ihn unter Druck setzen konnte. Ein Hinweis an einen Vorgesetzten von Moll, und er wäre in Teufels Küche. „An der Kleidung des Mörders müssen Blutspuren gewesen sein“, sagte Moni. „Hat man sie gefunden?“

„Nein. Wir haben das Haus, den Schuppen und die Umgebung abgesucht. Und nichts entdeckt.“

Moni hatte sich darüber schon einige Gedanken gemacht. „Wenn einer der Gäste der Täter war, musste er sich umziehen und seine Kleider irgendwo verstecken.“

„Wir haben auch das Gepäck und die Autos überprüft“, entgegnete der Kommissar. „Dort war nichts.“

Sie besprachen die Verdächtigen der Reihe nach. Moll tippte auf Mike Huber als Täter wegen seiner polizeibekannten Aggressivität und des vorhergehenden Streits mit Oliver Baudel, den Mike – im Gegensatz zu Husenkamps Darstellung – als einen „Anschiss von Kumpel zu Kumpel" abgetan hatte. Von den anderen kam neben Ginzling und Husenkamp für Moll nur noch René Waal in Frage, Oliver Baudels Freund aus Studententagen. Er war schon einmal bei einer Polizeikontrolle mit ein paar Gramm Haschisch erwischt worden.

Während des Gesprächs blickte Moll immer wieder auf seine Uhr, eine schwarze Swatch; Statussymbole schienen ihm gleichgültig zu sein. Moni quetschte ihn weiter über Details aus. Vermutlich hatte er sich das Gespräch mit ihr einfacher und vor allem kürzer vorgestellt, und trotz seines ständigen Lächelns wurde nun immer deutlicher spürbar, dass sie ihm auf die Nerven ging.

Plötzlich zog Bernhard Moll ein Smartphone aus der Tasche und erklärte: „Ich muss meiner Frau sagen, dass ich heute später heimkomme."

„Das passiert bei einem Polizisten sicher oft", erwiderte Moni. „Aber Sie können sich den Anruf sparen. Ich habe nur noch eine einzige Frage."

Er lächelte grimmig. „Schön. Ich hätte nicht gedacht, dass Ihre Wissbegierde so schnell befriedigt ist."

„Hans Rinkelfahr ist der Besitzer der Firma Outdoorfun", sagte Moni. „Ich frage mich, warum er einen verkrachten BWL-Studenten wie Oliver Baudel dem gut ausgebildeten Husenkamp vorgezogen hat. Dabei hieß es, Rinkelfahr würde sich kaum um die Firma kümmern. Was betreibt er sonst für Geschäfte?"

„Hmm …", machte Moll. „Der Mann ist uns nicht erst durch diesen Mordfall bekannt, wir haben ihn seit Längerem im Visier. Er handelt mit Aktien und Immobilien, besitzt ein Transportunternehmen und eine Reihe kleinerer Firmen in der Sport- und Modebranche. Vermutlich wäscht er Geld. An Ihrer Stelle würde ich mich nicht mit ihm anlegen."

Moni rief Benno an und bat ihn um ein Dossier über Rinkelfahr.

***

Liam checkte gerade, ob bei der Funktionswäsche für Skitouren alle Größen mehrfach vorhanden waren, da kam ein Anruf von Julia Dingelmeier. „Max, bitte komm ins Büro."

Liam hatte sich noch nicht an seinen Decknamen Max gewöhnt. Es dauerte einen Moment, bis er darauf reagierte. „Warum?"

„Der Chef – na ja, der vorläufige Chef – will mit dir reden."

„Worüber?"

Für ihre Verhältnisse erstaunlich knapp erwiderte Julia: „Also das kann ich nicht so schnell erklären, aber ich habe ihm gesagt, du siehst recht gut aus und deshalb – huch, da kommt Besuch, sorry ..."

Liam klopfte sich den Staub von seinem T-Shirt und machte sich auf den Weg ins Haupthaus. Es war sein dritter Tag in der Firma, inzwischen kannte er sich einigermaßen aus.

Im Vorzimmer begrüßte ihn Julia in einer gelben Bluse, deren Knöpfe den Stoff spannten, sodass in den halbmondförmigen Schlitzen dazwischen ihr Spitzen-BH zu sehen war. „Pass auf, der Husenkamp ist mies drauf", flüsterte sie ihm zu. „Er hat einen Anruf von ganz oben gekriegt. Er war blass wie ein Käsekuchen. Dann hat er mich gefragt, wer im Haus für unsere neue Kampagne in Frage kommt. Er hat mir knallhart ins Gesicht gesagt, ich sei dafür nicht geeignet! So unhöflich habe ich ihn noch nie erlebt, ich bin total stinkig. Aber jetzt geh rein, die anderen warten schon."

Liam klopfte und trat ein. Rund um einen gläsernen Couchtisch saßen Husenkamp und zwei Besucher, die er bereits von Fotos kannte. Oma hatte sie ihm gezeigt. Eberhard Ginzling und Dora Ungerer – beide waren bei dem Fest vor Oliver Baudels Tod dabeigewesen.

Husenkamp nickte Liam zu. „Bitte setzen Sie sich."

Liam nahm auf dem mit weißem Leder bezogenen Swinger-Sessel Platz. „Ich möchte Ihnen Dora Ungerer vorstellen, unsere Grafikerin", sagte Husenkamp, „und Herr Ginzling ist unser seit Jahren bewährter Fotograf. Es geht um den nächsten Katalogauftritt von Outdoorfun. Ich habe ein wegweisendes Marketingkonzept entwickelt, bei dem unsere Kollektion nicht mehr durch professionelle Models, sondern durch Menschen präsentiert werden soll, mit denen sich die Kunden identifizieren können. Das schafft mehr Kundennähe und Authentizität."

„Dann verstehe ich nicht, warum Sie Julia als ungeeignet bezeichnet haben!", sagte Dora Ungerer. Ihr Gesicht war von der Sonne rotbraun gebrannt, was die Falten um ihren Mund und die Augen hervorhob. Sie strahlte eine kernige Entschlossenheit aus, die Liam gefiel.

Husenkamp wischte ihr Argument mit einer Handbewegung fort. „In Shorts würde Julia leider keine positiv besetzten Assoziationen hervorrufen."

„Auf Deutsch: Sie glauben, dass sie damit furchtbar aussieht", gab die Grafikerin zurück. „Damit müssten sich doch viele unserer Kundinnen – hmm – identifizieren können."

Husenkamp seufzte vernehmlich. „Der Kunde soll sich quasi mit einem besseren, attraktiveren Bild seines Ich identifizieren, nicht mit seinem realen Ich. Ich habe da ein höchst aufschlussreiches Seminar bei dem bekannten Professor Gießnacken besucht … Aber lassen wir das. Auf jeden Fall sollten wir uns alle miteinander dafür einsetzen, dass unsere neue Kollektion besser präsentiert wird als letztes Jahr."

Dora Ungerer runzelte die Stirn. „Die Kollektion war ein Flop. Aber am Katalog lag das nicht, Eberhard hat super gearbeitet, mein Layout war gelungen. Beim Einkauf wurden Fehler gemacht."

Husenkamp wirkte verärgert. „So? Welche denn?"

„Niemand wollte diese italienischen Hemdchen", gab Dora zurück. „Sie waren so winzig, dass kaum eine deutsche Frau hineinpasste."

Husenkamp kniff die Lippen zusammen. „Aus Ihrer Perspektive ist diese Kritik verständlich.“ Er wandte sich Liam zu. „Entschuldigen Sie, das sind Themen, mit denen Sie nichts zu tun haben. Doch nun zu Ihnen: Wären Sie bereit, sich für unsere Outdoor-Kollektion fotografieren zu lassen? Nächste Woche fahren wir fürs Shooting ein paar Tage an den Gardasee. Selbstverständlich würde ich von der finanziellen Seite her eine für Sie sehr günstige Regelung finden.“

Liam als Model? Was für eine absurde Idee. Seine WG-Kumpels würden sich schieflachen. Aber mehr Geld konnte er gut gebrauchen. „Das – äh – wäre schon okay“, sagte Liam.

Ginzling musterte ihn. „Gut. Aber wir brauchen unbedingt noch jemanden, der den markigen Outdoor-Helden verkörpert.“

Aha. Ein markiger Held war Liam also nicht.

„Dora kennt jemanden in Arco, einen exzellenten italienischen Kletterer, der dazu geeignet wäre“, sagte Husenkamp. „Er würde sogar ohne finanziellen Bonus mitmachen, weil das seinen Sponsoren gefällt.“ Er zog ein Klettermagazin aus seiner Aktentasche, blätterte darin und legte es aufgeschlagen auf den Tisch. Ein Kerl mit blondem Vollbart, Glatze und einem Muskelbody, über den Tattoos wucherten, hing einarmig an einem Überhang. „Er wird die Rolle des wilden Kerls übernehmen“, sagte Husenkamp und schenkte Liam ein Lächeln. „Und Sie werden den coolen Freizeitsportler verkörpern, den Yuppie, der nur gelegentlich zum Klettern fährt.“

Liam ein Yuppie? Das war ja der Horror! Er sollte dem Frisör den Hals umdrehen! Aber es war eine gute Gelegenheit, zwei Verdächtige näher kennenzulernen, Ginzling und Dora Ungerer.

Eine Stunde später traf sich Liam mit Julia Dingelmeier und Tschuk zum Mittagessen.

Julia war aufgekratzt, dass er als Model für den neuen Katalog herhalten sollte, und platzte vor Stolz, dass sie ihn vorgeschlagen hatte. „Unser Herr Geschäftsführer sagte, er hätte keine Ahnung, welcher seiner Mitarbeiter für eine Frau attraktiv wäre“, sagte sie.

Liams Gesicht wurde warm, er beugte sich über seinen Kartoffelgratin, dann sagte er schnell: „Sag mal, wieso hast du mir erzählt, Husenkamp wäre schlecht drauf? Ich habe davon nichts gemerkt."

„Das wundert mich. Nach dem Gespräch mit dem Oberboss, das ich durchgestellt hatte, war er mit den Nerven fertig und total sauer auf alles und jeden. Er hat mir erklärt, dass wir sparen müssen – in seiner Sprache hieß das natürlich, die finanzielle Lage sei ein wenig angespannt –, und dann hat er gemeckert, dass ich so teure Briefumschläge verwende und immer frische Blumen im Vorzimmer stehen habe. Auch die Idee mit den Normalo-Models ist wohl eine reine Sparmaßnahme." Sie aß eine Ladung Nudeln, was ein bis zwei Schweigesekunden bedeutete.

„Ich nicht normal bin", sagte Tschuk, schob seinen Teller fort und stand auf. „Mich deshalb nicht nehmen. Logo."

Julia schaute ihm hinterher. „Na ja. Schwarz und dick, das geht wirklich gar nicht für den Katalog. Und blond und dick auch nicht, das hat Husenkamp mir ja nicht gerade durch die Blume gesagt."

„Du bist nicht dick!", erwiderte Liam entschieden. „Ich meine – äh –, du siehst doch gut aus."

Ihre Lippen zitterten. „Das hat Oliver auch einmal zu mir gesagt, um mich zu trösten. Damals habe ich bei der Weihnachtsfeier den Nikolaus gespielt. Und Nicole hat von mir ein furchtbar ungünstiges Foto gemacht und gesagt, dass ich echt witzig aussähe mit dem ausgestopften Bauch."

13. KAPITEL

Nicole starrte auf Liams Brötchen, das fingerdick mit Salami belegt war. „Weißbrot. Immer nur Weißbrot in Italien. Da könnte ich genauso gut Zuckerstückchen schlucken. Und dann würde ich bald aussehen wie eine Matrone."

„Äh – ich nicht", gab Liam zurück. Die Wurst schmeckte würzig-rauchig, es gab Orangensaft, mehrere Marmeladensorten, Käse, Müslivariationen – das Frühstücksbuffet war der Himmel für einen hungrigen Studenten, obwohl es für jede Tätigkeit inklusive Essen eigentlich viel zu früh war. Aber Eberhard Ginzling hatte darauf bestanden, um acht Uhr zu starten. Er wollte möglichst viele Fotos machen, bevor der Massenansturm auf die Felsen einsetzte.

Dora, die vergeblich versuchte, ihr zerkrümelndes Croissant mit Nutella zu bestreichen, legte genervt das Messer weg. „Wie du über Matronen redest, finde ich ganz schön herablassend."

Nicole, die vor einem Schüsselchen mit Obst saß, erwiderte: „Wie kann man sich nur so gehen lassen, dass man dick wird?" Sie blickte auf Doras Croissant und verzog spöttisch den Mund. „Und ich verstehe erst recht nicht, dass sogar manche Kletterer zu viel auf die Waage bringen. Da merkt man doch jedes Kilo."

Schon bei der Fahrt hierher hatten Nicole und Dora ständig spitze Bemerkungen ausgetauscht. Einmal wäre Nicole fast auf einen Lastwagen gerauscht, und beim Einfädeln nach einer Baustelle hatte sie eine Reihe Hütchen zur Seite geschleudert. Liam würde bei der Rückfahrt zu Ginzling in den firmeneigenen Lieferwagen steigen.

Der Fotograf sah mit säuerlicher Miene auf sein Bäuchlein herab. „Ein paar Kilo mehr halten die Ärzte neuerdings für gesünder als das sogenannte Idealgewicht. Aber bei Profi-Kletterern und Models wie Nicole gehört Dünnsein natürlich zum Job."

Dora grinste. „Hmm … Ich dachte, Models wären höchstens Ende zwanzig. Und David hat darauf bestanden, dich mitzunehmen, Nicole, obwohl er dieses Mal keine Profis für den Katalog wollte.“

Ginzling blickte von einer zur anderen. „Wir wollen ungeschminkte Natürlichkeit, und unsere bezaubernde Nicole wird das wunderbar verkörpern – die Kunden müssen ja nicht wissen, dass sie bei einer Agentur arbeitet.“

„Gearbeitet hat“, berichtigte Dora.

Nicole sprang auf und eilte hinaus.

„Sag mal, Eberhard …“ Es fiel Liam immer noch schwer, ihn beim Vornamen zu nennen. „War Nicole eigentlich schon immer so – äh – schwierig?“

Ginzling schüttelte den Kopf. „Nein. Sie ist bedauerlicherweise noch sehr mitgenommen von Olivers schrecklichem Ende.“

Der Fotograf hatte nicht nur in seiner Sprechweise etwas Aufgeblasenes, das Liam nervte. Und er schien sich für einen Frauenliebling zu halten. Sogar seine Oma hatte er versucht einzuwickeln!

Liam aß zum Abschluss zwei Croissants (klugerweise mit Marmelade), dann stand er auf und ging hinaus auf die Terrasse. Es roch nach frisch gemähtem Gras, der Rasen leuchtete knallgrün. Rund um einen Swimmingpool wuchsen Bananenstauden und Palmen; Sträucher mit fingerlangen roten Blüten säumten den Pfad zum Parkplatz. Sein Blick glitt über die Fassade des Hotels und dann die Felswand hinauf, die direkt hinter den Häusern von Arco emporwuchs. Nicole hatte ihm gestern Abend erklärt, das sei der Colodri, ein berühmter Kletterberg.

Ginzling trat neben ihn. Liam zeigte auf die verrückt steile Mauer aus gelbem und schwarzem Kalk. „Ich hoffe, du erwartest nicht von mir, dass ich da hochkomme, oder? Ich klettere erst seit ein paar Monaten.“

Eberhard lachte. „Das ist der linke Wandteil des Colodri, dort ist das Klettern verboten, sonst könnten den Bewohnern von Arco Steine in den Vorgarten fallen. Wir klettern viel weiter rechts. Dort gibt es einen leichten Klettersteig, in dem ich einige Aufnahmen machen möchte. Dora erforscht inzwischen mit Federico die Möglichkeiten, in den Sonnenplatten zu fotografieren."

***

Der Klettersteig forderte einiges an Geduld und Diskussionen, denn dort waren trotz der frühen Stunde bereits zwei Familien mit Kindern und drei bis an die Zähne ausgerüstete Klettersteig-Anfänger unterwegs, die sich diese Route offenbar als Tagestour vorgenommen hatten.

Der Himmel war knallblau, und Nicole sah sehr hübsch aus in einem bauchfreien rosafarbenen Hemdchen und grünen Shorts. Anerkennende Blicke folgten ihr. „Che bella", seufzte ein italienischer Papa, als sie über speckig glänzende Felsplatten an ihm vorbeihuschte.

Liam hätte nie gedacht, dass ein paar Fotos so lange dauern würden. Irgendetwas war immer verkehrt. Nicoles BH war verrutscht, ein anderer Klettersteiggeher kam ins Bild oder Liam blinzelte und sein Gesicht sah nach Eberhards Ansicht zu verkniffen aus.

Liam versuchte also, so locker-flockig-yuppig-cool wie möglich in den Eisenkrampen zu stehen oder sich am Drahtseil zu halten. Dabei schämte er sich ein bisschen, dass er für einen Hunderter extra pro Tag Menschen zum Konsum unnötiger Dinge wie spezieller Kletterklamotten verführte, die nicht einmal aus ökologisch vertretbarer Produktion stammten.

Es ging schon auf Mittag zu, als sie hinter der Ortschaft Dro parkten, um zu den Sonnenplatten aufzusteigen.

Liam kletterte aus dem Lieferwagen mit der Aufschrift „Outdoorfun" und schaute zu einer himmelhohen Felsbastion mit roten Überhängen empor. „Äh – sollen wir echt da hoch? Ist das für heute nicht schon ein bisschen spät?"

Eberhard lachte. „Oh nein! Das ist der Monte Brento; als Sonnenplatten bezeichnet man den Felsriegel dort gleich über dem Talboden. Aber lass dich nicht täuschen, weil er im Vergleich zum Monte Brento so mickrig aussieht, er ist bis zu vierhundert Meter hoch."

Sie marschierten auf einem sanft ansteigenden Pfad durch Kiefernwald. Es roch nach Harz, Polster mit Erika blühten am Wegrand. Schon nach wenigen Minuten keuchten sie unter der Last von Rucksäcken voll Kleidung, Kameras und Seilen. Über Liams Stirn rann Schweiß, das T-Shirt klebte ihm am Leib; er sah dem Klettern in praller Sonne nicht gerade freudig entgegen.

Die Bäume lichteten sich, Schutt knirschte unter ihren Schritten, und vor ihnen tauchte eine seltsame Felslandschaft auf. Es wirkte, als hätte jemand betonierte Landebahnen für Flugzeuge in einem Winkel von sechzig Grad hochgeklappt. Zwischen diesen Pisten lagen stark gegliederte Zonen, in denen sich Gras und Sträucher am Fels festkrallten. Der helle Kalk war von parallelen dunkelgrauen Streifen durchzogen; daher stammte der italienische Name des Gebietes, Placche Zebrate.

Kletterer wuselten in der Wand, aber nur wenige nahmen es mit den Betonpisten auf.

Liam, Nicole und Eberhard querten zum linken Rand des Felsriegels, wo er am niedrigsten war. Dort warteten bereits Dora und Federico. Der Italiener sah genauso aus wie auf den Fotos im Magazin, nur dass ein blauer Helm seine Glatze verbarg. Der blonde Bart reichte bis zu seiner Brust, seine Arme waren mit Schlangen dekoriert, über seinen Rücken kroch ein geflügelter Drache.

„Hi, hello, I'm Federico", fiepte er. „Please speak English. I not speak German." Was für eine Stimme – eine absurde Laune der Natur. Und dann überließ er Dora das Reden und schaute drein wie ein sogenannter echter Kerl, der Bäume fällt, stehpinkelt und Frauen rettet.

„Gut, dass ihr erst jetzt kommt", sagte Dora. „Die meisten Seilschaften sind weit oben oder steigen schon ab, sie stören unsere Fotoaktion nicht. Aber passt bloß auf, da oben liegt viel Schotter herum. Setzt sofort eure steifen Hüte auf!"

Liam stellte seinen Rucksack ins Geröll und zog den knallorangen Plastikhelm heraus, mit dem er aussah wie ein Playmobil-Bauarbeiter. Er stülpte ihn über den Kopf und fummelte an den Kinnriemen – der Verschluss war eine nervtötende Aufgabe.

„Müssen wir ausgerechnet hier Fotos machen?“, fragte Dora. „Es ist heiß, steinschlaggefährlich, und wir kriegen Bilder mit Kletterern in einem Gemüsebeet.“

Liam warf einen ängstlichen Blick nach oben. Dora schien nicht der Typ zu sein, der unnötige Warnungen von sich gab.

„Husenkamp wollte, dass das Gelände nicht zu wild und steil aussieht“, erklärte Eberhard. „Er will eben sogenannte Identifikationsmodelle für Normalverbraucher. Ich werde schon Perspektiven finden, in denen nicht allzu viel Grün im Bild ist. Und für Kunden, die in oberen Graden klettern oder davon träumen, werde ich morgen ein Shooting mit Federico machen.“

Sie rüsteten sich zum Klettern und für die Fotos. Widerwillig zog Liam knöchellange dunkelrote Hosen aus dickem Stoff an, die mit afrikanisch anmutenden Mustern verziert waren, und ein senfgelbes T-Shirt, das nach Plastik stank.

„Ich geh schon mal los“, sagte Dora und joggte eine seichte, stellenweise mit Gras bewachsene Rinne hinauf. Sie zog ein Seil hinter sich her, ohne die Haken zu klinken, und Federico stand mit den Händen in den Hosentaschen am Einstieg.

„Äh, Federico, why no protection?“, fragte Liam.

„Only four b, very easy“, piepste er. „Street for passeggini – babycars.“

Das klang ziemlich arrogant. Na ja, wenn man Neuner klettern konnte, war das hier leicht. Aber Dora hatte von Steinschlaggefahr gesprochen – ein Steinchen genügte … Liam wandte sich an Eberhard. „Wie schwer ist vier b in der deutschen Schwierigkeitsskala?“

„Ungefähr ein Vierer“, erwiderte der Fotograf. Er wies auf eine verblasste Schrift am Wandfuß, „Via del 46 Parallelo“ war dort zu lesen. „Die ‚Parallelo‘ ist die älteste Route hier und eine der leichtesten.“

Inzwischen war Dora auf einem Absatz angelangt und hatte Stand gemacht. Eberhard band sich ins untere Seilende und kletterte los. Liam staunte, wie der etwas füllige Mann den Fels emporwieselte. Der Rucksack mit der Fotoausrüstung schien ihn dabei nicht zu stören.

Liam streifte den Klettergurt über, mit einiger Mühe, da er an den vielen aufgesetzten Taschen der Hose hängen blieb, die sowieso unbenutzbar waren, sobald man den Sitzgurt anhatte. Ideen hatten diese Designer manchmal … Zuletzt hängte Liam Karabiner und Klemmkeile in seine Gurtschlaufen, die zum aktuellen Sortiment von Outdoorfun gehörten.

Eberhard hing ein gutes Stück über dem Einstieg am Seil, eine Kamera im Anschlag. „Auf geht's, Max!"

Es war ein komisches Gefühl, Max genannt zu werden. Wenn irgendwie herauskommen würde, dass er die Leute hier ausspionierte, wäre das verdammt peinlich.

Der Fels war fest, aber an einigen Stellen glänzten die Tritte wie polierter Marmor, die Griffe glitschten unter Liams verschwitzten Fingern. Denk ans Klettern, nicht ans Runterfallen … Er klinkte einen Haken und eine Schlinge in einer Sanduhr, er kam schnell höher, und es machte Spaß. Bald war er etwa auf gleicher Höhe mit Eberhard, der ihm ständig Anweisungen zurief: „So drehen, nein so, mach den Mund zu, Rücken gerade, bitte sehr!"

Mittlerweile hatte Dora das Seil am Standplatz fixiert, und Ginzling stieg mit Hilfe eines Grigri daran hinauf und hinunter, um verschiedene Kamerapositionen auszuprobieren, wobei er Graspolster ausrupfte und Liam nach rechts, links und wieder zurück klettern ließ. „So, und jetzt noch einmal dort hinauf und –"

„Sasso! Attenzione, sasso!", plärrte eine Stimme von oben. Steinchen sprangen über die Felsen herab, pfiffen Liam um die Ohren, spritzten spling, spling, spling auf seinen Helm.

„He, ihr da oben!", brüllte Eberhard. „Passt doch auf!"

Liams Beine fühlten sich wacklig an. Das war ganz schön knapp gewesen.

„Das kommt hier eben vor“, tröstete der Fotograf. „Und jetzt schau bitte zu mir rüber und lächle!“

Gefühlte drei Stunden später war Liam wieder unten. Nun sollte Nicole vorsteigen. Er verzog sich schnell in den Schatten der Kiefern, riss sich das pappige T-Shirt vom Leib und kippte eine halbe Flasche Apfelschorle runter, ohne dabei abzusetzen.

„Max, kommst du bitte sichern?“, rief Nicole.

Sie war stets höflich zu ihm, ja nett. Und sie war wirklich schön, aber irgendwie nicht sein Typ. Susi gefiel ihm viel besser… Mit einem Seufzer stand Liam auf, ging zum Einstieg und legte Nicoles Seil ins Sicherungsgerät. Vom Abstiegsweg am Rand des Felsriegels tönten Stimmen, und ein Pärchen trat aus den Bäumen heraus. „Scusi, scusi caduta sassi“, sagte der Mann. „Tutto bene?“ Seine Partnerin war eine rundliche Blonde in Bundhosen. „Tuat ons loid. Aber s’ isch echt schwär, do nix zom losträta, iberall liagat Stoiner rom.“

„Wir sind noch am Leben“, erwiderte Liam. „Ihr habt schlecht gezielt.“

Die beiden lachten und verschwanden Richtung Tal.

Nicole war startklar, von den Kletterschuhen bis zum Helm leuchtete sie in Lila und Pink, was gut zu ihrem dunklen Haar passte. Susi trug niemals Rosa… Sie hatte einmal zu Liam gesagt, die Farbe ginge ihr auf die Nerven, weil sie fast immer verwendet wurde, wenn Firmen etwas speziell für Frauen entwarfen.

Nicole stieg schnell bis zu Eberhard empor, der sich so installiert hatte, dass die Betonpiste ins Bild kam und kaum Gras.

Liams Blick schweifte über die Wand; dabei entdeckte er, dass Dora ihren Standplatz verlassen hatte und weiter hinaufkletterte – ganz ohne Seil! Wenn wieder Steine flogen… wenn sie irgendwie abrutschte… Vermutlich war ihr langweilig geworden. Nachdem sie Ginzlings Seil fixiert hatte, gab es für sie am Standplatz nichts mehr zu tun.

Und das Sichern in der prallen Sonne war wirklich ätzend. Wann war Eberhard endlich fertig?

Liam blickte hinab auf das geschlängelte Band der Straße und jenes seltsame Gelände, das ihm schon bei der Fahrt hierher aufgefallen war: eine Hügellandschaft aus Schutt und verstreuten Felsblöcken, von denen viele so groß waren wie Häuser. Nur wenige Sträucher wuchsen in diesem Ödland, von dem Eberhard erzählt hatte, dies seien die Marocche di Dro, ein Naturschutzgebiet. Die unfassbare Masse an Gestein, die den Talboden füllte, sei aus dem Monte Brento herausgebrochen.

Jenseits des Flusses erhob sich ein lang gestreckter Bergrücken, der dazu reizte, über seinen Kamm zu wandern. Und das Radfahren war in der Gegend um Arco und den Gardasee angeblich auch großartig. Freunde hatten Liam mit leuchtenden Augen vom Passo Tremalzo erzählt, allerdings brauchte man dazu ein Mountainbike. Vielleicht könnte Liam sich eins leihen.

Verdammt, er hätte gerne Shorts angezogen statt der langen Hosen, aber das ging nicht, weil der Klettergurt darüber war und er sichern musste. Er schaute wieder hinauf; Dora war irgendwo zwischen den Bäumen oberhalb der Wand verschwunden.

Etwas Seltsames – was war das? – verdunkelte den Himmel über Liam. Es rumpelte und krachte, eine graue Wolke fuhr die Wand herab. Schubkarren voll Schutt ergossen sich über die Felsplatten, kopfgroße Brocken krachten auf Absätze und zerplatzten. „Stein! Stein!!“, brüllte Eberhard, Nicole kreischte, ein Schwall aus Staub und Steinen flutete über die beiden hinweg und auf Liam zu. Er duckte sich, hob die Arme schützend vor sein Gesicht, etwas prallte gegen seinen Oberschenkel, Splitter prasselten auf ihn nieder, stachen wie Nadeln in seinen Nacken, seine bloßen Arme. Irgendjemand rief etwas.

Plötzlich war es still.

Liam löste seine Arme vom Gesicht und richtete sich auf. Er zitterte am ganzen Körper, seine Beine waren teigig. Verdammt, er hatte das Bremsseil losgelassen – er griff schnell danach. Gott sei Dank hatte sein Sicherungsgerät automatisch blockiert, das Seil war straff gespannt. Nicole war also gestürzt – aber das war wohl nicht das Schlimmste – Eberhard und Nicole mussten tot sein! Tot oder schwer verletzt...

Er wagte es kaum, nach oben zu schauen. Da, Eberhard – er lebte! Er lüpfte den Rucksack von seinem Kopf, mit dem er sich vor den Geschossen geschützt hatte. Aber Nicole – mein Gott, Nicole. Sie hing zwei Meter unter dem letzten von ihr geklinkten Haken im Seil und rührte sich nicht mehr. „Nicole! Eberhard! Seid ihr okay?"

Was für eine dämliche Frage. Natürlich nicht. „Ich schon", brüllte Eberhard. „Aber Nicole... Ich weiß nicht! Ich schaue nach ihr. Ruft die Bergwacht!"

Liam unterdrückte den Impuls, Nicoles Seil loszulassen und wegzurennen – vielleicht kamen noch mehr Steine! Federico kroch hinter einem Baum hervor und wedelte mit seinem Telefonino. „I call Polizia. They send Bergwacht."

Drei Kletterer, die gerade abgestiegen waren, rannten herbei. „Ist was passiert?"

Liam brachte nur ein Krächzen hervor. Ein Mädchen zeigte auf seinen Oberarm. „Oh – das sieht ja furchtbar aus! Ich kümmere mich gleich darum."

Erst jetzt bemerkte Liam das blutige Loch, an dem ein Fleischfetzen hing.

Das Mädchen setzte seinen Rucksack ab und zog ein Päckchen aus der Deckeltasche.

Liam starrte nach oben, während die barmherzige Samariterin den Fetzen abschnitt und ein Tempotaschentuch auf seine Wunde drückte, um die Blutung zu stillen. Eberhard stieg mit Hilfe des Grigri zu Nicole ab. Hoffentlich war sie nur ohnmächtig... hoffentlich...

Liam zuckte zusammen. In seiner Wunde brannte Jod. Dann klebte das Mädchen ein Pflaster darüber. Seine Kumpel standen daneben und fotografierten.

Liam wandte sich wieder dem Geschehen in der Wand zu. Eberhard war nun auf gleicher Höhe wie Nicole und pendelte am Seil zu dem Haken hinüber, an dem sie hing. Er tat irgendetwas mit ihr. War sie...

Federico steckte sein Handy ein. „Okay. Bergwacht arrivano subito."

Da ertönte auf einmal Nicoles Stimme von oben: „Max, lass mich runter. Ich habe wahnsinnig Glück gehabt."

***

Es war dunkel, und alle an der Sonnenplatten-Aktion Beteiligten saßen auf der Terrasse des „Hotel Garden" und tranken von Ginzling spendierten Sekt.

Außer ein paar blauen Flecken, Schnitten und Platzwunden von den Einschlägen kleinerer Steine hatten Liam, Nicole und Eberhard keine Verletzungen davongetragen.

Federico hatte der Bergwacht Bescheid gegeben, dass ihr Einsatz doch nicht erforderlich war.

Dora hob ihr Glas. „Auf das Leben!" Sie stießen miteinander an.

„Wir haben so einen Dusel gehabt, es ist unglaublich", sagte Nicole.

„Ja, sogar meine Kamera hat überlebt und die Bilder sind gut geworden!", ergänzte Eberhard.

„Die Sonnenplatten sind echt gefährlich", sagte Dora. „Vor allem, wenn am Abstieg ein paar Deppen unterwegs sind."

Federico schenkte Sekt nach. Er duftete nach Limone und trug ein knallrotes Jackett und ein gelbes Hemd, was nicht zu seinem blonden Bart passte.

Eberhards Handy knurrte; er hatte Liam erklärt, das sei der Originalton seines geliebten Hundes. „Hallo?" Eine Pause. Plötzlich legte sich ein Lächeln auf Ginzlings Gesicht. „Oh, ich muss gestehen, dass ich überrascht bin. Uns geht es – nun ja, jetzt ganz gut, aber wir hatten heute ein schlimmes Erlebnis. Wir wären beinahe durch Steinschlag ums Leben gekommen." Er stand auf und ging mit dem Handy ein paar Schritte vom Tisch weg.

Liam nahm noch einen Schluck Sekt, er prickelte auf der Zunge und rann eiskalt die Kehle hinab. Mit etwas Pech –

oder besser: ohne unverschämtes Glück – wäre er heute gestorben. Und die anderen auch. Und jetzt ging das normale Leben weiter, als wäre nichts geschehen.

Eberhard kehrte zurück, steckte das Handy in seine Hosentasche. Er lächelte geheimnisvoll. „Eine Einladung zum Abendessen. In einer Villa in Riva. Das ist wundervoll."

Nicole betastete die Schmarre auf ihrer Nase, die sie mit Make-up übertüncht hatte. „Eigentlich ist mir nicht danach, noch wo hinzugehen. Ich muss erst mal verdauen, wie knapp das heute war."

„Abendessen? Hört sich gut an", sagte Dora. „Ich bin total ausgehungert."

„Du hast immer Hunger", gab Nicole zurück.

„Wer hat uns eingeladen?", fragte Liam.

„Der Besitzer von Outdoorfun, Herr Rinkelfahr", erklärte Eberhard. „David hat mir von ihm erzählt. Er ist nicht nur reich, sondern steinreich, ein Grandseigneur und Gourmet."

***

Der Chauffeur parkte die Limousine vor einer Mauer mit einem schmiedeeisernen Tor, auf dessen Eckpfosten zwei Löwen kauerten und die Rachen aufrissen. Schnurrend hob sich ein Gitter, und die Crew der Katalog-Aktion stieg aus und betrat einen weitläufigen Garten. Es war eine sternklare Nacht, Palmblätter raschelten im Wind, Rhododendronbüsche verströmten einen würzig-herben Duft. Nicoles Stöckelschuhe klackten auf dem mit Marmor gepflasterten Weg, der von Beeten mit exotischen Blumen gesäumt war. Schön … bis auf diesen Springbrunnen. Liam warf einen kritischen Blick auf das emporstiebende Wasser, das abwechselnd blau, grün und pink aufleuchtete.

Dahinter erhob sich eine zweistöckige Villa aus der Gründerzeit, hinter deren Fenstern Licht schimmerte. Während sie darauf zuhielten, sagte Dora: „Netter Schuppen. Muss eine Stange Geld gekostet haben."

„Outdoorfun ist nur eine eher unbedeutende Firma in Rinkelfahrs Imperium“, sagte Eberhard.

Was steckte dahinter, dass Rinkelfahr ein paar kleine Würstchen aus einem seiner Betriebe eingeladen hatte? Oma hatte erzählt, dass die Polizei ihn für kriminell hielt …

Liam würde Augen und Ohren aufsperren. Vielleicht hatte Oliver Baudel zu viel über Rinkelfahr gewusst? Schon wieder ein Mordmotiv.

Sie gelangten an eine Freitreppe, die zu einer von Säulen flankierten Flügeltür emporführte. Sie stand offen, davor wartete ein kräftiger junger Mann im schwarzen Anzug. Er verbeugte sich. „Herzlich Willkommen. Herr Rinkelfahr erwartet Sie.“

Liam rückte das von Federico entliehene grün-rot karierte Jackett zurecht und folgte Dora, Federico, Nicole und Eberhard in eine Halle mit goldgerahmten Spiegeln, in denen die Lichter eines Kristalllüsters funkelten. Ein dicker kleiner Mann mit roten Wangen eilte auf sie zu. Er strahlte übers ganze Gesicht. „Willkommen in meinem Haus!“

Eine Kassettentür öffnete sich, der Geruch von Hyazinthen strömte herein, und eine junge Frau – eher ein Mädchen – betrat die Halle. Sie war knabenhaft schmal, was durch ihr Etuikleid aus nachtblauer Seide betont wurde, und trug das schwarze Haar hochgesteckt. „Luisa Vigliano“, sagte Rinkelfahr mit großer Geste, als kündige er den Auftritt eines Filmstars an. Allgemeine Begrüßung. Liam konzentrierte sich, und es gelang ihm, sich ohne Stolperer in der Stimme als Max Fiedler vorzustellen. Rinkelfahr reichte ihm eine fette Hand. „Ich freue mich immer über den Besuch junger Leute.“ Zu Nicole sagte er mit ernster Miene: „Frau Mitz, mein Beileid. Ich habe Oliver Baudel sehr geschätzt, er wäre ein großartiger Geschäftsführer geworden.“

Nicole trug ein knielanges Kleid aus schwarzer Spitze, für eine Trauernde zu einem besonderen Anlass genau das Richtige. Dora hatte noch darüber gelästert, dass sie für drei Tage Arbeit am Katalog zwei Koffer mitgeschleppt hatte; sie war die Einzige, die in dieses Ambiente passte.

„Und nun, verehrte Gäste, zu Tisch! Die Küche hat sich bemüht, ein Menü zu zaubern, das hungrige Bergsteiger hoffentlich zufriedenstellen wird."

Der Speisesaal war vollgestopft mit antiken Möbeln und diversen Staubfängern: Schäferinnen aus Porzellan, Schalen aus buntem venezianischem Glas, und wo noch ein Plätzchen frei war, leuchteten Blumenarrangements, die durch allerlei Kunsthandwerk wie hölzerne Frösche oder Herzen und Schleifchen aufgepeppt waren.

Zwei Asiatinnen servierten, und das Gespräch drehte sich um das Wetter, Autos und Mode, was Liam nicht im Geringsten interessierte. Er beschäftigte sich lieber mit dem Essen – so etwas hatte er noch nie erlebt. Die Gerichte waren so kunstvoll gestaltet, dass er ohne die Ankündigung der Gänge durch Rinkelfahr nicht gewusst hätte, was er da zu sich nahm: Charlotte von Gänseleber und Trüffeln, Seeigel in Tomatengelee auf Kaviarsahne, Steinbutt mit Pinienkruste …

Liam beobachtete Rinkelfahr. War dieser joviale, redegewandte Mann, der genießerisch und ziemlich lautstark aß, wirklich eine zwielichtige Figur? War Luisa Vigliano seine Geliebte? Er beachtete sie kaum, ganz im Gegensatz zu Eberhard. „Frau Vigliano, Ihre Schönheit ist etwas Besonderes, das mich inspiriert", sagte der Fotograf. „Ich würde gerne einmal Aufnahmen von Ihnen machen, denn eigentlich interessiert mich die künstlerische Seite meines Berufes viel mehr als mein Brotjob in der Werbung."

Sie lächelte. „Das ist sehr liebenswürdig von Ihnen. Aber ich glaube kaum, dass Hansi das erlauben würde."

Rinkelfahr lachte. „Nein. Wirklich nicht. Ich gebe es ja zu, ich bin ein Patriarch."

Zu dieser Rolle passend residierte er an der Schmalseite des Tischs, links von ihm saß Nicole, rechts Luisa und neben Luisa Federico, was sinnvoll war, da sonst niemand italienisch sprach. Luisa hatte es nicht leicht, sie musste Federico und Eberhard gleichzeitig unterhalten, da Rinkelfahr sich vor allem Nicole widmete.

Während Rehrücken in Blätterteig aufgetragen wurde und die Aufmerksamkeit der anderen in Anspruch nahm, flüsterte Dora Liam zu: „Hast du mitgekriegt, wie Rinkelfahr Nicole anschaut? Die Italienerin ist ganz blass vor Wut."

„Echt? Ich habe nichts gemerkt. Bist du sicher?"

„Ja. Ich weiß, wie Eifersucht aussieht."

Die Kruste des Blätterteigs knisterte, der Rehrücken zerging auf der Zunge, ein wunderbarer Kontrast. Liam war ein bisschen schwindlig von dem schweren Rotwein, der dazu serviert wurde. Wobei die vorausgegangenen Weißweine und der Begrüßungs-Champagner natürlich mitspielten. Aber als Detektiv musste er alles mitbekommen, auch wenn er sich eher schläfrig fühlte. Ob Dora recht hatte? Gelegentlich wechselten Rinkelfahr und Nicole tiefe Blicke. Und einmal legte er ihr väterlich einen Arm um die Schulter.

Eberhard, der bei Luisa Vigliano auf eine Mauer kühler Höflichkeit gestoßen war, wandte sich an Rinkelfahr. „Es ist eine Ehre, dass Sie uns eingeladen haben. Ich dachte, Sie wären ein zu bedeutender Mann, um sich um unsere kleine Firma zu kümmern."

Rinkelfahr lachte dröhnend. Das tat er bei jeder Gelegenheit; seine gute Laune wirkte echt, ging Liam aber trotzdem auf die Nerven. „Ich lege Wert darauf, auch Mitarbeiter und nicht nur die Geschäftsführer meiner Firmen zu treffen, da erfahre ich, wie es dort wirklich zugeht", sagte er.

„Das ist gewiss eine hervorragende Taktik", schleimte Eberhard Ginzling.

Plötzlich wurde Rinkelfahr ernst. „Es war schlimm, Herrn Baudel zu verlieren, er war ein fähiger Mann." Er tätschelte Nicoles Hand. „Das Leben kann schnell vorbei sein, auch für junge Leute. Und heute haben Sie offenbar großes Glück gehabt. Was ist eigentlich passiert?"

Er stellte eine Reihe von Fragen. Wie gefährlich war die Wand gewesen? Hatte jemand den Steinschlag ausgelöst?

Liam durchfuhr es eiskalt. War es möglich, dass Dora...? Ja. Sie lag im Krieg mit Nicole. Und sie war um die richtige

Zeit in der Nähe des Ausstiegs der Route „Parallelo" gewesen. Vielleicht hatte sie gestern ein paar Steine die Wand hinuntergeworfen, um zu sehen, wo sie aufschlugen. Und dann hatte sie genau an der richtigen Stelle Felsbrocken aufgehäuft… Er würde Federico fragen, ob sie dazu die Gelegenheit gehabt hätte, er war ja vor der Foto-Aktion mit Dora an den Sonnenplatten gewesen, um das Gelände zu erkunden. Andererseits hatte Dora ausdrücklich vor Steinschlag gewarnt. Oder hatte sie es getan, um von sich abzulenken?

Ginzlings Stimme riss Liam aus seinen Gedanken. „Auf die köstliche italienische Küche!" Er hob sein Glas. „Und auf die schönen Frauen!"

„Auf Nicole und Frau Vigliano!", sagte Dora und stieß mit ihm an.

Eberhards Lachen klang verlegen. „Ich finde alle Frauen schön! Letzten Endes ist es der Charakter, der zählt."

Dora nickte grimmig. „Natürlich. Aber ich glaube nicht, dass Männer zählen."

Das Dessert war eine Lebkuchenmousse mit Punschsauce und schmeckte intensiv nach Weihnachten, dazu wurde ein „Vino da Meditazione" gereicht, ein wie eine Blumenwiese duftender Süßwein. Hinterher gab es Kaffee und ein Sortiment edelster Pralinen. Noch nie in seinem Leben war Liam so satt gewesen. Dora stöhnte. Und Nicole auch, obwohl sie bei jedem Gang nur ein Häppchen gegessen und auf den Nachtisch verzichtet hatte.

Dann wurde das Geschirr abgetragen, und der Hausherr stand auf. „Bitte entschuldigen Sie mich einen Moment, nach dem Essen gibt es nichts Schöneres als eine Cohiba. Wenn mir jemand dabei Gesellschaft leisten möchte – ich bin im Salon nebenan und stelle meinen Humidor gerne zur Verfügung."

Er nickte der Runde zu und ging hinaus. Ginzling reagierte nicht auf das Angebot, vermutlich weil er mit Luisa Vigliano endlich ins Gespräch gekommen war – über Hunde.

Ein paar Minuten später ergriff Nicole ihre Handtasche. „Ich gönne mir mal eine Zigarette. Ausnahmsweise."

Liam hatte sie noch nie rauchen sehen, weder in der Mittagspause vor der Kantine noch letzten Abend auf der Terrasse des „Hotel Garden“ – beides typische Gelegenheiten für Nikotinfreunde. Zwei Minuten, nachdem Nicole den Raum verlassen hatte, stand auch Liam auf. „Äh – ich habe noch nie eine Cohiba probiert. Die kenne ich nur aus Filmen.“

Er ging zur Tür des Rauchsalons, blieb davor stehen, lauschte. Was hatten Nicole und Rinkelfahr miteinander zu schaffen? Liam hörte nichts und trat ein. Der prunkvoll ausgestattete Raum war leer. Von einer offenen Glastüre, die auf eine Terrasse hinausführte, wehte der Duft einer Zigarre herein.

Der Teppich schluckte das Geräusch von Liams Schritten. Leise bewegte er sich auf die schattenhaften Gestalten von Rinkelfahr und Nicole zu, die dicht nebeneinander standen und in den nächtlichen Garten blickten.

„Hansi“, hörte er Nicole sagen. „Es war total furchtbar, ich – ich habe Angst.“

Rinkelfahr drehte sich schnell um, Liam fuhr zusammen. „Äh – ich hätte doch Lust auf eine Zigarre, oder besser auf einen Zigarillo, wenn Sie das haben.“

Der kleine Mann nickte freundlich. „Aber gerne.“

Nicole rieb sich fröstelnd die Arme. „Es ist frisch geworden. Gehen wir rein.“

Sie ließen sich auf den Sesseln nieder, Rinkelfahr reichte Liam einen Zigarillo und goss ihm ein Glas Portwein ein. Liam zündete sich das Ding an und sog daran. Viel zu heftig. Er musste husten. Rinkelfahr lachte. „Na, na. Ich glaube, Sie sind kein Gewohnheitsraucher, oder?“

14. KAPITEL

Martl hockte vor dem Fernseher, erschöpft von der Arbeitswoche, zu müde für ein Buch. Die Liedzeile aus „The Wall" von Pink Floyd traf wieder einmal zu: „Thirteen channels of shit on the TV to choose from" – obwohl es inzwischen viel mehr Auswahl gab als zu Zeiten der Kultband. Ins Kino gehen? Noch raus in den Regen, S-Bahn fahren? Nein danke. Vielleicht sollte er sich irgendwann damit befassen, wie das mit dem Streaming funktionierte.

Er stand auf, schaltete den Fernseher aus, marschierte in seinem Zimmer auf und ab. Normalerweise war ihm nicht langweilig, er könnte seine alten Fotoalben durchschauen oder sogar Ordnung auf seinem Schreibtisch schaffen. Aber das war nicht das Richtige. Eigentlich wollte er mit jemandem reden. Konkret: mit Moni.

Seit der Sache mit der Axt – oder besser dem Beil – hatte er sie nur noch flüchtig gesehen, im Rewe nebenan, auf der Straße, einmal im Garten, als er die Sträucher gestutzt und alles winterfest hergerichtet hatte. Dabei hatte sie ihm erzählt, dass sie sehr beschäftigt sei, sie würde die von Bennos Detektei geschickten Dossiers durcharbeiten und Zeugen befragen.

Er trat ans Fenster und blickte hinaus in die Nacht. Das Panoramafenster von Monis Wohnzimmer war hell erleuchtet.

Er würde gern zu ihr rübergehen. Störte er? Oder war er willkommen?

Seit sie miteinander auf den Jochberg gewandert waren, wusste er, dass sie ihn mochte. Aber sie wohnte nebenan, und das machte die Sache schwierig. Man platzte nicht einfach abends um neun Uhr bei Nachbarn ins Haus. Man hielt Abstand, wollte nicht aufdringlich sein. Sollte er nach einem Ei oder Salz fragen, dann hatte sie die Chance, ihn hereinzubitten … Blödsinn, kein Mensch brauchte um diese Zeit ein Ei.

Anrufen und fragen, ob er rüberkommen durfte? Ach was. Trau dich. Er konnte ja wieder gehen, wenn er das Gefühl hatte, dass sie lieber allein wäre, und sich für ein andermal mit ihr verabreden.

Mit einem Seufzer nahm er seinen Anorak vom Haken. Für die paar Meter brauchte er keinen Regenschirm.

***

Moni lehnte sich in den Ohrensessel, ihre Beine hatte sie auf den kleinen Tisch neben der Couch gelegt. Ihr Kopf schwirrte. So viele neue Informationen, neue Zeugen, neue Möglichkeiten in diesem Mordfall. Ob Liam bei seinem Ausflug nach Italien etwas herausgefunden hatte?

Dudelidudeli. Dudelidudeli.

Sie angelte nach ihren Pantoffeln, sprang auf und ging zur Haustüre, um sie zu öffnen. Martl. Mit über den Kopf gezogener Kapuze und einem breiten Lächeln. „Guten Abend, Moni. Ich hätte Lust auf einen Ratsch. Wenn du keine Zeit hast, wirf mich raus, kein Problem."

„Du bleibst da, und zwar sofort!", erwiderte sie.

„Das gefällt mir, dass du auch ein Fan von Karl Valentin bist", sagte Martl und zog seinen triefenden Anorak aus. Sie umarmte ihn kurz, Küsschen links und rechts. Er roch frisch, nach einem Rasierwasser oder Shampoo mit Minze.

Martl folgte ihr ins Wohnzimmer.

„Ein Glas Wein?", fragte sie.

„Gerne. Am liebsten einen nicht allzu rauen Roten, wenn du so etwas im Haus hast."

Sie hatte. Sogar eine große Auswahl.

Moni ging hinaus und warf im Flur einen Blick in den Spiegel. Wie müde und faltig sie aussah! In der Küche entkorkte sie einen Spätburgunder aus Baden und kehrte mit der Flasche und zwei Gläsern zurück ins Wohnzimmer. Martl hatte es sich auf dem blauen Sofa bequem gemacht, sie nahm ihm gegenüber Platz.

Sie stießen miteinander an. Ihre Augen trafen sich, vielleicht ein bisschen zu lange. Etwas Warmes breitete sich in Monis

Herzgegend aus. „Ich wollte längst mit dir reden“, sagte sie. „Aber in letzter Zeit war wirklich viel los.“

Martl nahm einen Schluck Wein, rollte ihn auf der Zunge. „Habs gemerkt. Und mich gefragt, ob es dir nicht zu viel wird, wenn ich einfach so am Abend vorbeischaue.“

„Du bist immer willkommen. Es sei denn, ich sitze gerade in der Badewanne oder mache Yoga.“

„Was sicher ein hübscher Anblick wäre“, erwiderte Martl. „Aber natürlich gönnst du den nicht jedem dahergelaufenen Nachbarn.“ Er strich eine weiße Strähne aus der Stirn und musterte sie. „Du siehst nicht sehr glücklich aus. Läuft es nicht gut mit deiner Detektivarbeit?“

Sie zuckte mit den Schultern. „Ich blicke nicht durch. Das ist alles so schrecklich kompliziert.“

Tränen stiegen ihr in die Augen. Seine Hand legte sich kurz auf die ihre, sie fühlte sich warm und fest an. „Du schaffst das. Bleib dran. Immerhin arbeitet die Polizei schon viel länger als du vergeblich an diesem Fall. Was hast du denn in letzter Zeit unternommen?“

„Ich habe mit fast allen Gästen von Baudels Fest gesprochen, es fehlt nur noch sein alpiner Lehrmeister, Helmut Meisterbier. Der ist gerade beim Klettern in Kalymnos.“

Sie erzählte von ihrem Besuch bei zwei alten Freunden von Oliver Baudel, Alwine und Björn Regenspurger, die zwei Kinder hatten und ein großes Haus. „Sie haben kein Motiv“, erklärte sie. „Und sie wussten nichts Neues über das Mordopfer. Sie sind total brave Leute. Genauso wie Julia Dingelmeier, die Sekretärin der Geschäftsleitung in Baudels Firma. Sie leidet an Logorrhö – akutem Sprechdurchfall –, aber ich kann mir nicht vorstellen, dass sie jemanden umbringt. Die würde eine Stechmücke einfangen und vorsichtig aus dem Haus tragen.“

Sie fuhr mit dem Finger an ihrem Rotweinglas entlang, entlockte ihm ein Summen. „Da ist René Waal, Oliver Baudels Freund aus der Studentenzeit, ein ganz anderer Typ. Und um Welten interessanter. Unverheiratet, raucht Hasch, unangepasst, schreibt Gedichte. Er wollte mir eine Tüte rollen, aber das Zeug macht mich bloß schläfrig. Wenn ich high sein will, gehe ich lieber auf einen Berg, am liebsten über eine tolle Route."

Martl grinste. „Das kenne ich. Adrenalin, Serotonin, Dopamin – das können wir leicht selber produzieren. Und ein paar andere nette Stoffe auch … Oxytocin zum Beispiel, das Kuschelhormon. Aber dafür braucht es keine Berge, sondern Menschen oder flauschige Tiere."

Moni lachte. „Ja, Berge sind arg eckig und hart. Und manche alten Bergsteiger auch."

Martl blickte an sich herab. „Da ist was dran. Mit einem Meerschweinchen könnte ich nicht konkurrieren."

Moni bekam einen Lachanfall. Als sie sich wieder beruhigt hatte, prostete sie Martl zu.

„Verdächtigst du diesen René?", fragte er.

Sie schüttelte den Kopf. „Er hat kein Motiv, und er wirkt so, als wäre ihm ein Mord viel zu anstrengend."

„Na dann hast du den Kreis möglicher Täter doch schon verkleinert. Wer ist denn nun dein Hauptverdächtiger?"

Sie seufzte. „Es sind immer noch drei. Husenkamp, Ginzling, Mike. In dieser Reihenfolge. Apropos Mike: Ich weiß nun viel mehr über ihn, weil ich sein Dossier gelesen und noch einiges recherchiert habe. Was glaubst du, könnte er der Täter gewesen sein?"

Martl schüttelte den Kopf. „Nein. Aber ich könnte mich irren. Er hat als Kind und Jugendlicher Schlimmes durchgemacht."

Die Haustürklingel dudelte.

„Wahrscheinlich Liam", sagte Moni. „Er wollte heute Abend vorbeikommen und mir von seinen Abenteuern als Undercover-Ermittler erzählen."

Eine Stunde später erschien ihr der Fall noch viel komplexer als vorher. Sie hatte versucht, Federico anzurufen, aber irgendetwas stimmte nicht mit der Nummer, die Liam aufgeschrieben hatte; sie würde bei seinen Sponsoren nachfragen müssen. Vorerst war nicht auszuschließen, dass Dora den Steinschlag ausgelöst hatte, um Nicole umzubringen. Und vielleicht hatte sie ihre Feindin damals in der Fränkischen Schweiz bewusst beim Knüpfen des Knotens abgelenkt. Oder auch nur gesehen, dass er nicht ganz fertig war, und sie mit voller Absicht nicht darauf aufmerksam gemacht – war das dann eigentlich ein Mordversuch? Ja. Und es gab keine Möglichkeit, das jemals nachzuweisen. Aber Moni konnte sich eine solche Heimtücke bei Dora einfach nicht vorstellen.

15. KAPITEL

Mike beobachtete Monika Trautner. Ihre Augen wanderten über seine Wohnküche, die schneeweißen Flächen der Schränke und den Fliesenboden, den er zweimal die Woche wischte, dann blieben sie an seinem iPod hängen, aus dem die Pianoklänge der „Goldberg-Variationen“ sprudelten.

„Überrascht?“, fragte Mike.

Sie lächelte. „Ja. Ich hätte eher Heavy Metal erwartet als Bach.“

„Das mag ich auch, es pusht super beim Training. Aber Oliver hat im Auto oft klassische Musik gehört, und da bin ich auf den Geschmack gekommen.“

Die alte Dame spähte durch den Torbogen, der sein Schlafzimmer mit der Wohnküche verband. „Oh, eine Kletterwand. Super.“ Sie ging hin, befühlte die Plastikgriffe, die er auf die schräg über der Matratze hängende Sperrholzfläche aufgeschraubt hatte. Dann deutete sie auf den Kalenderplan nahe dem Fenster, auf dem Mike sein Training mithilfe verschiedener Kürzel festhielt.

„Puh. Das sieht ja professionell aus. Wie hältst du das nur aus, ohne einen Tennisarm zu kriegen oder kaputte Schultern?“

„Ich wechsle die Disziplinen. MKF zum Beispiel steht für Maximalkraft Finger, S für Stretching, BR für spezielles Bauch- und Rückentraining. Und seit mich dieser karrieregeile Arsch David rausgeschmissen hat, hab ich noch mehr Zeit dafür.“

„Wie sieht es mit einem neuen Job aus?“

„Mit meinem Strafregister ist es verdammt hart, was zu kriegen. Ich habe mich sogar als Rausschmeißer in einer Disco beworben. Und dann hat mir der Chef gesagt, ich wäre nicht abschreckend genug, weil ich so klein bin.“

In Mikes Magen ballte sich etwas zusammen. „Das ist echt Scheiße, wenn man klein ist. Als Kind hat man mich deshalb gemobbt, ich war das typische Opfer.“

„So schaust du jetzt aber nicht mehr aus. Magst du mir davon erzählen?“

Die Detektivin wollte ihn psychologisch durchleuchten, klar, das war ihr Job. „Okay. Magst du einen Kaffee? Und ich habe gestern einen Apfelkuchen gebacken, da ist noch die Hälfte übrig.“

Sie reagierte nicht darauf, dass er gern backte. Vielleicht hatte sie inzwischen begriffen, dass er nicht so tickte wie die Mehrheit der jungen Männer seines Alters, die sich vor allem für Fußball und Frauen interessierten. In dieser Reihenfolge. Na ja, das mit den Frauen konnte er verstehen. Er hätte gerne eine Freundin gehabt, die kletterte.

Mike befüllte die Kaffeemaschine, nahm Tassen und Teller aus dem Schrank, Kuchengabeln, Milch und Zucker und richtete alles auf dem Tisch an. Die alte Dame schaute ihm zu und sagte nichts. Auch sie war etwas Besonderes. Sie strahlte Energie aus und Entschlossenheit. Wurde man so, wenn man vierzig Jahre lang kletterte?

Mike holte den Apfelkuchen aus dem Kühlschrank.

Moni schnupperte. „Hmmm. Ich mag ihn gern mit Zimt.“

Er schnitt zwei Stücke ab und legte sie auf die Teller.

Eine Weile plauderten sie über die neu geschraubten Routen in der Kletterhalle Freimann.

Die Kaffeemaschine rülpste, er holte die Kanne von der Anrichte und schenkte ein.

„Warst du der Kleinste in deiner Klasse?“, fragte Moni.

„Ja.“

Sie schaute ihn auffordernd an. Wie sollte Mike ihr klarmachen, was damals gewesen war? Würde sie kapieren, wie er zu einem Menschen geworden war, den manche als gewalttätigen Kriminellen bezeichneten?

„Ich kann dir nicht alles erzählen, was sie mit mir gemacht haben, sonst sitzen wir morgen früh noch da.“

„Gib mir ein paar Beispiele.“

„Okay. Es waren vor allem Zarg und Gino, die mich fertigmachen wollten, und die anderen haben mitgezogen. Warum ich das Opfer war? Vielleicht, weil ich klein war und ängstlich und fleckige Pullover und uncoole Jeans trug. Ich hatte jeden Tag Ärger, fühlte mich ständig verfolgt, auch wenn einiges davon nur Kleinkram war: eine Faust in den Magen, wenn ich ins Klassenzimmer kam. Jemand stellte mir ein Bein, wenn ich durch die Bankreihen ging. Gino warf meinen Schulranzen zum Fenster hinaus. Jeden Tag schubste einer mein Mäppchen vom Tisch, und sie erzählten den Lehrern Märchen über mich, zum Beispiel, ich hätte abgeschrieben. Und dann gab es auch noch die großen Gemeinheiten. Ich erzähle dir nur eine davon."

Mike lehnte sich zurück, die Bilder von damals stiegen vor ihm auf.

Ein Schulausflug der siebten Klasse. Die Buchen hatten hellgrüne Blätter getrieben, Buschwindröschen bedeckten den Waldboden, und die junge Biologielehrerin quasselte irgendetwas über ein Ökosystem. Eigentlich wäre so eine Wanderung ganz nett gewesen. Aber da waren Zarg und seine Kumpane… Mike war auf der Hut, er hielt sich mitten im Pulk. Kichernde Mädchen, die eingehakt gingen, ein paar Jungen rupften Moos und bewarfen einander, Anna fragte Mike, ob er mitgekriegt hätte, wie der Vogel hieß, der am Baumstamm mit dem Kopf nach unten herumhüpfte und pickte. Die Streberin wollte nicht zugeben, dass sie etwas verpasst hatte, aber Mike konnte ihr nicht sagen, dass das ein Kleiber war, sonst wäre er bei den anderen vollends unten durch gewesen.

Beim Rückweg zum Bus knurrte Mikes Magen. Bisher war alles gut gegangen. Dass Zarg seine Vesperdose in den Bach geschmissen hatte, war nicht sooo schlimm. Natürlich hatte Mike ihn nicht verpetzt. Das hatte er nur ein einziges Mal gewagt, damals, als Zarg noch neu in der Klasse gewesen war und sein Imperium aufbaute. Als sie dann wieder draußen auf dem Schulhof waren, ging Zarg auf Mike los. Er war zwei Köpfe größer und doppelt so breit, und er lag oben, aber das interessierte die Pausenaufsicht nicht die Bohne, beide bekamen einen Anpfiff, weil sie sich geprügelt hatten.

Nun zog sich die Schar der Schüler auseinander; sie mussten durch einen Hohlweg, der links und rechts von weiß blühenden Hecken gesäumt war, die honigsüß dufteten. Bis zum Parkplatz waren es nur noch ein paar Minuten. Und Mike musste mal. Dringend. Er hatte es hinausgeschoben, und er konnte unmöglich in den Bus steigen und noch eine halbe Stunde warten, bis sie zurück an der Schule waren.

Er blieb etwas hinter den anderen zurück. Zarg und Gino waren vermutlich irgendwo vorne, er hatte sie eine Weile nicht gesehen. Mike quetschte sich durch die Hecke, Dornen piksten, aber das war egal, es war besser, wenn er nicht lange herumtrödelte. Sie könnten ihn vermissen, und dann …

Er erledigte sein Geschäft. Dann spähte er durch eine Lücke zwischen den Büschen. Die Luft war rein. Mike kämpfte sich durch die Zweige zurück auf den Pfad.

Die anderen waren wohl schon beim Bus und warteten auf ihn. Mike joggte los.

Der Pfad bog um die Ecke. Oh Gott. Zarg! Er hatte sich mitten auf dem Weg aufgebaut.

Hitze schoss durch Mikes Körper. Er stoppte jäh, wollte sich umdrehen und weglaufen, aber seine Beine waren plötzlich vollkommen kraftlos.

Zarg grinste. „Na, Kleiner?"

Mike brach der Schweiß aus. „Lass – lass mich. Der Bus fährt gleich …"

Schritte hinter ihm. Ein Schlag traf seinen Rücken, er fiel nach vorne auf die Knie. Ein schwerer Körper stürzte auf ihn herab, presste ihm die Luft aus den Lungen. Jemand riss seinen Kopf hoch und schmetterte ihn auf den Boden. In Mikes Schädel explodierte Schmerz, Schmerz! Er heulte und keuchte. „Aufhören – bitte, bitte aufhören!"

„Feige Sau!" Ginos Stimme. Sein Geruch nach Knoblauch stieg in Mikes Nase, er spürte seinen keuchenden Atem in seinem Nacken. Mike strampelte, aber der massige Kerl drückte ihn nieder, Mikes Gesicht lag im Dreck, er schmeckte Blut. Plötzlich war der Druck auf seinen Rücken weg, Mike wurde hochgerissen. Ginos Hände umklammerten ihn von hinten wie Schraubzwingen, und vor ihm stand Zarg – mit einem Messer in der Hand! Er presste die Lippen aufeinander, starrte Mike aus schmalen Augen an. Die Messerspitze näherte sich Mikes Hals. Er wagte nicht, sich zu rühren, sein Herz raste, etwas Warmes rann an seinen Beinen herab. „Bitte – bitte – ich hab dir nichts getan – bitte …"

„Hör auf zu jaulen, du mieser kleiner Arsch! Und jetzt zieh deine Schuhe aus."

„Warum – ich ..."

„Mach! Oder ich stech dich ab!", zischte Zarg. „Lass ihn los, Gino."

Mikes Arme kamen frei. Er bückte sich zu seinen Turnschuhen, nestelte hastig an den Bändeln, schlüpfte heraus und richtete sich wieder auf.

Zarg lachte. „Und jetzt die Hosen!"

Mike bebte am ganzen Körper, konnte kaum stehen. Mit zitternden Fingern öffnete er die Gürtelschnalle und streifte die Hosen ab.

„Jetzt die Unterhose!"

Gino kicherte. „Die ist eh schon vollgeschissen."

Langsam schob Mike die gerippte Unterhose Richtung Knie und über die Knöchel. Nun stand er von der Taille abwärts nackt da bis auf seine Socken. Er schwitzte und schlotterte gleichzeitig.

Gino schnappte sich Mikes Jeans, griff mit spitzen Fingern nach seiner Unterhose, knüllte die Klamotten zusammen und packte sie in seinen Rucksack. „Was bist du doch für ein mieser kleiner Feigling", sagte Zarg, während er das Messer einsteckte. Ein Schubs, Mike flog ins Dornengebüsch. Zarg marschierte Richtung Parkplatz davon.

Gino kicherte. „Das wird n' Spaß, wenn du mit nacktem Arsch und Schwanz am Bus ankommst." Er ging an Mike vorbei und drehte sich noch einmal um. „Wenn du nur einen Ton sagst, kriegen wir dich. Und wenn wir dann mit dir fertig sind, bist du reif für den Rolli."

Mike tauchte aus seiner Geschichte auf, im Ohr noch das Gejohle, Gekicher, die boshaften Kommentare, als er mit um die Hüfte gewickeltem T-Shirt vor der Klasse erschienen war, mit heißem Gesicht und dem Gefühl, auseinanderzufließen wie Brei. Und in ihm saß noch immer der Hass, ein glühender Klumpen tief in seinem Magen. Manchmal brodelte es in Mike, kochte hoch, explodierte …

Moni hatte zugehört, ohne ihn zu unterbrechen oder von seinem Kuchen zu essen. Jetzt stach sie mit der Gabel in den Teig. „Sag mal, hat die Lehrerin sich nicht gewundert, als du ohne Hosen aufgetaucht bist?"

„Sie war noch grün in dem Job, wusste nicht, was sie davon halten sollte. Zarg und Gino behaupteten, ich hätte in die Hose gemacht und das dreckige Zeug ins Gebüsch geworfen."

Moni schluckte den Kuchen herunter und lobte ihn, dann sagte sie: „Es muss die Hölle gewesen sein für dich. Kinder können grausam sein."

„Zarg und Gino waren keine Kinder, sie waren vierzehn. Und ich war dreizehn."

„Wie ist es dann weitergegangen?"

„Die Schule zu wechseln war nicht drin – meine Eltern waren Asis, die vor dem Fernseher herumhingen und sich nicht um mich gekümmert haben. Nach diesem Schulausflug beschloss ich, Zarg und Gino fertigzumachen. Irgendwann. Ich ging in die Muckibude, lernte Karate, fand dabei ein paar Kumpels, die mir alles über Straßenkampf beibrachten. Zwei Jahre später habe ich Zarg zerquetscht wie eine Pflaume, und Gino auch. Ich bekam eine Verwarnung vom Jugendrichter, der wollte sogar, dass ich mich bei meinen Opfern entschuldige. Das habe ich natürlich nicht getan, mir war Wiedergutmachung durch soziale Arbeit lieber. Und so habe ich den Martl kennengelernt. Cooler Typ."

Moni nickte. „Er mag dich."

Mike grinste. „Und dich auch. Das merkt man, wenn er von dir redet."

Er holte sich ein zweites Stück Kuchen.

„Mit sechzehn trieb ich mich auf der Straße herum, ich klaute und rauchte Joints. Wenn mich jemand verarscht hat, habe ich zugeschlagen. Ich bekam drei Wochen Jugendarrest, und Martl kümmerte sich um mich. Er war so etwas wie ein Vater für mich …“

Mike verstummte. Das war heißer Boden.

„Die Geschichte ist noch unvollständig“, sagte Moni.

Mikes Kehle wurde eng, Wasser stieg in seine Augen. „Sie haben dir ein Jahr Jugendstrafe aufgebrummt“, fuhr sie fort. „Wegen deines Vaters.“

Er räusperte sich. „Ja. Aber ich will jetzt nicht darüber reden.“

Moni sah ihn an. „In Ordnung. Du hast mir einiges über dich erzählt. Danke für dein Vertrauen. Und für den superguten Apfelkuchen.“

16. KAPITEL

Moni blickte empor zu der Burg, die auf einem Felsklotz direkt über den Dächern von Pottenstein thronte – ein Postkartenmotiv von vielen in der Fränkischen Schweiz. Doch heute war der Himmel trüb, es nieselte. Typisches Allerheiligenwetter. Die Hauptstraße war leer, weder Kletterer noch Touristen kamen um diese Jahreszeit, und die Einheimischen hockten in ihren Häusern oder den Kneipen, denn es war Sonntag.

Moni parkte bei dem Schild „Manuelas Haartraum" und stieg aus. Vermutlich verbarg sich unter dem Putz des schmalbrüstigen Gebäudes Fachwerk, aber anders als bei den Nachbarhäusern hatte hier wohl das Geld gefehlt, um die Balken freizulegen.

Moni klingelte. Ein Summen, sie drückte die Tür auf und betrat einen düsteren Flur, in dem es nach alten Kleidern roch. Rechts war die Glastür des Haarsalons, also erklomm Moni die Holztreppe in den ersten Stock. Dort wartete eine schlanke Frau vor der Tür – Manuela Mitz. Dunkelrotes, schulterlanges Haar mit einer lila Strähne, im Gesicht ein ganzer Kosmetikladen. Sie trug ein geblümtes Kleid und himmelblaue Pantoffeln mit Pelzbesatz.

Sie begrüßten einander mit einem freundlichen „Grüß Gott". Moni wurde ins Wohnzimmer geführt, das mit einem schwarzen Ledersofa, zwei Sesseln und einem Couchtisch vollgestellt war. An der Wand hingen schlechte Aquarelle mit Landschaftsbildern aus der Gegend, Gebinde mit Strohblumen und eine Makramee-Eule.

Manuela Mitz wählte das Sofa, Moni den Sessel ihr gegenüber.

„Danke, dass Sie sich die Zeit nehmen, mit mir zu reden", begann sie.

Manuela Mitz' pinkfarben gelackte Lippen verzogen sich zu einem Lächeln. „Basst scho. Ich hab eh nix vor. Erscht am Nachmittag treff ich a baar Freundinnen im ‚Waldcafé'."

Sie bot Moni zu trinken an, brachte ihr Apfelschorle und für sich eine Cola. Dazu reichte sie schwarz-weiß gestreifte Kekswürfel, die sie als „Heinerle“ bezeichnete.

Im Gegensatz zu ihrer Tochter hatte Manuela Mitz einen starken fränkischen Akzent, bei dem harte Töne wie T und P nicht existierten. Moni probierte ein Heinerle, lobte die landestypische Spezialität und eröffnete das Gespräch: „Ich frage mich, ob der Mord an Oliver Baudel irgendwie mit Ihrer schönen Tochter zusammenhängt. Der Täter könnte ein eifersüchtiger Verehrer gewesen sein. Nicole ist keiner eingefallen, aber Mütter haben doch ein Auge für so etwas, oder?“

„Nadürlich, also da waren der Richie, der Jonas …“ Sie zählte einige Männernamen auf, erklärte aber, das sei alles sehr lange her, und sie sei nicht mehr auf dem Laufenden.

Die Frage hatte vor allem dazu gedient, das Eis zu brechen. Moni musste Nicoles Mutter ja nicht auf die Nase binden, dass der Kreis der Verdächtigen nur aus den Gästen bei jenem Fest im Wochenendhaus bestand. Und dass auch Nicole dazugehörte.

Moni hatte sich über Manuela Mitz informiert; sie war 54 Jahre alt und hatte ihr ganzes Leben in Pottenstein verbracht. In dem schwachen Licht, das durch das einzige Fenster fiel, wirkte sie gut zehn Jahre jünger, und sie war außergewöhnlich hübsch – wenn man von der großen, fleischigen Nase absah.

„Nicole war sechs Jahre lang mit Oliver Baudel zusammen“, sagte Moni. „Warum haben die beiden nicht geheiratet?“

„Die Nicole hat gsagt, dass des ned nödig wär, wenn keine Kinder da sind. Und jetzt steht sie allein da und erbt nix.“

Das stimmte, Lebensgefährten konnten nur erben, wenn ein entsprechendes Testament gemacht wurde. Und Monis Recherchen hatten ergeben, dass das bei Oliver Baudel nicht der Fall gewesen war.

„Jo, furchtbar is des mit dem Oliver“, fuhr Manuela Mitz fort. „Der war genau richtig. Der hat doll ausgschaut und war aus einer subber Familie, und lieb war er, auch zu mir. Ich versteh des, dass Nicole wegen ihm ihre Karriere aufgeben hat.“

„War das wirklich notwendig?“

„Ja, scho. Da hätt sie viel reisen müssen, und der Oliver hat jemand gebraucht, der ihm den Rüggen freihält, damit er in der Firma was wird.“

Moni trank einen Schluck Schorle. Ihre Lippen waren trocken, der kleine Raum war überheizt. „Wie ist es eigentlich dazu gekommen, dass Nicole Model wurde?“

„Ja, des hätt ich nie denkt, dass die des schafft. Die Nicole war a feddes Drumm als Kind, aber dann hat sie abgnommen und a subber Figur ghabt. Model war ihr Draumberuf, sie hat sich bei Agenduren beworben, aber die haben gsagt, mit der greislichen Nasn wärs nix, die müsst sie obberieren lassen. Ich hab ihr gsagt, dass ich kein Geld hab für eine Obberation, und die Nicole hat Rotz und Wasser gheult.“

„Jetzt ist ihre Nase perfekt“, sagte Moni.

Manuela Mitz strahlte übers ganze Gesicht. „Ja. Ich zeigs Ihnen, einfach subber, was man da machen kann.“

Sie stand flink auf, zwängte sich an Monis Sessel vorbei und verschwand.

Aus Bennos Dossier wusste Moni, dass Nicole mit 16 bei Melissa Models angefangen hatte und dort geblieben war, bis sie auf die 30 zuging. Sie war nie ein Star geworden und hatte kaum mehr verdient als eine Grundschullehrerin.

Nicoles Mutter kehrte mit einem dicken Fotoalbum zurück; sie legte es auf den Couchtisch und setzte sich in den Sessel neben Moni. Sie blätterte und erzählte. Nicole mit Schultüte, ein dickes Kind mit grimmiger Miene; Nicole in der Pubertät, ein fülliges Mädel in Leggings mit blauschillernd geschminkten Augen. Nicole und ihre Mutter bei einem Ausflug des Heimatvereins. Dann ein Porträtfoto, eine fast noch kindliche Nicole mit der Nase ihrer Mutter.

„Und jetzt – da schau her...“ Manuela Mitz wendete die Seite um. „Aus dem Aschenbuddel ist eine Brinzessin geworden.“

Ein Viertel der knolligen Nase fehlte, und sie war begradigt worden. Nicole war eine perfekte Schönheit mit riesigen braunen Augen. Woher war das Geld gekommen? Die Frage lag Moni auf der Zunge, aber Manuela blätterte weiter, plauderte munter. Es folgten ein paar Werbefotos, bei denen Nicole manchmal so gestylt war, dass man sie kaum noch erkannte, dann Aufnahmen auf Reisen und bei Shootings, zusammen mit anderen Models und ihrer Begleitmannschaft. Und da – hatte sich Moni geirrt?

„Moment mal“, sagte sie. „Darf ich mir dieses Bild genauer anschauen? Das Kleid ist ja fantastisch!“

Es war ein Hochzeitsgewand, ein kitschiger Kleinmädchentraum in Weiß, Gold und Spitze. Nicole stand auf der Terrasse einer Villa neben einem Bräutigam im Smoking. Etwas abseits lehnte ein fetter kleiner Mann an einer Säule und rauchte. Er kam ihr bekannt vor … War es derselbe Mann wie der in Bennos Dossier? Moni deutete auf ihn. „Ich glaube, ich habe diesen Herrn schon einmal irgendwo gesehen. Ist der berühmt? Vielleicht ein bekannter Fotograf oder ein Adliger oder so etwas?“

Manuela lachte. „Ach was. Das ist nur der Herr Rinkelfahr.“

Moni sog kurz und scharf die Luft ein.

Manuela Mitz schaute sie verwundert an. Verdammt. Sie brauchte eine Ausrede …

Schnell trank sie einen Schluck Apfelsaftschorle. „Entschuldigung. Ich habe einen Schluckauf.“ Sie hickste künstlich. „Wie ärgerlich.“

„Dann halten Sie die Luft an!“

Moni gehorchte.

„Die Nicole hat mir erzählt, dass der Rinkelfahr zu ihrer Agendur gehört oder der Besitzer davon ist oder so ähnlich“, redete Manuela Mitz weiter. „Sie hat gsagt, er wär nett und gemütlich. Ich glaube, er war ein bissl der Vater, nach dem sie sich immer gesehnt hat. Und er hat ihr eine Chance gegeben und ihr das Geld für die Nasenobberation geliehen.“

Moni atmete wieder normal. „Haben Sie Herrn Rinkelfahr kennengelernt?“

„Nein.“ Manuela Mitz stutzte. „Warum wolln Sie des wissen?“

„Vielleicht hat er für Nicole geschwärmt und war eifersüchtig auf Oliver Baudel."

Manuela Mitz riss Augen und Mund auf. „Glauben Sie, der war der Mörder? Aber dann hätt er doch schon viel früher – was gmacht, oder? Und die Nicole hat erzählt, dass er nie irgendwas von ihr wollt."

Sie sahen sich die restlichen Seiten des Albums an, und Rinkelfahr tauchte noch zweimal auf, vor einem Pariser Hotel und bei einer Stadtbesichtigung in Rom.

Dann klappte Manuela Mitz das Album zu. „Ach ja. Es ist schon schad um ihre Karriere, sie wär sicher reich geworden. Aber da geht nix mehr mit über dreißig, und die Liebe war Nicole halt wichtiger."

17. KAPITEL

Moni parkte ihren Caddy beim Pfliegelhof und marschierte los. Grauer Dunst hing über der Wiese, auf der dick in Wolle gepackte Schafe grasten. Wolken senkten sich über die Berge, und der Tegernsee lag wie eine Platte aus Blei zwischen schemenhaften Häusern und Bäumen.

Vielleicht hatte Moni Glück und der Nebel löste sich gegen Mittag auf. Sie war noch nie auf dem Riederstein gewesen, die Aussicht von der Kapelle dort oben sollte wunderbar sein.

Sie hatte sich das Wochenendhaus der Baudels noch einmal angesehen und danach beschlossen, eine kleine Wanderung zu machen. Dabei konnte sie in Ruhe nachdenken, und ihre Lunge durfte mal wieder arbeiten. Durch ihre Recherchen hatte sie gerade noch Zeit zum Klettern gefunden, aber dabei ihre Ausdauer vernachlässigt.

Nasses Laub bedeckte den Pfad, der am Hang entlang in Richtung des Gasthauses am Galaun führte. Moni kam an einem Häuschen aus Holz vorbei, das unbewohnt aussah – und stutzte. Träumte sie noch? Auf dem Stamm einer Buche am Wegrand stand in pinkfarbener Schrift „Gefahr"! Wirklich seltsam. Vielleicht war es ein Hinweis für die Holzfäller, dass der Baum morsch war und geschlagen werden musste. Kopfschüttelnd eilte Moni weiter.

Es begann zu nieseln, ihr Gesicht und ihre Hände wurden feucht, aber das war egal. Die Softshell-Jacke hielt die Nässe vom Rest ihres Körpers fern, und sie würde nicht allzu lange unterwegs sein – nur hinauf zur Kapelle und wieder zurück. Je höher sie kam, desto dicker wurde der Nebel. Die Bäume waren Schattenrisse in verschiedenen Graustufen, und es war so still, dass Moni nur ihre eigenen Atemzüge hörte und das Tapp-Tapp ihrer Turnschuhe.

Feste Stiefel wären praktischer gewesen, aber sie hatte bei ihrem Aufbruch zum Wochenendhaus nicht daran gedacht, hinterher wandern zu gehen.

Der Pfad mündete in eine breite Forststraße, bei der man nicht auf die Füße achten musste. Moni nahm die Gedanken wieder auf, die sie seit dem Besuch bei Nicoles Mutter beschäftigten. Wenn dieser zwielichtige Rinkelfahr Oliver Baudel aus Eifersucht ermordet hatte, warum hatte er das nicht schon viel früher getan? Und warum hätte er ihn dann vorher zum Geschäftsführer ernennen sollen? Und woher hätte er wissen können, dass sein Opfer im Schuppen schlief? Von Nicole? Nein, sie konnte durch Oliver Baudels Tod nur verlieren. Sie hätte ihren Lebensgefährten heiraten müssen, um sein Vermögen zu erben. Oder steckten Ginzling und Rinkelfahr unter einer Decke?

Vor Moni öffnete sich eine Wiese, und am Saum des Waldes hockte ein hübsches Haus mit Holzveranda und einer großen Terrasse. Auf der Markise war in deutscher Schrift zu lesen: „Berggasthaus Riederstein am Galaun". Hinter den Fenstern glomm gelbes Licht, aber draußen war kein Mensch zu sehen. Von Westen fegte eine Windbö heran und ließ die blau-weiße Fahne neben den Bänken im Freien flattern.

Moni fröstelte und beschleunigte ihre Schritte, sie joggte beinahe. Nur noch zum Riederstein hinauf, und dann schnell hierher zurück und einen Kaffee trinken …

Sie tauchte in den Wald. Die Bäume hielten den Wind ab, und allmählich wurde ihr warm, sie verlangsamte ihr Tempo etwas.

Am Rand des Weges lagen bemooste Steinbrocken, rechts von ihr tauchten Felsen aus dem Nebel. Ob sie sich zum Klettern eigneten? Sie nahm die Pfadspur dorthin und entdeckte eine von Löchern übersäte Wand, die dunkel war vor Nässe. Es roch nach Kalkgestein, Moos und Erde. In einer Nische hob eine Madonna ihre Hände zum Gebet. Es war ein Ort, der einem Maler der Romantik gefallen hätte, düster und geheimnisvoll. Und dort war auch noch ein Marterl. Moni trat näher und betrachtete das Bild auf der Tafel. Ein schnurrbärtiger Kerl kniete auf dem Boden; er hatte einen Rucksack geschultert, aus dem eine erlegte Gams herausschaute. Moni entzifferte den Text: „Hier wurden am 28. August 1897 bei Wegbauarbeiten die Gebeine… Pöttinger Schidler in St. Quirin gefunden. Er war am 29. Okt. 1861 von einem Pirschgang nicht mehr zurückgekehrt. R.I.P.“

Warum war der Mann hier gestorben?

Vielleicht hatte ein Jäger einem Wilderer aufgelauert. Oder umgekehrt. Dieser Ort war der ideale Platz für einen Hinterhalt… Über Monis Rückgrat kroch etwas Kühles, sie schob das Bild einer verwesenden Leiche schnell fort und kehrte zu dem Kreuzweg zurück, der zur Kapelle emporführte. Bildtafeln begleiteten eine ewig lange und steile Treppe. In Monis Oberschenkeln ziepte es, ihr Atem ging schnell, aber sie wurde nicht langsamer. Kreislauftraining. Genau das hatte sie gewollt. Sie keuchte, endlich die letzten Meter, ein Tisch und eine Bank. Auf dem dahinterliegenden Felsvorsprung stand eine Kapelle mit einem spitzen Türmchen.

Moni warf einen Blick durch ein Gitter auf den Altar, dann ging sie um das Gebäude herum auf seine Rückseite. Zwischen den Mauern und der Abbruchkante der Felsen war nur ein Meter Platz; Moni lehnte sich über das Geländer und blickte in die von Nebel verhangene Tiefe. Kalter Wind trieb ihr Tränen in die Augen. Der Pullover unter ihrer Softshell-Jacke klebte feucht auf ihrer Haut, ihre Schuhe waren patschnass.

Es sah nicht so aus, als würde sich die Suppe heute noch auflösen.

Moni kehrte der Kapelle den Rücken und stieg in mäßigem Tempo die glitschige Holztreppe des Kreuzwegs hinab. Ihre Knie fühlten sich eckig an; sie schämte sich nicht, sich am Handlauf festzuhalten.

Vielleicht zeigte sich auch daran das Alter: dass es viel mühsamer war, von einem Berg wieder herunterzukommen als hinauf. Endlich hatte sie die Treppe geschafft, die Felsen mit dem Marterl tauchten aus dem Nebel.

Ein Krächzen, ein blaues Aufblitzen, ein Eichelhäher strich wenige Meter von ihr entfernt aus einem Baum. Etwas knirschte wie brechendes Holz.

Moni blieb stehen. Irgendetwas stimmte hier nicht … Unsinn. Sie wandte ihre Aufmerksamkeit wieder dem Weg zu.

Ein Geräusch zwischen Niesen und Husten, Rindenfetzen flogen vom Baumstamm neben ihr weg. Wieder ein scharfes Niesen, und wieder. Ein Schlag traf Monis Oberarm, heißer Schmerz fuhr hinein, sie ging in die Knie. Jemand schoss auf sie! Irgendein Verrückter!

Moni rappelte sich hoch, sprang über Felsstufen hinab, schlidderte auf Laub, fing sich, rannte den Forstweg entlang. Ob der Heckenschütze ihr folgte? Sie nahm sich keine Zeit, sich umzusehen. Ihr Atem ging rasselnd, ihre Brust schmerzte von der Anstrengung, die Luft einzusaugen und auszustoßen. Lang konnte sie dieses Tempo nicht durchhalten … Nur schnell heraus aus dem Wald! Da, die Wiese mit dem Gasthaus. Sie hetzte zur Treppe, flog die Stufen hinauf, stieß die Tür auf, stolperte über die Schwelle. Der Geruch von Schmorbraten schlug ihr entgegen, laute Stimmen. Sie eilte durch den Flur und brach in die Gaststube.

Eine Gruppe von Wanderern hockte in der Nähe eines Kachelofens um einen Tisch. Sie hoben die Köpfe und starrten Moni an. Sie rang nach Luft, ihr Herz schlug wie verrückt gegen ihre Rippen. Endlich kam sie etwas zu Atem, sie schluchzte auf.

Ein bärtiger Kerl mit rotkariertem Hemd sprang auf, stützte sie. „Wos is bassiert?"

Moni konnte kaum sprechen. Die Worte stolperten aus ihrem Mund. „Ich – ich wurde angeschossen! Die – die Polizei – schnell! Und Sanitäter!"

18. KAPITEL

Liam reckte sich, um den obersten Karton von dem Elektrowägelchen zu heben. Tschuk grinste von einem Ohr zum anderen. „He, Max, gut, dass du Lulatsch bist – so sagt man für großer Mann, oder?“

„Stimmt. Du kennst ja schon eine Menge Spezialwörter!“

„Ich hätte müssen Leiter holen.“

„Und den Konjunktiv kannst du auch. Du bist ein Sprachtalent, Tschuk.“

„Was bitte ist Konjunktiv?“

Liam setzte dazu an, es ihm zu erklären, da ertönte eine penetrant fröhliche Stimme: „Einen schönen guten Morgen!“

Husenkamp tauchte zwischen den Regalreihen auf, begleitet von einem Kerl im Blaumann, der eine Werkzeugkiste schleppte.

„Tschuk, haben Sie zufällig die Handynummer von Mike Huber?“, sagte Husenkamp. „Ich habe vergeblich versucht, ihn zu erreichen. Vielleicht stimmen meine Kontaktdaten nicht.“

Tschuk schüttelte den Kopf. „Nein. Hat er mir nicht gegeben. War ja nicht nötig, wir treffen immer bei Arbeit.“

Husenkamp wandte sich an den Blaumann. „Gut, dann gibt es wohl keine andere Möglichkeit.“

Die beiden verschwanden um die Ecke.

Was wollten die denn hier? Mike Huber war einer der Verdächtigen …

Liam wandte sich an Tschuk. „Ich gehe aufs Klo. Bin gleich wieder da.“

Tschuk grinste. „Junger Mann, viel Neugier.“

Liam betrat den Vorraum der Lagerhalle. Husenkamp stand vor einem der Spinde, und der Blaumann kramte in seinem Werkzeugkasten.

„Hallo“, sagte Liam. „Sorry, ich bin neugierig. Was machen Sie da eigentlich?“

Husenkamp lächelte freundlich. „Herr Wissel soll Mike Hubers Spind öffnen. Er arbeitet nicht mehr bei uns und hat den Schlüssel nicht zurückgegeben."

Wissel machte sich mit einem Schraubenzieher am Schloss zu schaffen. „Des wer ma glei ham", sagte er.

Liam fragte sich, warum Wissel das nicht hatte allein erledigen können. Aber es würde irgendwie seltsam wirken, wenn er Husenkamp noch weiter ausfragte. Er ging auf die Toilette, setzte sich auf die Brille und wartete. Er hörte klickende Geräusche und Wissels Atem, ein lautes Knacken und dann Husenkamps Stimme: „Vielen Dank, Herr Wissel. Bitte kümmern Sie sich dann auch um ein neues Schloss."

„Is eh klar", kam die Antwort.

Liam betätigte die Spülung. Er konnte hier nicht ewig sitzen bleiben.

„Gut, dann tragen Sie das mal in die Liste ein, Herr Wissel. Ein T-Shirt, eine Socke, ein Duschgel, ein Handtuch und – ja was ist denn das?"

Liam öffnete die Tür und erblickte Husenkamp. Er hielt einen blinkenden kleinen Gegenstand in der offenen Hand und starrte darauf. „Das – das gibt es doch nicht!", rief er aus.

„Wos schaugns denn a so?", fragte Wissel.

„Aber – aber…" Husenkamp schüttelte den Kopf. „Den Ohrring kenne ich! Er gehört nicht Mike Huber! Das ist ja unglaublich!"

Liam trat näher und sah sich den Ohrring an. Es war ein Stecker mit einem Männlein aus Gold – ein Kletterer, der an einem winzigen Brillanten hing.

„Mein Gott", sagte Husenkamp. „Oh mein Gott. Das wäre ja…" Er zog ein Smartphone aus der Innentasche seines Anzugs. „Hallo, Julia? Bitte kommen Sie sofort in den Vorraum der Lagerhalle. Sofort!"

Liam wandte sich an Husenkamp. „Glauben Sie, dass Mike Huber den Ohrring gestohlen hat?"

„Nein." Der Geschäftsführer sah aus, als hätte er eine Zitrone gegessen. „Ich fürchte, es ist viel schlimmer." Er legte das

Schmuckstück vorsichtig auf den Stapel mit den anderen im Spind gefundenen Gegenständen und machte Fotos mit seinem Handy.

Wissel sah ihm kopfschüttelnd zu. „A so a Theater. I vastäh gar nix." Er trat zu dem Spind, um die Tür zu schließen, aber Husenkamp fiel ihm in den Arm.

„Bitte nichts anfassen!"

„Ha?"

„Wegen eventueller Fingerabdrücke. Ich bin mir so gut wie sicher, aber ich möchte noch Julias Urteil abwarten, bevor ich die Polizei rufe. Bitte bleiben Sie noch da, Herr Wissel. Wahrscheinlich brauchen wir Sie als Zeugen." Sein Blick fiel auf Liam. „Und Sie auch."

Husenkamp trat nervös von einem Fuß auf den anderen. „Wo steckt die Julia bloß?"

„Es ist schon ein Stück vom Büro bis hierher", sagte Liam. „Aber – äh – könnten Sie mir erklären, warum die Polizei kommen soll?"

Die Tür öffnete sich, ein Schwall blumigen Parfums wehte herein. Julia schaute die kleine Versammlung am Spind verwirrt an. „Was ist denn los? Sie haben es ja dringend gemacht, Herr Husenkamp, aber warum …"

Der Geschäftsführer deutete auf den Ohrstecker. „Sehen Sie sich das bitte genau an."

Julia beugte sich darüber. „Aber – aber das ist doch …!"

„Genau", bestätigte Husenkamp.

„Aber der gehörte Oliver!", sagte Julia und richtete sich auf. „Aber wie – wie kommt der hierher?"

„Er war in Mike Hubers Spind", sagte Husenkamp, jedes Wort betonend.

Julia keuchte auf, ihr Mund öffnete sich zu einem O. Ihr hatte es die Sprache verschlagen – vielleicht zum ersten Mal in ihrem Leben.

Husenkamp tippte eine Nummer ins Telefon. „Kommissar Bütthaus? Gut, dass ich Sie erreiche. Sie haben mir doch gesagt, ich soll mich melden, wenn … Ja, das ist jetzt der Fall.

Wir haben einen Gegenstand, der Oliver Baudel gehörte, in Mike Hubers Spind gefunden.“

***

Endlich zu Hause. Moni wäre am liebsten gleich ins Bett gegangen, sie war schrecklich müde. Erst Todesangst, dann die Warterei und die Behandlung im Krankenhaus, und danach eine ausführliche Befragung durch die Tegernseer Polizei. Und nun hatten sich die Kommissare Bütthaus und Moll angekündigt, beide Mitglieder der Mordkommission, die den Fall Baudel bearbeitete.

Kaffee. Kaffee war die Rettung, auch wenn es jetzt schon spät war und Moni riskierte, in der Nacht nicht schlafen zu können. Sie griff nach ihrer geliebten Tasse in Übergröße und zuckte zusammen. Verdammt, sie musste sich vorsichtiger bewegen – trotz Ibuprofen 600. Wenigstens fühlte sich die Wunde am Oberarm nicht mehr so an, als würde sich ein heißer Bohrer in ihr Fleisch fräsen.

Würde es der Heckenschütze noch einmal versuchen? Ein blödes Gefühl … Und obendrein hatte dieser Mistkerl ihr ein dreiwöchiges Kletterverbot beschert.

Sie wäre beinahe erschossen worden, und jetzt ärgerte sie sich, nicht klettern zu dürfen – war sie eigentlich total verrückt? Ja. Typisch Kletterer eben. Ohne ihren Sport war das Leben nur halb so schön.

Dudelidudeli. Dudeli …

Moni fuhr zusammen. Die von der Mordkommission? Oder … Sie sollte sich einen Türspion anschaffen. Sie eilte in den ersten Stock, blickte zum Fenster hinaus und atmete auf. Moll und Bütthaus standen vor ihrer Tür.

Kurz darauf saßen sie miteinander am Küchentisch; Bütthaus hatte seinen Laptop daraufgestellt. Er war ein schmaler Mann in Jeans und Sweatshirt, der kühle Höflichkeit ausstrahlte – ein Kontrapunkt zu seinem Kollegen Moll, der mit der Befragung begann.

„Frau Trautner, Sie machen ja Sachen! Ja, ja, das Jagen von Verbrechern ist halt riskant. Wie geht es Ihnen denn jetzt?“

„Ganz okay, es war nur ein Streifschuss.“

Bütthaus tippte etwas, dann erklärte er: „Die Kollegen aus Tegernsee haben uns über das Geschehen am Riederstein informiert. Nun würden wir die Geschichte gerne noch einmal aus Ihrer Perspektive hören, Frau Trautner.“

Moni erzählte von ihrem Verdacht, Rinkelfahr hätte mit dem Mord an Oliver Baudel zu tun, und ihrem Besuch im Wochenendhaus. „Und dann wollte ich noch ein bisschen wandern, nachdenken und –“

„Entschuldigen Sie, dass ich Sie unterbreche“, sagte Bütthaus. „Haben Sie jemandem von dieser Idee erzählt?“

Moni schüttelte den Kopf. „Nein. Und es ist extrem unwahrscheinlich, dass irgendein Irrer zufällig gerade auf mich geschossen hat.“ Sie zog ihr Smartphone aus ihrer Jackentasche und legte es auf den Tisch. „Ich glaube, dass jemand auf meinem Handy Spionage-Software installiert und mich geortet hat. Bitte checken Sie das.“

Moll steckte es in seine Aktentasche und lächelte liebenswürdig. „Aber gerne. Gut kombiniert, Miss Marple.“ Das klang ein wenig von oben herab. Moni schluckte ihren Ärger hinunter. „Bin ich mit einem Gewehr oder einer Pistole angeschossen worden?“

Bütthaus kniff die Lippen zusammen. „Ich fürchte, das dürfen wir Ihnen nicht mitteilen.“

„Doch, weil es meinem Schutz dient, wenn ich weiß, womit ich rechnen muss“, gab Moni zurück. „Die Polizei in Tegernsee hat die Kugeln doch sicher gefunden und untersuchen lassen.“

Die Beamten sahen einander an.

„Es war eine Pistole“, sagte Bernhard Moll. „Damit zu treffen ist viel schwieriger als mit einem Gewehr. Trotzdem kann der Täter kein guter Schütze gewesen sein. Wir haben Spuren gefunden, die beweisen, dass er nur wenige Meter von ihnen entfernt war.“

Moni ließ es gut sein, Moll würde ihr später von den Details berichten. „Vermutlich bin ich dem sogenannten Axtmörder irgendwie in die Quere gekommen."

Bütthaus fuhr sich durch sein kurzes blondes Haar. „Ein Handy hacken kann nicht jeder, aber wenn man an das Gerät herankommt, ist es recht einfach, entsprechende Software zu installieren. Wer hatte die Möglichkeit dazu?"

„Mehrere Personen", erwiderte Moni und trank ihren letzten Schluck Kaffee. „Zuerst einmal Eberhard Ginzling. Wir haben uns am Wallberg getroffen, danach bin ich alleine gewandert, und mein Handy lag die ganze Zeit auf dem Beifahrersitz. Vielleicht ist er in das Auto eingebrochen und hat es präpariert."

„Dazu hätte er wissen müssen, wie man Autos knackt, ohne das Schloss zu beschädigen", wandte Bütthaus ein. „Wie auch immer, Sie sollten sich ein neues Handy beschaffen und es immer dabei haben."

„Ja, das wäre vernünftig. Aber es wird mir schwer fallen, bei mir ist das Smartphone noch nicht am Körper angewachsen."

Moll lachte. „Schön, dass Sie Ihren Humor nicht verloren haben! Sie haben Mumm, Frau Trautner!"

„Hoffentlich", sagte Moni trocken. „Sonst müsste ich die Ermittlungen einstellen und nach Australien fliegen. Übrigens hatte auch Nicole Mitz Zugang zu meinem Handy. Ich war mit ihr und Mike Huber im Wochenendhaus der Baudels, um dort zu ermitteln. Als ich mit Mike zum Schuppen gegangen bin, habe ich das Handy auf dem Tisch liegenlassen, an dem Frau Mitz saß."

Moll schüttelte den Kopf. „Diese Frau und ein derart brutaler Mord? Ausgeschlossen."

Moni ging nicht darauf ein. „Abgesehen von diesen zwei Fällen – am Wallberg und im Wochenendhaus – habe ich mein Handy nicht alleingelassen, soweit ich mich erinnern kann. Das will aber nicht viel heißen. Ich benutze es manchmal tagelang nicht. Außerdem könnte jemand bei Nacht in mein Haus eingedrungen sein, ohne dass ich es bemerkt habe. Hin und wieder vergesse ich, die Terrassentür abzuschließen. Ich bin nicht sehr sicherheitsbewusst."

„Na, da wird es aber Zeit, dass Sie mit diesem Leichtsinn aufhören!", dröhnte Moll. „Eine alleinstehende Frau in einem Einfamilienhaus, das ist doch eine Einladung für Einbrecher!"

Moni seufzte. „Ich werde jetzt vorsichtiger sein. Was mir am Riederstein passiert ist, macht mir Angst. Der Schütze könnte es noch einmal versuchen."

„Wir werden ihn bald erwischen", sagte Bütthaus. „Haben Sie Mike Huber in letzter Zeit getroffen?"

„Ja, vorgestern. Da hatte er nur eine Chance, mein Handy zu präparieren, nämlich als ich auf der Toilette war. Ich glaube kaum, dass ihm die Zeit gereicht hätte."

„Das ist richtig", erwiderte Bütthaus. „Aber er hat vielleicht Freunde in Hackerkreisen. Deshalb müssen wir Sie unter Personenschutz stellen, bis wir ihn festgenommen haben."

Moni blieb der Mund offen stehen. Dann fasste sie sich. „Was? Sie wollen Mike festnehmen? Haben Sie Beweise gegen ihn?"

„Ja. Und er ist seit heute Morgen verschwunden. Vielleicht hat er auf Sie geschossen und sich danach ins Ausland abgesetzt."

19. KAPITEL

Diese sinnlose Warterei. Trübe Straßenbeleuchtung, eine Reihe sechsstöckiger Häuser. Eine Bierdose und eine zerfledderte Zeitung im Rinnstein.

Vor einer Stunde war ein Besoffener vorbeigetorkelt. Das war das aufregendste Ereignis gewesen, seit Walter Tritzlmeier seinen Fiat in eine Parklücke gequetscht hatte. Von wegen spannende Polizeiarbeit! Dass der Kerl noch einmal in seine Wohnung zurückkehren würde, war unwahrscheinlich, da müsste er ja blöd sein.

Es begann zu regnen. Walter kurbelte die Autoscheibe ein Stück herunter, damit sie nicht beschlug, und warf einen Blick auf die Leuchtziffern seiner Uhr.

Viertel vor acht. Noch mehr als eine Stunde bis zur Ablösung.

Ein Scheinwerfer blendete, Tritzlmeier kniff die Augen zusammen. Ein Auto fuhr an ihm vorbei und parkte auf der Straßenseite gegenüber. Die Tür öffnete sich, ein Mann – klein, kräftig – stieg aus. Sein Gesicht war im Halbdunkel nicht zu erkennen, er hatte eine Tasche über seine Schulter gehängt.

Er verschwand im Haus Nummer 113.

Sein Auto war eindeutig ein Skoda. Alles passte.

Tritzlmeier wartete eine Minute, dann schob er sich, steif vom langen Sitzen, aus dem Fiat und ging zum Fahrzeug des Verdächtigen hinüber. Ein Kotflügel war verbeult. Die Nummer stimmte.

Walter zog sich wieder in sein Auto zurück.

Es war nicht sein Job, einen für Gewalttätigkeit bekannten Ex-Knacki allein festzunehmen. Er griff nach seinem Handy und verständigte die Kollegen. Sie würden in etwa zwanzig Minuten eintreffen.

Scheiße. Da war der Typ schon wieder. In einer quietschgelben Regenjacke. Er marschierte an Tritzlmeier vorbei und bog in eine Seitenstraße ab.

Walter verließ seinen Wagen und eilte hinterher, immer mit etwa dreißig Schritten Abstand. Der Verdächtige war schnell, es war nicht leicht, an ihm dran zu bleiben. Nun ging es an einer Kneipe vorbei, hämmernde Musik, ein paar schräge Gestalten hockten auf der überdachten Terrasse und rauchten.

Mike Huber wechselte die Straßenseite, verschwand um eine Ecke. Walter hastete hinterher, blieb an der Abzweigung kurz stehen und spähte in die menschenleere Gasse. Es roch schal, jemand hatte aufs Pflaster gekotzt. Wohin war der Kerl nur verschwunden? Tritzlmeier machte drei, vier Schritte, blieb stehen. Es hatte keinen Sinn. Die Kollegen …

Hände wie Stahlklammern packten seine Arme, drehten sie auf den Rücken. Tritzlmeier stöhnte auf, wand sich. Der Zug an seinen Armen ließ plötzlich nach, ein Stoß traf ihn ins Kreuz, er flog nach vorne, sein Gesicht knallte aufs Pflaster. Etwas Warmes rann aus seiner Nase, er wimmerte. Er wurde auf den Rücken gewälzt, der Kerl setzte sich auf seinen Bauch. Er hatte ein Messer in der Hand.

„Warum bist du hinter mir her? Raus damit, oder ich schneide dir die Eier ab und mache Omelett daraus!“

„Po ... Polizei. I muaß Sie festnehma.“

Die Hand mit dem Messer zog sich zurück. Mike Huber sprang auf, und endlich konnte Walter wieder richtig atmen. Der Kerl lachte. Lachte! „Ach so. Dann zeigen Sie mir Ihre Dienstmarke.“

Tritzlmeier klaubte seine Glieder zusammen und stand auf. Dann wischte er das Blut mit dem Handrücken von seiner Nase und zog die Marke aus seiner Tasche.

Sein Gegner nickte. „Okay. Und wo ist der Zettel vom Haftrichter?“

„Den brauch ma jetzt ned. Des is ja bloß a vorläufige Festnahme.“

„Warum?“

„Wegen dem Mord am Oliver Baudel.“

Der junge Mann blickte grimmig drein. „Sie haben keine Beweise!“

„Doch. Hammer scho.“

Walter brachte Huber zum Polizeirevier und in ein Verhörzimmer, in dem Bütthaus und Moll warteten.

Auf die Frage, warum er Tritzlmeier angegriffen hätte, erklärte der Verdächtige, er hätte ihn für einen seiner Feinde aus dem Viertel gehalten.

„Wo sind Sie heute gewesen?“, fragte Bütthaus.

Der junge Mann hob die Brauen. „Warum müssen Sie das wissen?“

Bütthaus klang ungehalten. „Antworten Sie!“

„Okay. Ich war klettern. An den Neuhauser Felsen, die sind nördlich von Nürnberg.“

„Von wann bis wann?“

„Ich bin so um eins losgefahren, bin geklettert, bis es dunkel geworden ist – gegen fünf. Dann bin ich wieder heim.“

Tritzlmeier ergriff das Wort. „Des mit dem Klettern kann ned stimmen. Dazu braucht ma doch a Seil, oder? Er hat keinen Rucksack dabeighabt, wie er ausgstiegen is. Und im Auto war keine Kletterausrüstung.“

Bütthaus’ Finger flogen über den Laptop.

„Ich war bouldern“, sagte der Verdächtige. „Dafür braucht man kein Seil, nur Schuhe und Chalkbag.“

Er erklärte ihnen, wie das ging. Von dieser Sportart hatte Walter noch nie gehört. Klettern in Absprunghöhe, ohne einen Gipfel, von dem man ins Tal schauen konnte, was für ein Schmarrn. Und wo blieb da das Erfolgserlebnis?

Auch Bütthaus wirkte nicht überzeugt. „Und warum sind Sie für ein paar Meter hohe Felsbrocken insgesamt sechs Stunden Auto gefahren? In den bayerischen Alpen gibt es auch Felsen, und das wäre viel näher gewesen.“

Mike fuhr sich mit den Fingern durch das dichte blonde Haar, seufzte. „Sie verstehen das eben nicht. Ich hatte dort ein Problem.“

„Dann erklären Sie uns dieses Problem, bitte schön.“

„Also das kapieren Sie ja doch nicht.“

„Nur zu!“

„Okay. Da muss man ein Zweifingerloch auf Schulter halten, dann hoch antreten, ohne dass einem die Tür aufgeht, sich links eindrehen, dann zu einem Sloper hinauf dynamisieren …“ Der junge Mann grinste über die ganze Breite seines sommersprossigen Gesichts. „Wusste ich es doch. Sie kapieren das nicht. Ein Problem ist eine sauschwere und vertrackte Stelle beim Klettern, die man zigmal probieren muss, bis man raufkommt.“

Bütthaus kniff die Lippen zusammen. „Gut. Können Sie nachweisen, dass Sie an diesen Neuhauser Felsen waren?“

„Nein. Aber warum brauche ich ein Alibi? Es ist doch mehr als zwei Monate her, seit Oliver umgebracht wurde.“

„Heute Nachmittag wurde ein Anschlag auf Monika Trautner verübt, die im Fall Baudel ermittelt“, erklärte Bütthaus.

Huber fuhr auf. „Oh je. Ist ihr was passiert?“

Der Kerl schauspielerte gut.

„Sie hatte Glück“, sagte Moll. „Nur ein Streifschuss. Besitzen Sie eine Waffe, Herr Huber?“

Der Verdächtige schwieg.

Bütthaus beugte sich vor, sah ihm in die Augen. „Bei Ihrer Verhaftung vor vier Jahren wurde eine Pistole bei Ihnen gefunden. Können Sie damit umgehen?“

Huber blickte grimmig drein. „Verdammt, ja. Aber ich mag Frau Trautner. Wenn ich den Kerl erwische, der auf sie geschossen hat, den knöpfe ich mir vor!“

„Selbstjustiz ist strafbar“, sagte Bütthaus. „Wann waren Sie zum letzten Mal in der Firma Outdoorfun?“

Die Frage kam unvermittelt, Huber wirkte überrascht. „Am Freitag vor Olivers Tod. Danach hat mich David gefeuert.“

„So. Aha.“ Bütthaus nickte langsam. „Und warum haben Sie Ihren Spind dort nicht geleert – und den Schlüssel dazu behalten?“

Huber zuckte mit den Schultern. „Habs vergessen. Zuerst der Tod von Oliver, dann die netten Fragestunden und das Quartier bei unseren Freunden und Helfern. Hinterher bin ich für drei Wochen nach Südtirol zum Klettern, und ich habe total vergessen, dass noch Sachen von mir in der Firma sind. Aber warum interessieren Sie sich eigentlich dafür?"

Statt zu antworten, drehte Bütthaus den Computer so, dass Huber das Foto auf dem Bildschirm sehen konnte. Es war die stark vergrößerte Aufnahme eines goldenen Ohrrings mit einer Figur, die einen Kletterer darstellte. „Kennen Sie diesen Gegenstand, Herr Huber?"

Der junge Mann überlegte keine Sekunde. „Das ist Olivers Ohrring, klar. Er hatte ihn immer im rechten Ohr."

„Man hat ihn in Ihrem Spind gefunden", sagte Bütthaus. „Was sagen Sie dazu?"

Huber riss Mund und Augen auf. Dann brach es aus ihm heraus. „Verdammte Scheiße. Jemand will mich reinreiten!"

***

Ellen Wagenscheid seufzte, streckte ihren vom Sitzen verspannten Rücken durch und studierte die Liste von Hinweisen, denen die Kollegen gerade nachgingen. Vermutlich alles Blödsinn. Die Tegernseer Polizei hatte die Bevölkerung in der Lokalzeitung um Mithilfe gebeten, und im Lauf des Tages waren etwa zwei Dutzend Anrufe eingegangen. Jemand wollte einen Mann mit Gewehr in der Nähe des Gasthofs am Galaun gesehen haben, ein anderer einen SUV mit zwei Maskierten im Alpbachtal. Und eine Familie war auf dem Weg zur Baumgartenschneid einem Wanderer begegnet, der „so komisch vor sich hin murmelte". Auch die Befragung im Gasthaus am Galaun hatte nichts ergeben, genauso wenig wie die der Leute, die in der Nähe der Parkplätze wohnten, die sich als Ausgangspunkt für den Riederstein eigneten.

Die Chancen, den Kerl zu erwischen, der Monika Trautner aufgelauert hatte, standen nicht gut.

Wie würde Ellen vorgehen, wenn sie jemanden in der Nähe des Riedersteins erschießen wollte?

Sie hatte sich das schon zigmal durch den Kopf gehen lassen: Sie würde ihr Auto so abstellen, dass es vom Tatort aus schnell erreichbar war. Und einen Zugang wählen, bei dem die Chance, jemandem zu begegnen, möglichst gering war. Für diesen Zweck war der Parkplatz am östlichen Rand von Rottach am besten geeignet.

Zwei Wege führten von dort hinauf zum Galaun; aber egal, welchen der Täter gewählt hatte, vermutlich war er davon abgewichen, bevor er vom Gasthaus aus gesehen werden konnte. Es war kein Problem, direkt durch den Wald zu den Felsen beim Marterl zu gehen.

Das Telefon klingelte. Ellen hob ab, meldete sich: „Wagenscheid, Polizei –“

Bevor sie weiterreden konnte, fiel ihr eine männliche Stimme ins Wort: „Auf einem Parkplatz bei Rottach, da war ein alter Volvo, der ist mir aufgefallen, weil da ein Hund drin war und gebellt hat. Ich finde das nicht richtig, dass man Hunde einfach im Auto alleinlässt. Deshalb habe ich mir die Nummer gemerkt, M–KS 4103. Ich wollte nach meinem Spaziergang schauen, ob der Hund noch da ist, und im Notfall den Tierschutzverein –“

Ellen unterbrach ihn: „Geben Sie mir bitte Ihren Namen und Ihre Adresse!“

Ein Lachen. „Das wäre meiner Frau aber nicht recht. Die Nummer ist M–KS 4103.“

Dann war die Leitung tot.

Verflixt. Der hatte wohl mit seiner Freundin ein Stelldichein gehabt. Und in Rottach war der sinnvollste Parkplatz für den Täter … Aber ein Hund? Es war doch unwahrscheinlich, dass er einen Hund dabeigehabt hatte!

Der Hinweis war sicher wieder eine Niete, aber es konnte nicht schaden, die Autonummer weiterzugeben.

Ellen rief die Münchner Kollegen an.

20. KAPITEL

Eberhard Ginzling hatte die Beine auf den Couchtisch gelegt und schaute sich eine Sendung über Speed-Dating an. Schade, dass ihn diese hübschen Frauen nicht wählen würden, in sechs Minuten konnte er seinen Charme nicht entfalten. Er sah zwar immer noch sehr gut aus, aber eben nicht mehr jung. Wenn er reich wäre oder berühmt, würde das keine Rolle spielen …

Seine Schwester würde es nicht mehr lange machen. Als ihr Erbe würde Eberhard reisen, in noblen Hotels absteigen, die besten Restaurants besuchen, fantastische Weine kosten …

Und vor allem würde er seine Gläubiger loswerden. Die Situation wuchs ihm allmählich über den Kopf. Er bekam nirgendwo mehr Kredit, nicht einmal bei den Haien. Einer hatte gedroht, demnächst einen Breitschultrigen zu ihm zu schicken.

Das Gespräch mit Wolfram Gerz im „Restaurant Broeding“ hatte den Ausschlag gegeben, endlich etwas zu unternehmen, das ihn von jedem Verdacht reinwaschen würde.

Der Anwalt war ein alter Freund der Familie, er hatte schon Eberhards Eltern beraten, obwohl die nur ein paar Äcker zu vererben hatten, und er hatte Rosmaries Ehevertrag mit Alexander Baudel ausgehandelt.

Nach ein paar Gläsern Wein zum Sechs-Gänge-Menü kam Wolfram zur Sache. „Deine Schwester hat sich bei mir wegen ihres Testaments erkundigt. Sie fürchtet, du hättest etwas mit dem Tod ihres Sohnes zu tun. Also schau den Tatsachen ins Auge: Du musst sie überzeugen, dass du unschuldig bist, sonst …“ Der Anwalt vollendete den Satz nicht, aber Eberhard war klar, was er ihm damit sagen wollte, ohne direkt Klientengeheimnisse preiszugeben: Wenn er die Dinge einfach laufenließ, würde Rosmarie ihn enterben.

Er musste also die Sache mit dem Ohrring durchziehen, obwohl das riskant war.

Bei der zweiten Verabredung mit Husenkamp traf Eberhard eine niederschmetternde Nachricht: Mike Huber arbeitete nicht mehr bei Outdoorfun. Der Plan, Olivers Ohrring in seiner Jackentasche, seinem Schreibtisch oder dergleichen zu deponieren, war gescheitert.

Daraufhin setzte Eberhard Husenkamp unter Druck, er müsse Huber belasten, etwa durch die falsche Aussage, er hätte ihn in der Mordnacht draußen gesehen. Was Husenkamp gar nicht gefiel, damit hätte er sich selbst verdächtig gemacht. Zum Glück war er auf die Idee gekommen, den Ohrring in Hubers Spind zu deponieren; er wusste, dass der junge Mann seit seiner Entlassung nicht mehr in der Firma aufgetaucht war.

Trampelnde Geräusche vor der Tür. Die Klingel schrillte. Rollo bellte hysterisch.

Eberhard stand ächzend auf – verdammte Knie –, schlurfte zur Tür und blickte durch den Spion.

Zwei Polizisten in Uniform standen auf seiner Schwelle.

Eberhard öffnete, Rollo stürzte hinaus, hüpfte den Beamten um die Füße und knurrte und kläffte. Die beiden wichen zurück.

Der eine war dick und hatte einen Backenbart. „Nehmen'S den Hund an die Leine, bittschön. Der duad ja so, als wärn mir der Briefträga."

Eberhard zerrte Rollo zurück. „Still, Rollo!"

Der dicke Beamte hielt ihm eine Dienstmarke hin. „Grüß Gott. Mein Name ist Tritzlmeier. Wir haben einen Durchsuchungsbeschluss."

***

Volker Bütthaus beobachtete Eberhard Ginzling über seinen Schreibtisch hinweg. Der Mann wirkte selbstsicher, fast arrogant. Er hatte keinen Anwalt gewollt, das erleichterte das Verhör. Wahrscheinlich hatte ihn Husenkamp angerufen und über die Fahndung nach Huber informiert, und nun glaubte er, auf die Hilfe eines Experten verzichten zu können.

Bisher hatte sich Ginzling wacker geschlagen, aber Volker und sein Kollege hatten die schwersten Geschütze noch nicht aufgefahren.

Moll spielte die Rolle des Good Cop. Er lächelte liebenswürdig und seufzte. „Ach, Herr Ginzling. Es hat doch keinen Zweck zu leugnen, dass Sie Oliver Baudel umgebracht haben. Wenn Sie mit uns zusammenarbeiten, wird das Urteil des Richters um einiges milder ausfallen."

Der Verdächtige schüttelte den Kopf. „Aber ich habe Oliver nicht umgebracht! Ich bin ein Verehrer schöner Frauen, ein Gourmet, ein Ästhet! Jeder, der mich kennt, und jeder Psychologe wird Ihnen bestätigen, dass ich niemals einen Menschen mit einer Axt erschlagen würde!"

„Reden wir noch einmal über den Anschlag auf Monika Trautner", erwiderte Volker. „Ihr Auto wurde in der Gegend gesehen, obwohl Sie behaupten, daheim gewesen zu sein. Aber das ist noch längst nicht alles." Er machte eine bedeutungsvolle Pause. „Wir haben in einem Blumentopf auf Ihrem Balkon eine Pistole gefunden."

Ginzling riss Mund und Augen auf. Dann stammelte er: „Ich – ich habe doch gar keine Pistole!"

„Zu dieser Pistole passen die am Riederstein gefundenen Kugeln", fuhr Volker fort.

„Aber das war ich nicht! Ich kann überhaupt nicht mit Waffen umgehen!"

„Offensichtlich nicht. Sonst wäre Frau Trautner jetzt tot."

„Aber das ist doch verrückt!", schrie Ginzling. „Natürlich hat Mike Huber auf Frau Trautner geschossen! Und dann ist er zu meinem Balkon hinaufgeklettert und hat dort seine Pistole versteckt. Er will mir das alles anhängen!"

„Es ist genau umgekehrt", konterte Bütthaus. „Sie wollten Huber etwas anhängen."

„Äh – wieso, ich – Huber ist gewalttätig, hat sich mit Oliver gestritten und ..."

Der Verdächtige hielt inne. Vermutlich wollte er nicht zugeben, dass er über den Fund des Ohrrings Bescheid wusste.

Volker warf dem Kollegen einen auffordernden Blick zu, und der übernahm wieder: „Sind Sie mit David Husenkamp befreundet?"

„Er ist ein flüchtiger Bekannter, kein Freund."

Moll hob die Brauen. „Tatsächlich? Frau Trautner hat Sie mit ihm zusammen gesehen. Auf einer Bank in der Nähe von Husenkamps Wohnung."

Der Verdächtige wirkte nicht überrascht. Natürlich hatte ihm Husenkamp nach seinem Treffen mit Monika Trautner berichtet, dass sie beobachtet worden waren.

„Die alte Frau steckt ihre Nase überall hinein und ist wohl schon ein bisschen dement", sagte Ginzling. „Was hat Sie Ihnen denn erzählt?"

Bernhard Moll lächelte. „Betriebsgeheimnis."

Ginzling rutschte auf seinem Stuhl hin und her. „Ich habe mit Herrn Husenkamp über den Mord an Oliver gesprochen. Wir waren uns einig, dass Huber der Täter ist, und wir wollten, dass er gefasst wird."

Monika Trautner hatte die Bruchstücke des Gesprächs, das sie belauscht hatte, zu Protokoll gegeben. Tatsächlich stand darin nichts, was eindeutig für Ginzlings Schuld sprach. Es war nicht einmal nachweisbar, dass er Husenkamp wegen finanzieller Mauscheleien erpresst hatte.

„Vermutlich hofften Sie, Trautner hätte nichts oder nicht viel von Ihrem Gespräch mit Husenkamp mitbekommen", sagte Volker. „Und solange Sie nichts gegen Huber unternahmen, bestand kein Grund zur Panik. Aber dann ..." Er beugte sich ein wenig vor und fasste Ginzling scharf ins Auge. „Dann erfuhren Sie von Herrn Gerz, dass Ihre Schwester plante, Sie zu enterben."

Ginzlings Antwort kam schnell, er hatte sie sich wohl vorher zurechtgelegt. „Das stimmt, unser Familienanwalt hat mir einen Hinweis in dieser Richtung gegeben. Es hat mich sehr verletzt, ja schockiert, dass meine Schwester mich verdächtigt." Er stieß einen langen Seufzer aus. „Natürlich würde ich gern von ihr erben, das gebe ich zu. Aber – nun ja – so spielt das Leben manchmal."

„Sie haben David Husenkamp Baudels Ohrring gegeben", sagte Volker. „Der versteckte ihn in Mike Hubers Spind. Dazu benutzte er den Ersatzschlüssel. Danach behauptete er, dieser Schlüssel sei nicht mehr auffindbar. Und dann ließ er den Schrank vom Hausmeister öffnen, weil er einen Zeugen dabeihaben wollte."

In Ginzlings Gesicht arbeitete es. Seine Hände krampften sich um die Armlehnen des Stuhls. „Das ist eine gemeine Unterstellung!"

Der Mann war dabei, die Nerven zu verlieren. Sie würden ihn weichkochen.

Volker lächelte siegessicher. „Wir haben Herrn Husenkamp erzählt, dass wir bei Ihnen die Pistole gefunden haben, mit der Frau Trautner angeschossen wurde. Daraufhin hat er die Sache mit dem Ohrring gestanden. Natürlich wird das rechtliche Konsequenzen für ihn haben, aber er wollte keinen Mörder decken."

Schweißperlen glänzten auf Ginzlings Stirn. „Husenkamp hat sich das alles ausgedacht! Er war es, der Oliver umgebracht hat. Und dann hat er den Ohrring in Hubers Spind gelegt und – Moment, das passt doch alles nicht, was Sie sich da zusammenreimen. Mein Gespräch mit Husenkamp auf der Bank war am Sonntag. Und Herrn Gerz habe ich erst am folgenden Donnerstag getroffen."

Volker nickte. „Genau. Und bei einem zweiten Treffen haben Sie dann den Ohrring an Husenkamp übergeben. Aber Sie mussten damit rechnen, dass die Detektivin Ihr Komplott aufdecken würde, sobald sie von Hubers Verhaftung erfuhr. Deshalb haben Sie versucht, sie zu erschießen."

Ginzling strömte einen widerlichen Geruch aus, eine Mischung aus abgestandenem Zigarrenrauch und Angstschweiß. Er atmete schwer.

„Woher hatten Sie Baudels Ohrring?", donnerte Volker.

Ginzling schrak zusammen. „Am – am Morgen nach Olivers Tod bekam ich Angst, dass man mich verdächtigen würde, weil ich an seiner Stelle erben würde. Ich habe den Ohrring im Bad beim Spiegel gesehen, Oliver hatte ihn über Nacht abgelegt. Da ist mir die Idee gekommen, Huber damit zu belasten, wenn es nicht genug Beweise gegen ihn geben sollte. Ich war mir schon damals sicher, dass er der Mörder ist."

Volker schüttelte langsam den Kopf. „Huber hätte Frau Trautner nicht verfehlt, er gilt in seinen Kreisen als guter Schütze. Vermutlich hätte er auch eine andere Waffe gewählt als eine Pistole."

Ginzling schlug die Hände vors Gesicht, sein Körper bebte, hin und wieder war ein unterdrückter Schluchzer zu hören.

Volker beobachtete ihn, sagte nichts.

Nach einer Weile ließ Ginzling die Hände sinken. Sein Gesicht war grau. „Ich – ich will einen Anwalt."

Volker nickte Moll zu, auf dessen Lippen ein zufriedenes Lächeln lag. Ein Geständnis war nur eine Frage der Zeit.

Ginzlings Stimme schwankte. „Was soll nur aus meinem Hund werden, wenn ich ins Gefängnis muss? Ich habe nicht das Geld für eine Hundepension."

Volker hatte kein Mitleid. „Im Tierheim wird man versuchen, einen neuen Besitzer für ihn zu finden. Bis Sie aus dem Gefängnis kommen, ist er längst nicht mehr am Leben."

21. KAPITEL

Ein schmaler Blondschopf namens Ewelina empfing Moni an der Schwelle von Rosmarie Baudels Villa. „Es geht Frau Baudel nicht gut, weil Bruder verhaftet, sie ist deprimiert. Bitte nehmen Sie Rücksicht.“

Während Moni ihr die Treppe hinauf folgte, erklärte sie: „Ich bin Krankenpflegerin, ich wohne hier, damit auch in Nacht immer jemand da ist.“

Moni musterte Ewelinas hübsches Gesicht mit den vollen Lippen. „Da haben Sie einen harten Job mit wenig Privatleben.“

„Es ist nicht so schlimm. Manchmal bleibt Nicole in Nacht, dann gehe ich zu Freund. Und sie ist oft am Tag da, ich fahre dann zu Uni.“

„Was studieren Sie?“

„Germanistik und Anglistik. Ich komme aus Polen. Wir Polinnen tun, was die Deutschen nicht machen wollen.“

Ein schnelles Lächeln, das wohl die Kritik entschärfen sollte.

Ewelina klopfte kurz an eine Tür, sie traten ein. Es roch nach Seife und Lavendel, der Raum strahlte Reichtum aus: dunkelblaue Samtvorhänge, ein chinesischer Seidenteppich, antike Möbel. Rosmarie Baudel lag mit geschlossenen Augen im Bett, ihr Gesicht war eingefallen.

„Sie haben Besuch, Frau Baudel!“, sagte Ewelina.

Die alte Dame öffnete die Augen. „Guten Tag, Frau Trautner.“

„Es tut mir leid, dass es Ihnen nicht gut geht“, sagte Moni, zog einen Stuhl in die Nähe des Bettes und setzte sich.

„Ich bin immer so unglaublich müde.“ Sie warf Ewelina einen Blick zu. „Hilf mir bitte.“

Das Mädchen schien zu wissen, was von ihr erwartet wurde. Sie bückte sich zum Bett hinab und stellte die Liegefläche so ein, dass das Kopfende erhöht war.

Rosmarie Baudel bedankte sich. Dann wandte sie sich an Moni: „Ich habe ein neues Bett angeschafft. Und in diesem Bett würde ich gerne sterben. Nicht im Hospiz.“

Darauf gab es nichts zu sagen. Moni wechselte das Thema. „Wollten Sie mit mir über die unerwartete Wendung bei den Ermittlungen sprechen, Frau Baudel?“

„Natürlich. Deshalb habe ich Sie hergebeten.“

Die Stimme der alten Dame klang flach, ihr Körper hing schlaff in den Kissen. Was für ein Unterschied zu der nervösen Energie, die sie bei ihrem ersten Treffen erfüllt hatte!

Ewelina zog ein Buch aus einem Bücherregal, ließ sich auf einem Stuhl in der Zimmerecke nieder und schlug es auf. Moni sah auf ein paar Meter Entfernung ausgezeichnet; das Mädchen hielt seine Lektüre verkehrt herum.

„Zwei Beamte von der Kriminalpolizei waren bei mir“, sagte Rosmarie Baudel. „Sie haben mich über Eberhard ausgefragt. Es – es ist furchtbar. Mein Bruder – hat meinen Sohn ...“ Sie verstummte, ihre Augen füllten sich mit Tränen. Mit erstickter Stimme fuhr sie fort: „Seitdem liege ich fast nur noch im Bett.“

Sie zog ein Taschentuch hervor und schnäuzte sich, weinte, schnäuzte sich wieder. Endlich erklärte sie: „Frau Trautner, Sie haben geholfen, den Täter zu fassen, und Sie wären dabei beinahe selbst ums Leben gekommen. Ich danke Ihnen. Sie haben gute Arbeit geleistet.“ Sie drehte sich mit einem Ächzen zur Seite und griff nach zwei Computerausdrucken, die neben Medikamentenschachteln auf ihrem Nachttisch lagen. Sie reichte sie Moni.

Sie überflog den Inhalt. Eine Kündigung ihres Vertrages als Detektivin. Und eine Abrechnung mit den Tagespauschalen, die ihr bis heute zustanden.

„Bitte schicken Sie mir noch die Spesenabrechnung“, sagte die alte Dame.

„Da wäre aber noch vieles zu klären“, erwiderte Moni.

„Das spielt doch keine Rolle mehr. Mein Bruder ist der Schuldige, damit muss ich mich abfinden.“

Aus. Ende. Wie enttäuschend ...

Viel hatte Moni nicht zustandegebracht, wenn man von der zufälligen Beobachtung der Männer auf der Bank absah. Aber so leicht würde sie nicht aufgeben. „Ich bin mir nicht sicher, dass Ihr Bruder der Täter ist."

„Sie wollen weiterrecherchieren? Glauben Sie wirklich, dass sich das – lohnt?"

In dem Satz schwang die Unterstellung mit, Moni wolle wegen des Geldes an dem Fall dranbleiben. Sie unterdrückte eine scharfe Erwiderung. Die alte Frau hatte sie mit der Hoffnung eingestellt, sie werde ihren Bruder entlasten, und war jetzt schwer enttäuscht.

„Ich würde Ihnen gerne erklären, was für Ihren Bruder spricht", sagte Moni. „Dann können Sie immer noch entscheiden, was in Ihrem Interesse ist."

„Gut. Aber ich bin sehr müde. Bitte fassen Sie sich so kurz wie möglich."

Moni sammelte ihre Gedanken, das Ganze war ein kompliziertes Geflecht … Was war am Wichtigsten?

„Wissen Sie über die Sache mit dem Ohrring Bescheid?"

„Ja, Eberhard hat mir einen Brief geschrieben. Er behauptete, er hätte damit einen Fehler gemacht, um mich von seiner Unschuld zu überzeugen, aber er hätte mit dem Anschlag auf Sie und Olivers Tod nichts zu tun."

„Das ist möglich", entgegnete Moni. „Ihr Bruder wusste, dass ich ihn zusammen mit Husenkamp beobachtet und eventuell einiges mitgehört hatte. Wenn es sich nur um ein Vorgespräch handelte und der Ohrring nicht erwähnt wurde, hatte er keinen Grund, mich zu ermorden."

„Aber man hat bei Eberhard eine Pistole gefunden!", wandte Rosmarie Baudel ein. „Und sein Auto wurde zur richtigen Zeit in der Nähe des Riedersteins gesehen."

„Ja. Aber der Anruf wegen des Autos war anonym. Vielleicht wollte jemand Ihren Bruder belasten."

„Das würde ich gerne glauben, aber ich kann es nicht. Bitte gehen Sie. Ich will nichts mehr mit all dem zu tun haben. Nichts mehr davon hören. Mein Bruder..." Sie begann zu schluchzen. Ewelina sprang von ihrem Stuhl hoch und öffnete Moni die Tür.

Sie ging wie in Trance hinaus. Vorbei. Sie hatte ihre Rolle als Detektivin in diesem Fall ausgespielt und würde nur noch als Zeugin auftreten. Bis dahin war noch viel Zeit, das Ermittlungsverfahren würde sich wohl bis zum Frühjahr hinziehen. Sie würde in den Süden fliegen und die Sonne genießen.

***

Anfang Dezember flog Moni von Kalymnos wieder nach Hause. Sie ließ einen Türspion einbauen, hatte ihr Handy immer dabei und vermied es, allein in die Berge zu gehen. Nichts geschah.

Es musste wohl doch Ginzling gewesen sein, der ihr am Riederstein aufgelauert hatte, und der saß jetzt hinter Gittern. Monis Angst ließ nach und verschwand schließlich ganz.

Trotzdem wachte sie fast in jeder Nacht mehrmals auf und hatte Schwierigkeiten, wieder einzuschlafen. Denn in ihrem Kopf tanzte ein wildes Durcheinander – das Beil, die schluchzende Rosmarie Baudel, Nicoles Beinahe-Unfälle, Rindenfetzen, die von Bäumen wegflogen …

Mitte Dezember ging sie mit Martl auf Skitour.

Der Himmel war königsblau, die Hänge unter den weiß überzuckerten Felsen lagen im Schatten. Es war nichts zu hören als Monis und Martls keuchender Atem und das Zischen ihrer Ski bei jedem Schritt, den sie sich höher hinaufschoben.

„Soll ich mal spuren?“, fragte Martl von hinten.

„Natürlich, gerne. Ich bin schon etwas müde.“ Moni blieb stehen und blickte zurück auf die Zickzacklinie ihres Aufstiegs, die weiter unten vom Fichtenwald verschluckt wurde.

Kein Mensch weit und breit, keine Spuren. Es hatte sich gelohnt, früh aufzustehen. Über Nacht hatte es zwanzig Zentimeter Pulver auf die dünne Schicht Altschnee geworfen. Sicher würden im Lauf des Tages noch Skitourengeher hier heraufkommen, aber nicht allzu viele, denn der Lift zum Kolbensattel, der den Aufstieg verkürzte, war noch nicht in Betrieb.

Martl sagte im Vorbeigehen: „Mit dir auf Tour zu sein, macht richtig Spaß. Wir sollten das öfter tun.“

Moni fragte sich, was sie für Martl empfand. Sie mochte ihn sehr. Aber da war noch mehr, das merkte sie an der Vorfreude, wenn er sich für einen Besuch am Abend ankündigte, und dem leichten Flattern im Magen und dem Blick in den Spiegel, bevor sie ihm die Tür öffnete. Warum zeigte sie ihm ihre Gefühle nicht? Martl war ihr Nachbar. Wie unangenehm, wenn eine Liebesbeziehung scheiterte und sie einander danach nur noch über den Zaun grüßten. Aber viel schlimmer war der Gedanke, damit ihre Freundschaft zu riskieren.

Martl verstand sich darauf, seine Spur dem Gelände anzupassen. Sie näherten sich nun dem wilden Felskamm des Sonnenberggrates. Der Hang wurde immer steiler, Moni schätzte die Neigung auf knapp vierzig Grad, aber bei diesen Schneeverhältnissen war das kein Problem. Sie querten unter einem Felsvorsprung hindurch und stiegen die letzten Meter zum Grat hinauf. Die Sonne zauberte einen goldenen Saum auf die gezackte Linie der Schneekante, die sich scharf gegen den dunkelblauen Himmel abhob. Ein letzter Schritt, Moni war oben und blinzelte in das grelle Licht. Sie wischte mit dem Ärmel die Tränen aus den Augen und schaute. Eine Schicht dünnen Nebels lag über dem Graswangtal, und die bewaldeten Hänge und Rücken, die sich aus dem Dunst hoben, sahen im frisch gefallenen Schnee aus wie mit grauem Pelz überzogen. Darüber standen der Frieder, die Kreuzspitze, die Schellschlicht – lauter liebe Bekannte, jetzt im Winterkleid seltsam verwandelt, erhaben und still.

Martl sagte nichts. Auch er schaute.

Sie stiegen aus der Bindung, zogen die Felle ab und ließen die Ski zurück.

Moni folgte Martl über den mit Schnee bedeckten Kamm, dann frisch verschneite Felsen, die rutschig waren und Konzentration verlangten. Dass Martl ein Bergsteiger durch und durch war, sah man bei jeder seiner Bewegungen. Er wäre auch ohne die Skistöcke gut zurechtgekommen.

Der Gipfel war von Sonne überflutet. Sie setzten sich auf ihre Rucksäcke, tranken einen Schluck Tee aus der Thermoskanne, kauten Müsliriegel. Martl war nur eine Armlänge von Moni entfernt. Sollte sie die Hand ausstrecken, die seine berühren? Belüge dich nicht selbst. Du zögerst nicht nur, weil er dein Freund und Nachbar ist. Da ist noch etwas … Du hast Angst. Angst, verletzt zu werden. Wie damals als junge Frau …

Martls Stimme riss sie aus ihren Erinnerungen: „Und, was hast du in nächster Zeit so vor? Außer Klettern natürlich, das ist eh klar."

„Ich lerne Krav Maga und Schießen."

„Was? Schießen? Muss ich mich jetzt vor dir fürchten? Und was ist Krav Maga?"

„Krav Maga ist eine spezielle Art von Nahkampftraining. Das israelische Militär hat das erfunden, und es ist ganz einfach, sogar alte Frauen wie ich können das lernen. Ein Freund von Mike bringt es mir bei."

Martl schüttelte langsam den Kopf. „So ein Unsinn."

Moni war enttäuscht. Sie hätte mehr Offenheit gegenüber schrägen Ideen von ihm erwartet.

„Du bist keine alte Frau, Moni."

Sie lachte laut auf.

„Du legst sicher bald deinen Krav-Maga-Lehrer aufs Kreuz, so gelenkig und stark wie du bist", fuhr Martl fort. „Ich habe das Klettervideo von dir gesehen, das sie nach Susis Rettung im Fernsehen ausgestrahlt haben."

„Danke. Aber ich werde ein paar Jahre brauchen, bis ich die Kampftechniken einigermaßen verinnerlicht habe."

Sie stapften zurück zum Skidepot und legten ihre Bretter an. Martl stieß einen Juchzer aus und tauchte in den steilen Hang. Moni schubste sich mit den Stöcken von der Gratkante und flog durch den leichten Pulver hinab, ihr Schal löste sich und flatterte, sie schwang weiter, schwebte. Dann hinein in den Wald, zwischen Fichtenstämmen hindurch, über Buckel und durch Mulden, Schnee stäubte in ihr Gesicht. Erst am Steilhang über der Kolbensattelhütte blieb Moni stehen. Sie keuchte, ihre Oberschenkel spannten. Martl erwartete sie, er grinste von einem Ohr bis zum anderen. „Fantastischer Schnee! Gut, dass es noch keine gewalzte Piste gibt."

Moni nickte. „Manchmal ist die Piste aber praktisch. Es gibt daneben eine extra Spur für Tourengeher, und ich gehe da gerne rauf, wenn es woanders zu lawinengefährlich ist."

Eine Viertelstunde später fuhren sie in Monis Caddy Richtung München. „Du lernst also das Handwerk eines Detektivs", sagte Martl. „Tut sich schon etwas mit neuen Aufträgen?"

„Nein. Aber vielleicht ändert sich das, wenn ich durch die Gerichtsverhandlung im Fall Baudel wieder in den Medien bin. Und bis dahin … Dieser Mord mit dem Beil rumort in meinem Kopf."

Sie erzählte ihm von ihren unruhigen Nächten.

„Du wirst also damit weitermachen", sagte Martl. „Ohne Geld."

Moni atmete tief durch und hob das Kinn. „Ja. Ich packe es noch mal an."

22. KAPITEL

Das Arbeitszimmer eines Mathematiklehrers hatte sich Moni anders vorgestellt. Nüchterner. Doch hier hockten neben dem Computer zwei winzige Teddys und ein Känguru, aus dessen Beutel ein Jungtier guckte. Die Wände des Dachzimmers schmückten bunte Kinderzeichnungen und Basteleien aus Filz.

Moni saß im rechten Winkel zu Helmut Meisterbier in einem Bürostuhl; er hatte sich in einen Sitzsack hineingeknautscht und blickte sie missmutig an. „Ich habe gedacht, diese Sache mit Oliver wäre erledigt."

„Danke, dass Sie trotzdem bereit sind, Fragen zu beantworten", erwiderte Moni.

„Muss ich wohl als guter Staatsbürger. Aber was damals bei dem Fest passiert ist, habe ich doch schon zwanzigmal durchgekaut."

„Vielleicht mit der Polizei, aber nicht mit mir."

Er fuhr mit der Hand durch sein schütteres graues Haar. „So? Und warum glauben Sie, Sie könnten mehr herausfinden? Es war Olivers Onkel, das ist doch klar."

Moni schüttelte den Kopf. „Ginzlings Motiv wäre Geld. Aber ein Axtmord spricht eher für Hass oder Wut. Die Gründe könnten in Oliver Baudels Persönlichkeit oder seiner Vergangenheit liegen. Ich würde gerne mehr darüber hören, Sie kannten ihn ja schon als Jugendlichen."

„Hmm. Hmm", machte Meisterbier. „Da ist etwas Wahres dran. Andererseits: Die Gelegenheit bei diesem Fest war günstig. Theoretisch hätte jeder der Gäste der Täter sein können. Ein klarer Kopf könnte das erkannt und speziell eine Axt verwendet haben, um eine Tat im Affekt vorzutäuschen."

Diese Idee war Moni auch schon gekommen. Der Mörder hatte nur einmal mit dem Beil zugeschlagen. Und zwar gezielt. Was wiederum für das Vortäuschen einer Affekthandlung nicht hilfreich war. Oder war der Täter so über den Anblick seines Opfers erschrocken, dass er nach dem ersten Hieb davongelaufen war? „Dora hat mir erzählt, Sie seien Oliver Baudels alpiner Lehrmeister gewesen. Wie hat das angefangen mit dem gemeinsamen Bergsteigen?“

„Ich war Leiter der Jugendgruppe unserer Sektion. Als Oliver dort aufgekreuzt ist, war er vierzehn, ein hübscher Junge mit dem Selbstbewusstsein einer Maus. Wozu sehr gut passt, dass er extrem ehrgeizig war und mehr trainierte als jeder andere. Er lief stundenlang durch den Wald, machte Klimmzüge, hing dreimal pro Woche am Campusboard.“

Die Tür öffnete sich, Helmut Meisterbiers Frau trat ein, eine Blonde mit knalligem Lippenstift. Sie stellte einen silbernen Teller mit Plätzchen, einem Nikolaus und Mandarinen zwischen Moni und ihrem Mann auf den Boden. Der Duft der Früchte erfüllte das ganze Zimmer.

„Sind Sie sicher, dass Sie keinen Kaffee wollen?“, fragte die Gastgeberin.

„Nein danke“, sagte Moni. „Ich hatte heute schon vier Tassen. War das früher das Kinderzimmer?“

Sie lachte. „Ja, und das ist es noch immer. Nur dass jetzt ein großer Kindskopf drin haust.“

Moni blickte unwillkürlich zu den Teddybären hinüber. „Auch ein Mathematiklehrer braucht etwas fürs Herz“, sagte seine Frau. „Vor allem, wenn die Kinder ausgezogen sind.“

Der Hausherr sah aus, als hätte er eine faulige Erdbeere erwischt. „Sigrid, das dürfte unseren Gast kaum interessieren. Würdest du so freundlich sein und das Gespräch mir überlassen? Hier geht es um Mord!“

„Schon gut, ich geh ja schon.“

Die Tür klappte ziemlich laut zu.

Meisterbier nahm den Faden wieder auf. „Oliver war geradezu besessen vom Klettern. Es hat nur zwei Jahre gedauert, bis er schwerere Routen hinaufgekommen ist als ich.“

„Wie war das für Sie?“, fragte Moni.

„Überhaupt kein Problem“, gab der Lehrer zurück, wobei er „überhaupt“ stark betonte – ein Hinweis, dass er mit dieser Aussage log.

Auf den ersten Blick war er ein braver Familienvater. Doch das konnte Fassade sein. Oliver Baudel hatte seinen Lehrmeister in kurzer Zeit überflügelt, vielleicht sein Ansehen in der Gruppe beschädigt und ihm überdeutlich gezeigt, dass er zum alten Eisen gehörte. Daraus waren Neid gewachsen und Hass … Verflixt, noch ein Verdächtiger mehr passte gar nicht in Monis Konzept.

„Im Gebirge war ich der Bessere“, erklärte Helmut Meisterbier. „Das änderte sich erst, als Oliver längst erwachsen war. Da haben wir so manche großartige Tour miteinander gemacht, und ich war froh, dass er die schweren Seillängen vorgestiegen ist.“

Er lächelte, offenbar stolz darauf, dass er das zugab.

„Sie als Pädagoge haben doch Erfahrung mit Menschen und auch eine psychologische Ausbildung“, sagte Moni. „Könnten Sie Oliver Baudels Persönlichkeit bitte etwas genauer beschreiben?“

„Hmmm. Hmmm.“ Geistesabwesend griff er nach dem Weihnachtsmann und begann ihn auszuziehen. „Oliver hat sehr unter seinem dominanten Vater gelitten und immer nach seiner Anerkennung gestrebt. Er hat für die Schule gebüffelt wie ein Ochse, allerdings mit mäßigem Erfolg – nach Ansicht seines Vaters, der vor allem Einsen erwartete. Auch sportlich zählten für Alexander Baudel nur Höchstleistungen, er selber war Triathlet und machte bei Landesmeisterschaften mit. Oliver hat das auch versucht, obwohl es ihm einfach nicht lag. Aber beim Klettern hatte er Talent, und es wurde für ihn zu einer Quelle des Selbstbewusstseins. Er ist dadurch innerlich gewachsen, genau wie viele andere Jugendliche, die ich ans Bergsteigen herangeführt habe.“

Das Glitzerpapier lag nun in Fetzen auf dem Teller. Meisterbier ergriff den nackten Nikolaus und biss ihm den Kopf ab. „Hmm. Hmm. Und dann hat Oliver Betriebswirtschaft studiert, um seinem Vater zu gefallen. Obwohl ihn geschäftliche Dinge gar nicht interessierten. Geld war für ihn nur ein Mittel zu dem Zweck, in die Berge zu fahren. Ich habe ihm gleich gesagt, dass das nichts wird mit seinem Studium, und so war es dann auch."

Er kaute gedankenverloren. „Vielleicht hätte er nie eine feste Arbeit angenommen, wenn Nicole nicht gewesen wäre. Er war schwer in das Mädchen verliebt, und sie hat ihm zugeredet, dass nur Bergsteigen doch keine Lebensaufgabe sei. Womit sie natürlich recht hatte."

Da war Moni anderer Meinung. Für manche Menschen war das Bergsteigen Lebenssinn, es bestimmte ihre berufliche Laufbahn, ihren Freundeskreis, einfach alles. „Wie war die Beziehung zwischen Oliver Baudel und seiner Freundin?"

„Als er sie mir vorstellte, platzte er fast vor Stolz. Sie war schön, liebenswürdig, sportlich."

„Warum haben die beiden nicht geheiratet? Sie waren sechs Jahre lang zusammen."

Meisterbier wiegte den Kopf. „Hmm. Vielleicht fand Oliver das zu brav, zu bürgerlich. Er hatte manchmal was von einem Freak. Und jetzt ist Nicole, die nicht erbberechtigt ist, buchstäblich arm dran."

***

Moni stand auf Ginzlings Balkon und betrachtete die Blumentöpfe mit verdorrten Resten von Geranien. Der Topf, in dem jemand eine Pistole vergraben hatte, war sicher nicht dabei, sondern in der Asservatenkammer der Polizei.

Eberhard Ginzling hatte Moni erlaubt, sich hier umzusehen, und ihr den Hausschlüssel gegeben. Er hatte erklärt, ein derart dämliches Versteck hätte er nie gewählt.

Der Garten bestand aus einem braunen Rasenfleck, der von einer Mauer und Bäumen eingerahmt wurde. Der Schnee war in München schnell geschmolzen, aber in den Bergen herrschten nach wie vor gute Bedingungen für Skitouren, auch wenn die Unterlage dünn war. Der Ausflug mit Martl war so schön gewesen. Sie würde gern nächstes Wochenende wieder mit ihm losziehen … Zurück zur Arbeit.

Es war nicht zwingend Ginzling gewesen, der auf sie geschossen und die Pistole auf dem Balkon versteckt hatte. Vielleicht hatte Oliver Baudels Mörder versucht, Ginzling zu belasten. Als Ablenkungsmanöver, weil die Polizei oder sie selbst dem Täter schon zu nahe gekommen waren. Dass er von Ginzlings Komplott gegen Mike gewusst hatte, war nicht unbedingt notwendig, aber es spielte ihm natürlich in die Hände.

Wenn wirklich jemand anderes als Ginzling hier eine Pistole versteckt hatte, so hatten ihn die Nachbarn nicht beobachten können. Aber eine Leiter hätte er nicht von der Straße hierherschleppen können, ohne aufzufallen. Er musste den Balkon erklettert haben.

Liam erschien unten im Garten, seine Locken ringelten sich schon wieder. Nach Monis Entlassung als Detektivin hatte er den Job bei Outdoorfun aufgegeben und die Haare wieder wachsen lassen. Seitdem studierte er ernsthaft; es war abzusehen, dass Moni ihre Wette gegen Benno verlieren würde. Er ging in Vorlesungen und beschäftigte sich mit dem Stoff. Und zu seiner Überraschung fand er das gar nicht so langweilig.

Liam schaute zu Moni empor. „Das sieht nicht allzu schwierig aus. Ich steige mal hoch."

„Untersteh dich! Nicht ohne Sicherung!"

„Nicht nötig. Das geht locker free solo."

„Ich habe nur einen Enkel."

Die Situation erinnerte Moni an Liams erstes Abseilmanöver von ihrem Balkon zu Hause. Inzwischen war er auf dem besten Weg, ein richtiger Kletterer zu werden.

Liam lachte. „Schon gut. Ich will dich nicht stressen."

Moni zog ein Seil aus ihrem Rucksack, legte zwei Schlingen um die Streben des Balkons und hängte das Sicherungsgerät ein. Dann ließ sie ein Seilende zu Liam hinab. Der schlüpfte in seinen Gurt und band sich ein. Moni zog das Seil straff, konnte aber nicht sehen, was unter ihr geschah. Ein Rumpeln und Keuchen, Liams Finger schoben sich in eine Lücke zwischen den Balken, dann umklammerten seine Pranken die oberste Latte und sein Gesicht tauchte auf – mit einem strahlenden

Lächeln. Er schwang ein Bein über die Brüstung und wälzte sich hinüber. „Höchstens Schwierigkeitsgrad fünf. Man muss nur das Fensterbrett nutzen und sich an einem der Läden festhalten. Wenn man sich ein bisschen hinauslehnt, kann man die unterste Latte am Balkon erreichen."

„Musstest du dich weit strecken?"

„Nein. Aber ich schätze, dafür muss man mindestens eins achtzig groß sein. Und ein bisschen sportlich auch."

„Husenkamp war es also nicht", sagte Moni.

Liam nickte. „Und Mike auch nicht, der ist zu klein."

„Da bin ich mir nicht so sicher. Ich schaue mir das Ganze noch einmal von unten an. Ich fürchte, du kannst nicht einschätzen, was ein guter Boulderer zustande bringt."

Fünf Minuten später war Moni klar, dass Mike den Balkonboulder geknackt hätte. „Wahrscheinlich wäre er einfach zum untersten Balken hochgehüpft", sagte Moni. „Aber Nicole hätte den Sprung wohl nicht geschafft. Dora ist eins achtzig und hätte die Route übers Fensterbrett nutzen können."

„Dora? Gehört die auch zu deinen Verdächtigen?"

Moni schüttelte den Kopf. „Nicht wirklich. Sie hatte kein Motiv."

„Bei Dora könnte ich mir schon vorstellen, dass sie jemanden mit einem Beil umbringt, wenn sie gute Gründe hat", sagte Liam. „Aber Mike ist trotzdem der Kandidat Nummer eins für mich."

„Wenn er auf mich geschossen hätte, wäre ich jetzt tot", erwiderte Moni. „Er ist ein guter Schütze; ich weiß das, weil er mir gerade beibringt, wie man mit einem Schießeisen umgeht. Und es macht mir einen Heidenspaß. Selbst wenn keine richtige Detektivin aus mir wird, würde ich in einen Schützenverein eintreten."

„Lederhosen, Hut mit Gamsbart und Haferlschuhe würden bestimmt toll an dir aussehen, Oma. Aber im Biertrinken bist du eine Null."

„Ich fürchte, du hast ein Klischeebild von bayerischen Schützen, Liam."

„Ähm. Ja. Verflixt. Da hast du recht. Dabei versuche ich doch immer, keine Vorurteile zu haben."

***

Mike stand mit leicht gespreizten Beinen da, hob den Arm mit der Walther PPK, streckte ihn, unterstützte mit der Linken seine Schusshand unter dem Abzugsbügel. So stand er wie gemeißelt. Schnief – eine Dose hüpfte durch die Luft und schepperte auf den Betonboden. Die Pistole mit Schalldämpfer hörte sich an, als würde jemand heftig niesen. Von wegen Plopp, das war ein in Krimis verbreiteter Unsinn, wie Moni seit ihrem Erlebnis am Riederstein wusste.

Mike ging quer durch den Kellerraum, sammelte die Dosen ein und stellte sie wieder auf die von Einschlägen zernarbte Kommode.

„Super, Mike. Aber warum benutzt du keine Zielscheibe? Da müsstest du nicht so viel laufen."

Mike lachte. „Das macht einfach weniger Spaß. Ist ja schon schlimm genug, dass wir wegen der Nachbarn einen Schalldämpfer benutzen müssen. So, und jetzt du."

Leider musste Moni bei zwanzig Versuchen den Keller nur zweimal durchqueren, um Dosen einzusammeln. Erschöpft ließ sie die Waffe sinken und reichte sie Mike. „Uff. Das ist echt schwer. Sag mal, gehört die eigentlich deinem Kumpel oder dir?"

Ein wenig Stolz schwang in seiner Stimme mit. „Mir. Aber wenn die Polizei nachfragt, ist es die von Sven, der hat als Sicherheitsmann natürlich einen Waffenschein."

Moni ließ sich auf einem zerschlissenen Sofa nieder. „Machen wir eine Pause, vielleicht kann ich mich danach wieder konzentrieren."

Mike nahm neben ihr Platz. „Okay. Du stellst dich gar nicht so blöd an."

„Danke."

Monis Blick schweifte über die Plakate von Heavy-Metal-

Gruppen, die weit außerhalb der Schusslinie an den Wänden hingen. „Wie oft bist du hier, Mike?"

„Mindestens einmal pro Woche. Ich will in Übung bleiben. Meistens macht Sven mit, dann ist es ganz lustig."

„Und warum übst du?"

Er schob sein blondes Haar aus dem Gesicht, sodass ausnahmsweise beide Augen zu sehen waren, und starrte Moni an. „Fähigkeiten im Nahkampf nutzen nichts gegen Schusswaffen. Ich hasse es, hilflos zu sein."

Das war verständlich, Mike hatte ja allerhand durchgemacht in seiner Schulzeit.

„In Stadelheim war es echt cool, dass ich wusste, wie man sich wehrt", sagte Mike. „An mich hat sich nach einem ersten Versuch keiner mehr rangetraut. Aber ein paar andere … denen ging es furchtbar. Sie wurden gedemütigt, verprügelt, vergewaltigt. Ich habe mal gelesen, dass die Hälfte aller Insassen zu Opfern werden."

„Du bist im Gefängnis gelandet, weil du deinen Vater schwer verletzt hast", sagte Moni. „Was ist damals eigentlich passiert? Magst du darüber reden?"

Mike fuhr auf. „Glaubst du echt, dass ich Oliver umgebracht habe?"

Moni schwieg. Sie war nicht hundertprozentig von Mikes Unschuld überzeugt.

Mike ballte die Fäuste. „Woher weißt du das mit meinem Vater überhaupt? Hat der Martl …"

Es war nicht nötig, ihm von Bennos Dossier zu erzählen. „Nein. Das kriegt man auch so raus."

Plötzlich sackte Mike auf dem Sofa zusammen. Seine Stimme klang heiser. „Mein Vater hat meine Mutter verprügelt. Da habe ich ihn die Treppe runtergeworfen. Und dann – dann war er – Gemüse."

Moni wartete. Es war still bis auf das Brummen des Kühlschranks in der Ecke.

Mike wischte sich die Augen, stand auf und holte eine Bierflasche aus dem Schrank. „Magst du auch eins?"

„Ja, gerne."

Eigentlich mochte Moni Bier nicht sonderlich. Aber sie war durstig, und es passte zu der zwischen ihnen entstandenen Nähe.

Mike setzte sich, ergriff das Feuerzeug, das neben dem Sofa in einem Aschenbecher lag, und öffnete die Flaschen routiniert. Dann stieß er mit ihr an. „Auf deine Schießkünste, Moni. Wird schon."

Der herb-bittere Geschmack des Biers füllte Monis Mund.

„Mein Vater war ein Arsch", sagte Mike.

„Und wie ist deine Mutter?"

„Ich hasse sie. Weil sie vor Gericht behauptet hat, dass ich Papa absichtlich fertiggemacht habe. Sie bildet sich ein, es wäre meine Schuld, dass er jetzt in einem Heim ist. Sie hat ihn geliebt, obwohl er sie ständig beschimpft und mindestens einmal pro Woche verprügelt hat. Aber lassen wir das. Ich versuche, möglichst wenig dran zu denken."

Moni nickte. „Das verstehe ich. Übrigens hätte ich noch ein paar Fragen zu Oliver Baudels Tod."

„Okay. Schieß los."

„Seit wann kennst du Nicole?"

„Etwa so lange wie Oliver. Sie wohnte schon mit ihm zusammen, als ich ihm beim Bouldern begegnet bin. Wir waren oft miteinander im Klettergarten, meistens in einer Gruppe, bei der auch Dora und Julia dabei waren."

„Was für ein Mensch ist Nicole nach deiner Ansicht?"

Mike starrte eine Weile auf den Boden. „Ich finde sie seltsam. Sie betreibt das Schönsein wie einen Leistungssport. Dora hat zu mir gesagt, das sei bei vielen Frauen so, die sonst nichts Vernünftiges zu tun hätten. Sie würden ihr Selbstbewusstsein aus ihrer Wirkung auf Männer beziehen, und vielleicht ist das bei Nicole auch so. Ständig hat sie sich gekämmt, die Kleider gewechselt. Und sie hat jedes Salatblatt dreimal umgedreht und stundenlang gekaut, damit sie ja keine Kalorie zu viel erwischt."

„Hat Oliver das gefallen?"

„Keine Ahnung. Aber es hat ihn gestört, dass eine Felswand für sie nur ein Fitnessgerät war, an dem sie ein bisschen Spaß hatte. Nicole hat Olivers Sehnsucht nach den Bergen nie verstanden. Vor ungefähr einem Jahr oder so hat er zu mir gesagt, er wäre sich nicht hundertprozentig sicher, ob sie die richtige Frau für ihn ist."

Vielleicht hatte er deshalb nicht heiraten wollen.

„Helmut hat mir erzählt, Nicole hätte Oliver dazu gebracht, einen vernünftigen Job anzunehmen", sagte Moni.

An Mikes Nasenwurzel erschien eine steile Falte. „Typisch. Was Vernünftiges. Karriere, Kohle, Kinder. Als ob das jeden glücklich machen würde. Zu Oliver hätte es nicht gepasst. Aber er wollte weder seinen Vater noch Nicole enttäuschen, und er war innerlich zerrissen. Er hat sich deshalb sogar von einem Psychologen beraten lassen."

„Wie hieß dieser Psychologe?"

„Keine Ahnung."

Moni beschloss, Nicole danach zu fragen.

23. KAPITEL

Moni schälte sich aus dem Schlafsack und schlüpfte in ihren Daunenanorak, den sie als Kopfkissen benutzt hatte. Als sie die Heckklappe des VW-Busses öffnete, schlug ihr eisige Luft entgegen.

Ihre Glieder waren steif von der Nacht auf der Isomatte. Sie unterdrückte ein Ächzen, stieg aus und blickte zu der gewaltigen Mauer der Ciavazes-Wand empor. Sie lag noch im Schatten, der Himmel war dunkelblau wie Enzian. Die Stille des Winters war in die Sella eingezogen. Kein Mensch weit und breit, keine Motorengeräusche. Der Bus war das einzige Fahrzeug, das am Straßenrand parkte. In der berühmten „Micheluzzi"-Führe, bei der in Ferienzeiten und an Wochenenden Schlange stehen angesagt war, würde es keine Wartezeiten geben.

Gestern Abend hatte Dora bei Moni angerufen und sie gefragt, ob sie Zeit hätte für einen Dolomitentrip. Moni hatte die Gelegenheit ergriffen, dem Schneematschwetter in München zu entfliehen und noch einmal Fels und Sonne zu tanken, bevor die Dolomiten ihr Winterkleid anlegten.

Sie waren gegen Mitternacht hier angekommen, und Moni war sofort eingeschlafen.

Der Bus wackelte, Dora kam heraus, dick in Daunen verpackt. Sie rieb sich die kalten Finger. „Brrr. Frühstücken wir erst mal gemütlich. Es reicht, um zehn einzusteigen, wenn die Wand in der Sonne ist. Länger als fünf bis sechs Stunden brauchen wir bestimmt nicht."

Sie rumorte eine Weile in dem wilden Durcheinander im Heck des Autos herum, fand einen Gaskocher und einen Topf und goss Wasser für den Tee hinein.

Moni ging fröstelnd auf und ab. Die „Micheluzzi" hatte sie schon vor rund dreißig Jahren gemacht und sich dabei oft an Haken festgehalten. Heute kletterte sie mindestens einen Grad schwerer; sie hoffte, die Route ohne künstliche Hilfsmittel zu schaffen, das war viel ästhetischer und genussvoller, als sich an Haken hinaufzuzerren.

Endlich war der Tee fertig. Moni und Dora legten ihre Rucksäcke auf den Schotterstreifen am Rand der Straße und setzten sich darauf, neben sich eine Kiste mit Frühstücksutensilien.

Moni hob den Becher mit Tee an die Lippen und schlürfte vorsichtig, der Rand ihrer Tasse war heiß. Wärme breitete sich in ihrem Körper aus; sie schnappte sich Doras Taschenmesser und strich damit Nutella auf ihr Vollkornbrot. Dora brach Brocken von einem Aldi-Schokoladenkuchen ab. „Super, dass du so spontan mitgekommen bist, Moni."

„Rentner zu sein ist praktisch. Da kann man jeden Sonnenstrahl nutzen, auch unter der Woche."

Dora nickte. „Jüngere Kletterer sehen da oft alt aus. Es sei denn, sie sind arbeitslos oder wie ich Freiberufler ohne besonderes Interesse am Geldverdienen. Das normale Berufsleben ist der Ruin des Alpinismus."

Moni kicherte. „Paul Preuß hat gesagt, das seien die Frauen. Das wird oft als Macho-Spruch zitiert, aber tatsächlich hat Preuß das ironisch gemeint."

Dora trank einen Schluck Tee. „Heute sind zwei Frauen, die männerlos einen Sechser im Gebirge klettern, immer noch eine Ausnahme. Viele Leute, die von meinen großen Touren mit Oliver gehört haben, glaubten, er hätte mich da als nachsteigendes Anhängsel hinaufgezogen."

„Hat dich das geärgert?", fragte Moni.

Dora lachte. „Ist doch scheißegal, was diese Deppen denken."

Die Sonne wanderte vom oberen Rand des Felsmassivs abwärts und tauchte nach und nach Plattenpanzer und Pfeiler in warmes Licht. In scharfem Kontrast dazu, tintenschwarz, zogen sich zwei gewaltige Schluchten vom Gipfel bis zum Wandfuß herab. Auch das Gamsband war nun gut erkennbar als helle horizontale Linie, die den Klotz des Ciavazes in seiner Mitte halbierte.

„Ich freue mich auf die Tour mit dir", sagte Dora. „Ich finde es super, dass du dir von niemandem einreden lässt, du solltest in deinem Alter lieber daheim sitzen und Babyjäckchen häkeln, statt zum Bergsteigen zu gehen."

„Ich kann nicht häkeln. Und kochen auch nur notdürftig", erwiderte Moni. „Manche halten mich für eine Beißzange, also das Gegenteil des lieben Frauchens oder süßen Mädchens, das die meisten Männer in meiner Generation attraktiv finden."

„Jemanden wie mich findet bisher keine Generation attraktiv", erwiderte Dora. „In Männeraugen bin ich total unsexy."

„Glaubst du, das war für Oliver auch so?", fragte Moni unverblümt.

Dora starrte in ihre Teetasse. „Na ja. Zuwider war ich ihm nicht." Sie lachte bitter auf. „Aber wie sollte jemand, der eine bildschöne Freundin wie Nicole hat, mich toll finden? Außerdem war Oliver zehn Jahre jünger als ich."

„Das sind Klischees, Dora. Es gibt auch Männer, die sich in einen Menschen verlieben und nicht in seine Fassade."

Dora presste die Lippen aufeinander, stand auf und begann, Kocher, Kuchen und Geschirr zurück ins Auto zu räumen.

Moni kaute an ihrem Vollkornbrot und schaute hinüber zur Westwand des Sass Pordoi, die von den Spuren des Wassers teilweise schwarz gefärbt war wie Kohle. Vor vielen Jahren hatte sie dort die „Fedele" geklettert und sich vor dem riesigen Felsblock gefürchtet, der direkt über dem Ausstieg der Route auf einem breiten Schuttband lag und so aussah, als könne er jeden Augenblick herunterpoltern und alles unter sich zermalmen.

Es war Zeit, den Kletterkrempel zu richten. Moni leerte ihren großen Rucksack aus, legte das Seil und ihren Gurt bereit und den Bikerrucksack mit der Windjacke, Kletterschuhen und einem Müsliriegel.

Dora wurstelte im Bus herum. Nacheinander flogen Seilschlingen, ein Anorak und verschiedene Kletterführer heraus, Karabiner klirrten.

„Suchst du etwas Bestimmtes, Dora?"

„Die Kopie des Topos aus dem Führer. Vielleicht ist sie irgendwo in der Bücherkiste."

Moni musste mal, aber der Abhang neben dem Bus war zu steil. Sie überquerte die Straße und marschierte ein Stückchen den Zickzackweg Richtung Ciavazes hinauf.

Als sie zum Bus zurückkehrte, war Dora verschwunden – nein, doch nicht. Sie hockte auf dem Fahrersitz und hatte den Kopf aufs Lenkrad gelegt. Ihre Schultern zuckten.

Die Steinchen auf der Parkfläche knirschten unter Monis Schuhen, Dora schreckte hoch und steckte irgendetwas ein, das auf der Beifahrerseite gelegen hatte.

Eben noch war sie bester Laune gewesen. Was war passiert? Moni würde danach fragen, wenn Dora sich beruhigt hatte. Sie schulterte ihren Mini-Rucksack, legte das Seil darüber und knotete die Enden um ihre Taille.

Die Autotür klackte, Dora kam heraus und wischte über ihre Augen. „Oliver. Es ist wegen Oliver. Ich habe sein Tourenbuch gefunden. Er hat es nach der ‚Solleder' in meinem Auto vergessen."

Sie stiegen über Gras und Geröll den Hang hinauf, bis sie auf dem Querweg anlangten, der unter der Wand entlangführte. Der Einstieg war leicht zu finden, ein Pfeil war dort in den Fels geritzt.

Moni nahm das Seil vom Rücken und wickelte es ab.

Aus dem Augenwinkel bemerkte sie, dass Dora schon wieder Tränen über die Wangen liefen.

Die erste Seillänge stürmte sie dann hinauf, als müsste sie Speedrekorde aufstellen. Als Moni bei ihr am Stand anlangte und den Bohrhaken einklinkte, klang Doras Stimme erstickt. „Sorry. Bin schlecht drauf heute. Ich werde schon wieder."

Die nächste Seillänge, eine Fünf plus, brachte Moni zum Jubeln. Löchriger, fester grauer Fels, dann eine schöne Verschneidung. Zum Glück war sie in der vierten Länge schon einigermaßen aufgewärmt, der Fels war glitschig und durch zahllose Begeher abgetreten. Moni schätzte die schwerste Stelle auf Sechs plus bis Sieben minus.

Dora stieg nach, ein Fuß rutschte ihr weg. Sie hielt sich gerade noch fest und fluchte: „Verdammt! Das ist ja total abgewichst!"

Es war wirklich nicht ihr bester Tag. Gegen Ende des berühmten Neunzig-Meter-Quergangs verfehlte sie die Stelle, an der man abwärts klettern musste, sie klammerte sich fest, schrappte mit den Füßen über den Fels und schimpfte über den Seilzug, weil sie den Zwischenstand ausgelassen hatte. Was war nur los mit ihr? Sie wirkte unkonzentriert, flattrig, kein Vergleich mit der souveränen Kletterin, die Moni im Frankenjura erlebt hatte. War es möglich, dass Oliver Baudels Tagebuch sie derartig aus dem Gleichgewicht gebracht hatte?

Moni fand es herrlich, über die grauen Platten zu tanzen, die Zehenspitzen auf winzigen Tritten, die Fersen über der Tiefe. Ein Gefühl für Balance und ein gutes Auge waren hier wichtiger als rohe Kraft – wobei ihre starken Finger ihr ein wunderbares Gefühl von Sicherheit gaben.

Am Standplatz angekommen, lächelte sie Dora zu. „Fantastisch!"

Dora nickte stumm.

In den folgenden Seillängen ging es wieder direkt nach oben, und nun lagen die Sicherungspunkte weiter auseinander. Die Kletterei war nicht allzu schwierig, aber an einigen Stellen waren Zehn- bis Fünfzehn-Meter-Stürze drin. Als Moni das nächste Mal die Führung übernahm, bat sie Dora, wenigstens gelegentlich einen Klemmkeil zu legen. Sie reagierte unwirsch. „Ach was, das ist doch lächerlich. Die Erstbegeher haben in der ganzen Tour nur sechs Haken gebraucht. Mit einem Hanfstrick um den Bauch und miesen Schuhen."

„Du hast gesagt, dass du heute nicht gut drauf bist. Wenn du fliegst und dich verletzt, können wir wegen dem Quergang nicht abseilen und müssen den Heli rufen."

„Okay. Ich will dich nicht stressen."

Dora hielt Wort, legte zwei oder drei Keile, und wenig später hockten sie am Rand des Pfades auf dem Gamsband im Gras. Sie wechselten von den Kletterschuhen in die Turnschuhe, Dora nahm das Seil auf und band es sich auf den Rücken. Moni blickte hinab auf die Zickzacklinie der Straße, die sich durch winterlich braungelb verfärbte Almen und Fichtenwald Richtung Sellapass hinaufzog. Im Südosten glitzerte das Schneedach der Marmolada.

Die Wand oberhalb des Gamsbandes sah gruselig aus: brüchig und feucht. Sie mussten nicht darüber diskutieren, dass sie die Tour hier beenden und über das Gamsband absteigen würden.

Dora ging flott voran, der Weg führte nah am Abgrund über Felsen und Graspolster. Bei der Querung einer düsteren Schlucht, in der Schneereste klebten, war ein Drahtseil gespannt. Dora hielt sich nicht daran fest, Moni schon, es genügte ein Ausrutscher, und das wäre das Ende. Gebückt schoben sie sich durch ein Loch im Fels und gelangten an einen Gras- und Schrofenhang, in dem ein Gewirr von Spuren talwärts führte.

Das Gehgelände wurde durch einen leichten Kamin unterbrochen, den sie seilfrei abkletterten, dann folgte eine Steilstufe, die mit Zwei plus angegeben war. Moni kraxelte mit dem Bauch zur Wand hinunter; der Fels hatte sich durch die vielen Begeher von Grau zu Hellbraun verfärbt und war so glitschig wie nasse Seife. Moni atmete auf, als sie unten auf dem Wanderweg stand. Sie blickte zu Dora empor, die mit dem Rücken zur Wand abstieg, wobei sie sich mit den Händen abstützte und ihre Füße auf die rutschigen Tritte stellte. Noch drei Meter – sie kippte nach vorne, ein Schrei! Ihre Hände wedelten in der Luft, ein dumpfer Schlag. Dora lag bäuchlings im Schotter.

Wie immer in schwierigen Situationen schaltete Moni jedes Gefühl aus. Sie sprang an Doras Seite und bückte sich zu ihr herab. Dora stöhnte und richtete sich zum Sitzen auf. Eine Hälfte ihres Gesichts war eine rohe rote Fläche, gespickt mit Steinchen. Blut rann über ihren Hals. Am linken Ellbogen stand ihr Unterarm in unnatürlichem Winkel ab.

„Ich – ich bin okay“, sagte sie.

Typisch. Sie markierte wieder einmal die harte Frau.

„Was ist mit deinem Ellbogen?“

„Wieso? Was soll da sein?“ Dora blickte an sich herab. „Scheiße. Ausgekugelt. Tut aber kaum weh.“

Moni setzte ihren Rucksack ab und befühlte den Ellbogen vorsichtig. „Das kommt noch. Du hast einen Adrenalinschock. Ich rufe die Bergwacht.“

„Quatsch. Wir müssen das einrenken, bevor alles anschwillt. Jetzt sofort.“

„Das ist zu gefährlich, außerdem könnte da noch mehr kaputt sein.“

Moni zog ihr Smartphone aus ihrem Rucksack. „Verdammt. Leer. Das ist wieder mal typisch. Hast du ein Handy dabei?“

„Nein, das habe ich im Bus vergessen. Ich bringe heute nichts auf die Reihe. Und jetzt mach schon, hilf mir!“

„Kommt nicht in Frage. Ich gebe dir eine Schmerztablette, und dann renne ich runter zum Auto und rufe die Sanis. Tut außer deinem Gesicht und dem Ellbogen noch irgendwas weh?“

Dora betastete ihre Glieder und streckte sie. „Passt schon. Ich glaube, ich kann gehen. Und jetzt nimm den Arm und ziehe mal kräftig daran. Vielleicht rutscht das Gelenk dann wieder richtig hin.“

„Nein.“ Moni zog ein Verbandspäckchen aus ihrem Rucksack und nahm einen Tablettenstreifen mit Voltaren heraus; das Mittel hatte sie immer dabei, es gehörte zur Grundausstattung eines älteren Bergsteigers – oh nein!

Dora umklammerte ihren linken Unterarm mit ihrer rechten Hand und zog und drückte aus Leibeskräften daran. Ihre Zähne knirschten, auf ihrer Stirne stand Schweiß.

Moni ließ die Tabletten fallen. „Hör auf damit, du blöde Kuh!“

Dora zerrte weiter und presste hervor: „Scheiße, Moni, hilf mir, los, mach schon!“

Plötzlich ein Knacken, Dora schrie auf und sog den Atem ein paarmal laut ein, es klang fast wie ein Schluchzen. Dann begann sie zu wimmern. Der Schock nach dem Sturz hatte wohl nachgelassen, nun setzten die Schmerzen richtig ein.

Moni beugte sich über den Arm, der zitternd in Doras Schoß lag, und krempelte ihr Funktionsshirt hoch, um ihn genauer anzuschauen. Die seltsame Ausbuchtung am Ellbogen war verschwunden.

„Ich glaube, du hast noch mal Schwein gehabt“, sagte Moni. „Vielleicht war das Gelenk nur teilweise herausgerutscht, sonst hättest du das nicht geschafft.“ Sie hob den Tablettenstreifen auf, drückte zwei Pillen durch und hielt sie Dora hin. „Schluck das. In einer halben Stunde fühlst du dich besser.“

Dora gehorchte. „So. Und jetzt gehen wir runter.“

„Moment noch“, sagte Moni, „wir brauchen eine Trageschlinge für deinen Arm.“ Sie streifte ihr langärmeliges Hemd über den Kopf und knotete es um Doras Schulter. Die brachte ein gequältes Grinsen hervor. „Schade, dass kein Mann dabei ist, der den Anblick genießen kann.“ Wie meistens in den Bergen trug Moni keinen BH. Sie warf einen Blick auf ihre spitzen kleinen Brüste. „Spielt keine Rolle. Da ist eh nicht viel dran.“

Schnell zog sie ihre Windjacke über. Dann stützte sie Dora beim Aufstehen und ihren ersten Schritten. Es ging recht gut, Dora humpelte nicht einmal. Trotzdem stieg sie auf dem steilen Schotterpfad extrem vorsichtig ab, um nicht auf den verletzten Arm zu fallen. Über die großflächige Schürfwunde in ihrem Gesicht verlor sie kein Wort. In einer halben Stunde waren sie unten am Auto.

***

Im Krankenhaus in Sterzing behielten sie Dora gleich über Nacht. Beim Röntgen war herausgekommen, dass ein Knochenstück an der Elle abgebrochen war; Dora musste operiert werden.

Abends um neun, nach endloser Warterei in Krankenhausfluren, stieg Moni in Doras Bus und fuhr in die Berge hinauf. Dort fand sie an einer kaum befahrenen Straße eine Parkbucht im Wald, wo sie die Nacht verbringen wollte.

Sie stellte den Motor ab. Seit sie vom Ciavazes aufgebrochen waren, ließ sie der Gedanke an Oliver Baudels Tourenbuch nicht los. Hatte es Dora buchstäblich aus dem Gleichgewicht gebracht? Wo war es jetzt? Dora hatte es weggesteckt, als Moni vom Pinkeln zum Bus zurückgekehrt war; wegen der Kälte am Morgen hatte sie ihren Daunenanorak getragen.

Moni stieg aus dem Auto. Ein schwarzer Wall aus Fichten säumte die Straße, der Himmel war ein nachtblaues Meer voller glitzernder Lichter. Einen Augenblick lang stand sie still da und sog den feinen Duft von Holz und Nadeln ein.

Warum hatte dieses Tourenbuch Dora so erschüttert?

Moni ging zur Heckklappe und öffnete sie. Was für ein Durcheinander! Seile, Rucksäcke, ein halber zerquetschter Schokoladenkuchen, Bücher, Karabiner, eine aufgerissene Packung Salami, verschwitzte Klamotten. Morgen würde sie das alles aufräumen, für Dora eine Tasche packen und sie zu ihr ins Krankenhaus bringen. Aber jetzt hatte sie keine Geduld. Sie warf das Zeug wahllos aus dem Bus.

Endlich entdeckte sie einen Zipfel blauen Stoffs, der zu Doras Daunenanorak gehörte. Sie zerrte ihn heraus, spürte etwas Hartes und zog es aus der Tasche.

Ein kleines Buch.

Hier war es zu dunkel, um zu lesen. Sie kletterte auf den Fahrersitz, schaltete das Licht ein und sah sich den ausgebleichten grünen Einband an. Darauf stand von Hand geschrieben: „Bergtouren 2012 –“

Moni schlug das Büchlein auf. Das Übliche. Datum, Berg, Routenname, Schwierigkeit. Dann der Kletterpartner, die Zeit der Begehung und ein Vermerk, in welchem Stil Oliver die Route geklettert hatte. Meistens stand „RP“ dabei, manchmal „A0“ oder „A1“ und die Anzahl der verwendeten Haken.

Moni blätterte, versuchte, sich ein Bild davon zu machen, wie oft und mit wem Oliver unterwegs gewesen war. Dora wurde am häufigsten genannt, manchmal auch Mike oder andere Namen, die Moni nicht kannte. Im Sommer war er mindestens jedes zweite Wochenende zum Klettern in die Berge gefahren, im Winter beging er gefrorene Wasserfälle, aber nicht so häufig. Vielleicht hatte er mit Nicole Skitouren gemacht.

Seltsam. Auf einmal war er nicht mehr Oliver Baudel für sie, das Mordopfer, sondern Oliver, ein Bergsteiger und Kletterer, der ähnlich tickte wie sie.

Moni wendete eine Seite nach der anderen, überflog, von Respekt erfüllt, die Tourenliste. „Engländerführe" an der Aiguille de Blaitière, die „Pumprisse", der „Pilastro" an der Tofana di Rozes rotpunkt …

Der letzte Eintrag sah anders aus als die knappen Notizen zuvor. Kein Routenname, keine Schwierigkeitsangabe. Nur ein Datum, und dann ziemlich viel Text in sehr krakeliger Schrift.

14.8.2015. Dora fährt, ich werde sie in einer Stunde ablösen, vorher sollte ich ein bisschen schlafen. Aber das geht nicht, obwohl ich total geschafft bin. Mir geht zu viel im Kopf herum.

Oliver wurde in der Nacht vom 15. auf den 16. August ermordet. Der Eintrag erfolgte also nach der letzten Tour seines Lebens, der „Solleder"-Führe an der Civetta. Da das Buch im Bus geblieben war, musste er das während der Heimfahrt geschrieben haben.

Aufschreiben, alles aufschreiben, dann wird dir klar, was du willst, hat Peter immer wieder gesagt. Bei unserem nächsten Treffen lässt er mich sicher wieder diese blöde Stimmungskurve malen. Und die würde so aussehen: ein steiler Zacken aufwärts, Hochgefühl, das war das Biwak mit Dora. Und sobald ich wieder daheim bin, geht die Linie wieder runter, weit unter null.

Peter musste der Psychologe sein, den Mike erwähnt hatte.

Gestern wäre ich beinahe gestorben. Deshalb werde ich jetzt anfangen zu leben. So wie ich es will. Nicht wie mein Vater, meine Mutter und auch Nicole es wollen. Die sanfte Nicole sagt zwar nie, was sie von mir erwartet, aber ich weiß es auch so: Geld verdienen, Kinder in die Welt setzen.

Aber ich will frei sein. Keine Termine, keine Pflichten. Ich will klettern. Mit Dora.

Ein Tag und eine Nacht wie die in der Solleder ist mir hundertmal lieber als im Büro zu sitzen, am Abend vor dem Fernseher zu hocken und dann mit Nicole zu schlafen. Und Kinder? Will ich eigentlich Kinder? Vielleicht irgendwann. Nicht in den nächsten Jahren. Und nicht mit Nicole, das wäre wie Gefängnis.

Nicole ist eine wunderbare Freundin, sie liest mir alle Wünsche von den Augen ab. Dora ist das Gegenteil. Sie tut, was ihr gefällt. Ich begehre sie. Und liebe sie. Ich will mit ihr leben.

Ich schäme mich, Nicole sitzen zu lassen, und sie tut mir sehr leid. Aber ich liebe sie nicht mehr. Mit einem anderen Mann wird sie glücklicher sein als mit mir.

Ich muss nur noch dieses Fest durchstehen, ich kann das nicht mehr abblasen. Und danach werde ich es ihr sagen.

Moni klappte das Tourenbuch zu, legte es auf den freien Sitz und lehnte sich zurück. Das war ja der Hammer! Oliver hatte Dora geliebt, nicht Nicole.

Was bedeutete das für den Mordfall? Eigentlich war Moni nach diesem Tag zu erschöpft, um nachzudenken. Aber sie konnte jetzt unmöglich schlafen, neue Ideen und Szenarien wirbelten in ihrem Kopf. Hätte Nicole das Tagebuch gelesen, so hätte sie ein starkes Motiv gehabt, Oliver umzubringen … Aber nein, sie konnte es nicht gelesen haben! Es hatte die ganze Zeit in Doras Bus gelegen. Und Oliver hatte vorgehabt, Nicole erst nach dem Fest zu eröffnen, dass er sich von ihr trennen wollte.

Und Dora? Sie konnte durch Olivers Tod nichts gewinnen … Moment, der Schluss war falsch, damals bei dem Fest hatte sie ja keine Ahnung gehabt, dass Oliver sie liebte. Vielleicht hatte Nicole etwas über eine bevorstehende Hochzeit angedeutet, um ihre Rivalin zu ärgern. Und Dora hatte den Gedanken daran nicht ertragen und den Mann umgebracht, den sie liebte.

24. KAPITEL

Moni öffnete die Tür zu Doras Krankenhauszimmer mit gemischten Gefühlen. Bisher hatte sie Dora nie wirklich als Mörderin in Betracht gezogen, sonst wäre sie nicht mit ihr in die Berge gefahren. Aber inzwischen sprach einiges gegen sie. Vielleicht wäre alles anders gelaufen, wenn sie gewusst hätte, dass Oliver sie liebte …

Ein Dreibettzimmer, voll besetzt, hellgraues Linoleum und weiße Schränke, kitschige Blumenbilder.

Doras Bett stand der Tür am nächsten; sie lag auf dem Rücken und drehte ihr Gesicht in Monis Richtung. Es hatte eine seltsame Farbe, als sei ihre rotbraun gebrannte Haut mit Weiß vermischt worden.

„Hallo, Moni."

Moni stellte die für Dora gepackte Tasche ab. „Hi, Dora. Wie geht es dir?"

Doras Stimme klang verwaschen. „Okay. Ich bin nur ein bisschen müde, ich bin erst seit einer Stunde aus dem Aufwachraum zurück."

Moni nickte der Frau hinter Dora zu, die sie neugierig anblickte, die andere am Fenster löste Kreuzworträtsel. Dora Fragen zu Oliver und seinem Tourenbuch zu stellen war ausgeschlossen.

Moni zog sich einen Stuhl heran und setzte sich.

„Wie war die OP, ist alles gut gegangen?"

„Super. Aber es ist trotzdem zum Heulen. Bis der Splitter angewachsen ist, dauert es sechs Wochen, und bis dahin hat mir der Doc das Klettern verboten."

„Das ist hart", sagte Moni. „Ich hoffe, du bist vernünftig."

„Klar doch, ich bin ein vorsichtiger Mensch. Deshalb werde ich in den nächsten Wochen im Toprope und nur einarmig klettern. Angeblich ist das ein tolles Training für Dynamos."

Sie redeten eine Weile über die „Micheluzzi", Doras Pläne für den nächsten Sommer und ob der „Schaumschläger" in der

Fränkischen Schweiz eine Sechs plus oder eher Sieben minus sei – alles typische Kletterer-Themen. Und sie machten aus, dass Dora Moni anrufen sollte, sobald sie ihren Entlassungstermin wusste.

Nach einer Viertelstunde verabschiedete sich Moni, da Dora ziemlich schlapp wirkte.

Die Fragen, die ihr auf der Zunge brannten, mussten warten. Zum Beispiel, ob Dora etwas über Olivers Psychologen wusste. Aber vielleicht konnte ihr da Nicole weiterhelfen. Zurück am Auto rief sie bei ihr an, aber sie meldete sich nicht. Moni hinterließ ihr eine Nachricht auf der Mailbox.

Die Fahrt über den Brenner war ein Alptraum.

Es war so düster, als wäre schon Abend, Schneeflocken rasten auf die Frontscheibe zu, es sah aus wie eine Bildstörung in einem Schwarz-Weiß-Fernseher. Die Straße wurde zu einem weißen Streifen, begleitet von fliegenden grauen Schatten.

Moni war fix und fertig, als sie vor ihrem in Schnee verpackten Häuschen parkte.

Sie duschte, trank einen Viertelliter Kaffee und knabberte dazu von Martl gebackene Schokoladenplätzchen. Dann checkte sie ihr Handy. Noch immer keine Nachricht von Nicole, seltsam.

Moni rief Rosmarie Baudel an und fragte, ob ihr ein Besuch passen würde. Ja, sie könne gerne kommen, sagte die alte Dame, sie fühle sich heute etwas besser als in letzter Zeit.

Eine Stunde später folgte Moni Ewelina die Treppe hinauf. Die Krankenpflegerin erzählte, Rosmarie Baudels Zustand habe sich in den letzten Wochen rapide verschlechtert, sie habe keine Kraft mehr aufzustehen, würde die meiste Zeit vor sich hindämmern und kaum noch etwas essen. Die neuen Medikamente hätten ihr nicht gut getan.

Moni betrat das vornehm ausgestattete Zimmer, in dem die alte Dame in ihrem Bett lag. Der Geruch hatte sich seit ihrem letzten Besuch verändert, ihr schlug eine widerwärtige Mischung aus Schweiß, Urin und Desinfektionsmittel entgegen.

Als Moni Rosmarie Baudels Gesicht sah, erschrak sie.

Ihr Kopf erinnerte an einen Totenschädel. Das blond gefärbte Haar war am Ansatz grau und hing strähnig herab. Bei der Begrüßung klang ihre Stimme brüchig.

Ewelina ließ sich auf einem Stuhl am Fenster nieder, Moni setzte sich neben das Bett. Sie verriet nicht, dass sie trotz ihrer Entlassung als Detektivin weiter ermittelte, stattdessen plauderte sie über den Neuschnee und Weihnachten. Dann fragte sie: „Wo ist eigentlich Nicole?"

„In Bad Wiessee. Eine alte Schulfreundin von ihr ist im Krankenhaus, sie hatte einen Autounfall. Nicole kümmert sich um ihre Kinder, bis ihre Schwester einspringt. Nicole hat sich extra Urlaub genommen. Sie liebt Kinder."

Ein Lächeln machte Rosmarie Baudels Gesicht auf einmal lebendig. „Stellen Sie sich vor, sie ist schwanger! Es ist nur schade, dass ich meinen Enkel nicht mehr kennenlernen werde."

Moni brauchte einen Moment, um das zu verdauen. Nicole war schwanger? Wieso hatte sie nie etwas darüber gesagt? „Das ist schön! In welchem Monat ist sie denn?"

„Am Anfang des sechsten. Sie hat es mir erst gesagt, als sie überzeugt war, dass nichts mehr schiefgehen konnte."

Moni rechnete. Jetzt war der 20. Dezember. Oliver war Mitte August ermordet worden. Damals war Nicole also im zweiten Monat gewesen. Und mit einer Schwangerschaft war man normalerweise ab dem vierten auf der sicheren Seite. „Wann hat sie es Ihnen erzählt?"

„Mitte Oktober."

Warum erfuhr Moni erst jetzt davon?

„Bitte nehmen Sie es mir nicht übel, dass ich Ihnen das damals nicht gesagt habe", fuhr Rosmarie Baudel fort. „Nicole wollte es nicht an die große Glocke hängen. Für die Ermittlungen spielte es ja keine Rolle."

„Ich denke schon", erwiderte Moni. „Waren Sie eigentlich wegen Nicoles Schwangerschaft bei einem Anwalt?"

„Ja. Ich habe mit ihm über eine Änderung meines Testaments gesprochen. Als ich dann erfuhr, dass mein Bruder verhaftet wurde, habe ich mich entschieden, nur meinen Enkel und Nicole als Erben einzusetzen."

Durch den Betrug mit dem Ohrring hatte Ginzling also genau das Gegenteil von dem erreicht, was er sich erhofft hatte.

Die Stimme von Rosmarie Baudel war sehr leise. Moni beugte sich über sie, um besser zu verstehen.

„Ich habe Eberhard immer gern gehabt. Es tut so weh."

Die alte Dame lag nun still da, die Augen halb geschlossen.

„Kann ich irgendetwas für Sie tun?", fragte Moni.

„Nett, dass Sie mich besucht haben."

Es war nicht der rechte Moment, sie nach Olivers Psychologen zu fragen, vermutlich wusste sie ohnehin nichts darüber. Nur wenige Männer würden bei psychischen Schwierigkeiten ihrer Mutter davon erzählen.

Moni verabschiedete sich; Ewelina begleitete sie bis zur Haustür.

„Es ist traurig, dass Frau Baudel ihren Enkel nie sehen wird", sagte Moni.

Ewelina lachte spöttisch. „Ihr Enkel? Da sie irrt sich vielleicht."

Moni warf ihr einen Seitenblick zu. Auf dem Gesicht der Polin lag ein gehässiger Ausdruck.

„Haben Sie Zweifel an der Schwangerschaft?"

„Nein. Aber das Kind ist vielleicht von Liebhaber. Ich habe Nicole gehört am Telefon, Stimme wie Zucker, sie hat mit einem gesprochen, der Hansi heißt. Danach hat sie erzählt, dass sie nach Bad Wiessee muss wegen Freundin. Und mit Frau Baudel ist sie immer ganz lieb, ich habe nicht gleich gemerkt, wie sie ist, aber jetzt weiß ich, sie ist genervt und ekelt sich vor kranker alter Frau."

Hansi! Moni wusste von Liam, dass Nicole den Besitzer von Outdoorfun so genannt hatte, als sich die beiden unbeobachtet glaubten. Es war nicht anzunehmen, dass Nicole mehr als einen Hansi in ihrem Bekanntenkreis hatte.

***

Abends um halb neun saß Moni zu Hause und dachte nach. Der Besuch bei Rosmarie Baudel warf ein neues Licht auf den Fall. Das Telefon läutete – Nicole! Sie entschuldigte sich, dass sie nicht früher angerufen hatte, und erklärte, sie sei mit den Kindern sehr beschäftigt gewesen, aber jetzt wären sie im Bett.

Moni fragte, ob sie Nicole morgen in Bad Wiessee besuchen könne, sie hätte noch ein paar Fragen wegen Olivers Tod.

„Ach, und ich habe gedacht, du würdest gar nicht mehr ermitteln“, sagte Nicole. „Glaubst du denn nicht, dass es Eberhard war?“

„Ich bin mir nicht ganz sicher. Irgendetwas ist dabei faul. Ich würde das lieber nicht am Telefon mit dir besprechen.“

Moni wollte Nicole beobachten, wenn sie ihr die Sache mit dem Tourenbuch erzählte.

„Kann das nicht warten, bis ich daheim bin?“, fragte Nicole.

„Wann bist du wieder in München?“

„Ganz genau weiß ich es nicht, vermutlich Dienstag, ich würde mich freuen, dich dann zu treffen.“

Nicoles Stimme klang eifrig. Ihr schien viel daran zu liegen, dass Moni nicht nach Bad Wiessee kam.

War sie überhaupt dort? Das war durchaus möglich, selbst wenn das mit ihrer Freundin nicht stimmte. Gute Lügner mischten gern ein Stückchen Wahrheit in ihre Storys.

„Ich will morgen auf Skitour gehen, der Schneefall soll nachlassen, und ich hoffe auf Pulver“, erklärte Moni. „Da bin ich sowieso in der Gegend.“

„Welche Tour hast du denn vor?“, fragte Nicole.

„Die Aiplspitz.“

„Eine schöne Abfahrt. Ich war mal mit Oliver auf dem Jägerkamp nebenan.“

Moni versuchte, Nicole in die Enge zu treiben. „Sehen wir uns dann morgen?“

Sie reagierte geschickt. „Moment, ich muss mal nachdenken. Mit den Kids ist das nicht so günstig.“

Sie schwieg eine Weile, dann fuhr sie fort: „Also wir könnten uns vormittags um halb zehn in einem Café treffen. Ich

will Anna im Krankenhaus in Agathavried besuchen, da ist eine Nachbarin bei den Kindern und ich habe ein bisschen Luft."
„Gut, dann komme ich am besten in die Cafeteria im Krankenhaus", erwiderte Moni.
„Da ist der Kaffee miserabel. Gehen wir lieber ins ‚Café Lebzelter' in Miesbach, das liegt auf deiner Strecke und auch in der Nähe von Agathavried. Es ist total gemütlich dort, die Lebkuchen sind toll."
„Sag bloß, du isst seit Neuestem Süßigkeiten!"
Nicole kicherte. „Ich nicht, aber du vielleicht. Und ich war früher manchmal mit Oliver dort, er war hin und weg von den Dingern, weil da jede Menge Nüsse und Marzipan drin sind. Eine schöne Erinnerung …"
„Abgemacht, dann bis morgen um halb zehn", sagte Moni.
Es gab keine Anna, da war sie so gut wie sicher.
Dudelidudeli. Dudeli … Monis Haustür.
Sie öffnete, Liam trat ein, gefolgt von Martl. Moni umarmte beide.
Die Besucher zogen ihre Schuhe aus, legten ihre Jacken ab und ließen sich im Wohnzimmer nieder; Moni nahm auf ihrem geliebten Sofa ihnen gegenüber Platz. Auf dem Couchtisch standen Mineralwasser und Orangensaft, ein Teller mit Martls Weihnachtskeksen und ein Tannenzweig mit einer Kerze.
Moni zündete sie an. Ein intensiver Duft nach Bienenwachs erfüllte den Raum. „Schön, dass ihr da seid."
Martl lächelte breit. „Selbstverständlich. Du hast ja gesagt, es geht um deinen Kopf."
„Richtig, der ist so wirr vor lauter Nachdenken, dass ihr mir helfen müsst, Ordnung zu schaffen."
„Aber ich würde dich gerne ein bisschen durcheinander bringen", erwiderte Martl und schaute Moni in die Augen.
„Wieso?", fragte Liam.
Moni und Martl brachen in Gelächter aus.
Liam stimmte ein. „Habs schon kapiert, sooo doof bin ich auch wieder nicht. Ihr flirtet. Oma, das hätte ich nie von dir gedacht!"

Moni lenkte ab. „Apropos Flirt. Wie steht es denn zwischen dir und Susi?“

Liam wich ihrem Blick aus. „Äh – wie gehabt. Eigentlich ... eigentlich mag ich sie sehr und denke oft dran, wie es wäre, wenn ... Aber ich weiß irgendwie nicht, ob das reicht, ob es nicht doch eher Freundschaft ist. Ich fühle mich ihr näher als damals in der ersten Verliebtheit.“

„Glaubst du, dass Susi dich liebt?“

Liam zuckte mit den Schultern. „Ich weiß nicht. Sie umarmt mich bei der Begrüßung, und dabei wird mir warm, aber das wars schon. Und ich will nicht den ersten Schritt tun, weil sie sich mir gegenüber nicht verpflichtet fühlen soll – oder so ähnlich – äh – na ja, vielleicht fürchte ich mich auch ein bisschen vor einer Abfuhr.“

Moni nahm sich vor, mit Susi zu reden. Es wäre zu blöd, wenn beide darauf warteten, dass der andere die Initiative ergriff.

„Ich habe euch nicht wegen Liebesangelegenheiten gebeten zu kommen“, sagte Moni. „Natürlich geht es um meinen Mordfall.“

Martl hob die Brauen. „Hast du etwas Neues herausgefunden?“

„Ja. Ich halte es für möglich, dass der Täter eine Frau war.“

Liam fuhr auf. „Eine Frau? Mit einer Axt?“

„Mit einem Beil“, berichtigte Martl. „Warum sollte eine Frau es nicht benutzen, wenn sie außer sich vor Wut oder Eifersucht ist und gerade so ein Ding in der Nähe ist?“

Liam schüttelte heftig den Kopf. „Das passt nicht. Es ist – zu brutal.“

„Es gibt brutale Frauen und sanfte Männer“, widersprach Martl.

„Schon wieder mit einem Vorurteil ertappt“, sagte Liam. „Oma, jetzt rück raus damit. Wen verdächtigst du?“

„Es sind zwei Kandidatinnen. Nicole. Und Dora.“

Moni erzählte ihnen von ihrem Dolomiten-Trip mit Dora, dem Tourenbuch, Nicoles Schwangerschaft. Und ihrem Verdacht, dass Nicole in Bad Wiessee ihren Freund Hansi traf.

Nachdem sie ein paar Fragen von Martl und Liam beantwortet hatte, erklärte sie: „Ich schlage vor, jetzt Argumente und Gegenargumente zu sammeln."

„Ich sehe bei Nicole kein Motiv", begann Martl. „Im Tourenbuch stand doch, dass Oliver ihr erst nach dem Fest von Dora erzählen wollte."

„Stimmt", erwiderte Liam. „Aber vielleicht hat er es ihr doch schon vorher gesagt. Und dann ist sie ausgerastet."

Moni schüttelte den Kopf. „Das kommt mir wenig wahrscheinlich vor. Oliver ist am Freitag spät in der Nacht aus den Dolomiten zurückgekehrt, ab Samstagmittag war er zusammen mit Nicole im Wochenendhaus, um das Fest vorzubereiten, und kurz darauf sind die ersten Gäste aufgetaucht. Ich kann mir nicht vorstellen, dass Oliver seiner Freundin so zwischen Tür und Angel das Ende ihrer Beziehung verkündet hat."

Martl strich eine silbergraue Strähne aus seiner Stirn. „Und wenn er es aus irgendeinem Grund doch getan hätte, wäre aus der Feier nichts geworden. Oder die Gäste hätten merken müssen, dass mit Nicole und Oliver etwas nicht stimmte."

Liam brach ein Zweiglein ab und zündelte damit an der Kerze. „Vielleicht hat Nicole Dora und Oliver beim Händchenhalten oder Schlimmerem beobachtet."

Er blies auf den Schnipsel Tannenzweig, Rauch stieg auf. Ein intensiver Duft erfüllte das Zimmer. Gegen das Fenster trieben Wolken von Schnee.

„Nun zu Doras Motiv", sagte Moni. „Auf den ersten Blick ist sie eher der Typ, der zu einem Mord mit einem Beil fähig ist. Aber warum sollte sie Oliver umbringen?"

„Nach der gemeinsamen Biwaknacht war sie noch heftiger in ihn verliebt als vorher und verrückt vor Eifersucht auf Nicole", schlug Martl vor. „Sie konnte den Gedanken nicht ertragen, dass er zu ihr zurückkehrte, da erschien es ihr noch besser, dass ihr Geliebter starb."

Liam hatte ein Vanillekipferl genommen; es zerkrümelte zwischen seinen Fingern. „Aber dann hätte Dora doch Nicole umbringen müssen!"

Moni schüttelte den Kopf. „Sie hatte keine Hoffnung, dass sich Oliver nach Nicoles Tod ihr zuwenden würde; sie glaubte, sie sei zu wenig attraktiv und zu alt für ihn. Dann las sie in seinem Tourenbuch, dass er Nicole ihretwegen verlassen wollte. Wenn sie ihn ermordet hat, so ist das tragisch."

Alle schwiegen eine Weile und schauten in die flackernde Kerze.

Moni ergriff wieder das Wort. „Wenn Dora die Täterin war, ist es absolut verständlich, dass sie bei der Tour am Ciavazes nicht sie selbst war und beim Klettern Fehler machte."

„Aber auch wenn sie Oliver nicht ermordet hat, war es für sie verstörend, von seiner Liebe zu ihr zu erfahren", erwiderte Martl. „Es machte seinen Tod noch schlimmer. Und ihr altes Selbstbild, nicht begehrenswert zu sein, wurde erschüttert."

Liam nahm ein neues Vanillekipferl als Ersatz für das andere, das zu einem Häufchen Sand geworden war. „Gegen Dora spricht außerdem, dass Nicole zweimal fast ums Leben gekommen wäre, als sie in ihrer Nähe war. Vielleicht fürchtete Dora, Nicole hätte irgendetwas gegen sie in der Hand. Hast du inzwischen eigentlich Federico erreicht?"

„Leider nicht. Er ist in Südafrika, ich habe ihm eine SMS geschickt. Übrigens könnten auch der Überfall am Riederstein und die Sache mit der Pistole auf Doras Konto gehen; vielleicht wollte sie Ginzling belasten, um von sich abzulenken. Und Dora hätte den Balkon erklettern können, Nicole nicht."

„Das mit Ginzling wäre ein kompliziertes Manöver gewesen, das leicht schiefgehen und auf Doras Spur führen konnte", gab Liam zu bedenken.

Martl nickte. „Ja. Aber Mörder sind oft paranoid und machen gerade in dem Bemühen, ihre Tat zu verschleiern, dumme Fehler."

Sie diskutierten noch eine Weile, ohne neue Erkenntnisse zu gewinnen. Dann fragte Liam: „Wie willst du jetzt weiter ermitteln, Oma?"

Sie erzählte, dass sie sich morgen mit Nicole treffen und sie mit dem Tagebuch konfrontieren wollte.

„Pass bloß auf dich auf“, sagte Martl.

„In einem Café kann sie mir nichts tun.“

„Da bin ich nicht so sicher“, erwiderte er. „Ich nehme mir morgen Vormittag frei. Dann komme ich auch ins Café und beobachte, was zwischen euch läuft.“

25. KAPITEL

An der Scheibe des „Café Lebzelter" war in altertümlicher Schrift zu lesen: „Konditorei – Wachszieherei". Innen war es hell und gemütlich, aber ein bisschen wie aus der Zeit gefallen. Das Parkett knarzte, als Dekoration dienten Stücke der ehemaligen Wachszieherei, meist Votivgaben für Heilige und Wachsbilder mit frommen Szenen. Um diese Zeit saßen nur ein Zeitungsleser und ein Grüppchen Damen beim Kaffee, Nicole hatte sich ziemlich weit von ihnen entfernt an einem Ecktisch niedergelassen. Sie blickte Moni entgegen. Um ihre großen braunen Augen lagen tiefe Schatten, ihr Gesicht wirkte ausgezehrt. Bei der Begrüßung klang ihre Stimme matt. Sie wirkte eher krank als schwanger.

Moni setzte sich ihr gegenüber. „Ich habe leider nur eine Viertelstunde, Moni", begann Nicole. „Wie kann ich dir bei den Ermittlungen helfen?"

Wenn Nicole so wenig Zeit hatte, blieb Moni nichts anderes übrig, als schnell zur Sache zu kommen. „Frau Baudel hat mir erzählt, dass du ein Kind erwartest. Herzlichen Glückwunsch!"

Nicole lächelte. „Danke. Ich freue mich sehr."

„Hat Oliver gewusst, dass du schwanger bist?"

Ein winziges Zögern. „Nein. Damals war ich erst im zweiten Monat. Auf Oliver kam eine Menge Stress zu, weil er Geschäftsführer wurde. Wenn mit dem Kind etwas passiert wäre, hätte ihn das noch zusätzlich belastet."

„Dem Partner eine Schwangerschaft zu verschweigen, ist ungewöhnlich", kommentierte Moni.

„Nach dem dritten Monat wollte ich es ihm sagen. Und jetzt ist er gestorben und hat diese große Freude nicht mehr erlebt."

Die Bedienung erschien, fragte nach ihren Wünschen. Moni bestellte Cappuccino und Lebkuchen, Nicole Kamillentee.

Moni nahm den Faden wieder auf. „Dann war das Kind also geplant?"

„Natürlich. Ich habe dir doch schon erzählt, dass wir Kinder bekommen und heiraten wollten. Aber sag mal, warum interessiert dich das bei deiner Ermittlung?“

„Weil Rosmarie Baudel ihr Vermögen dir und dem Kind vermachen wird.“

Oliver hatte zumindest in den nächsten Jahren keine Kinder gewollt, das war durch seinen letzten Eintrag in seinem Tourenbuch klar. Irrte sich Nicole in Bezug auf Olivers Einstellung, oder log sie, weil das nicht zum Bild eines Traumpaars passte?

„Oliver ist übrigens zu einem Psychologen gegangen“, sagte Moni. „Warum?“

Nicole stutzte, schaute verwirrt drein. „Das kann nicht stimmen. Das hätte er mir doch erzählt!“

„Ich weiß es sicher“, entgegnete Moni.

Die Bedienung kam herbei, stellte Kaffee, Lebkuchen und Tee auf den Tisch, lächelte und verschwand wieder. Wo blieb Martl nur? Eigentlich hätte er kurz nach Moni im Café erscheinen sollen. Er war mit seinem Auto gefahren, da er am Nachmittag arbeiten musste.

„Welche Probleme hatte Oliver?“, fragte Moni.

Nicole hängte den Teebeutel in ihr Glas. „Gar keine. Er war total glücklich. Und ich auch.“

Moni fasste Nicole scharf ins Auge. „Ich habe gehört, dass du mit dem Besitzer der Firma Outdoorfun befreundet bist. Das war sicher günstig für Olivers Karriere.“

Nicoles Gesichtsausdruck veränderte sich nicht. Ihre Mutter hatte ihr also erzählt, dass Moni von ihrer Beziehung zu Rinkelfahr wusste. „Er ist ein alter Freund“, erklärte sie. „Aber er ist auch ein guter Geschäftsmann. Wenn er Oliver den Job gegeben hat, dann weil er ihn für den Besten hielt. David wäre die schlechtere Wahl gewesen, die Mitarbeiter respektieren ihn nicht als Bergsport-Experten.“ Sie warf einen Blick auf ihre Uhr. „Ich muss bald weg, die Kinder ...“

Moni legte den Lebkuchen aus der Hand, den sie gerade hatte probieren wollen. „Schon klar. Aber ich wollte dir vorher noch etwas zeigen." Sie zog Olivers Tourenbuch aus ihrer Handtasche und hielt es hoch. „Das hier."

„Aber das ist ja das Buch, in dem Oliver immer seine Routen aufgeschrieben hat!", sagte Nicole. „Wo hast du das her? Ich wollte es als Erinnerung, habe es aber nicht gefunden."

„Er hat es in Doras Bus vergessen. Es ist aufgetaucht, als wir kürzlich miteinander in den Dolomiten waren. Der letzte Eintrag stammt vom Freitag, dem 14. August, und wurde von Oliver vermutlich während der Heimfahrt aus der Civetta geschrieben, also kurz vor seinem Tod. Und dieser letzte Text ist etwas Besonderes. Darin geht es nicht um Routen und Schwierigkeitsgrade."

Nicole griff nach dem Büchlein, aber Moni hielt es fest. „Ich möchte dir etwas daraus vorlesen." Sie schlug die vorletzte Seite auf.

„Gestern wäre ich beinahe gestorben. Deshalb werde ich jetzt anfangen zu leben. So wie ich es will. Nicht wie mein Vater, meine Mutter und auch Nicole es wollen."

Moni hielt inne und beobachtete Nicoles Reaktion. Ihre Augen waren weit aufgerissen, ihre Hände zitterten.

Moni las weiter: „Die sanfte Nicole sagt zwar nie, was sie von mir erwartet, aber ich weiß es auch so: Geld verdienen, Kinder in die Welt setzen. Aber ich will frei sein. Keine Termine, keine Pflichten. Ich will klettern. Mit Dora. Ein Tag und eine Nacht wie die in der Solleder ist mir hundertmal lieber als im Büro zu sitzen, am Abend vor dem Fernseher zu hocken und dann mit Nicole zu schlafen."

Ein erstickter Laut. Nicole stand ruckartig auf, eilte Richtung Toilette.

Moni fühlte sich miserabel. Diese Wahrheit zu hören musste furchtbar sein. Aber wie sonst hätte sie Nicole mit ihren Lügen konfrontieren können? Sie steckte den Lebkuchen in ihre Handtasche, der Appetit war ihr vergangen.

Wo blieb Martl nur? Sie brauchte ihn zwar nicht, Nicole würde sie bestimmt nicht hier im Café erschießen. Aber seltsam war es doch, dass er so lange ausblieb.

Moni fischte ihr Handy aus der Tasche und rief ihn an. Keine Reaktion, nicht einmal die Mailbox meldete sich. Sie wählte Liams Nummer. Der ging dran, wusste aber nichts über Martl.

Nicole kehrte zurück, ließ sich auf ihren Stuhl fallen. Ihr Gesicht war weiß wie Mehl. „Was steht da noch?"

Moni räusperte sich. „Nicole ist eine wunderbare Freundin, sie liest mir alle Wünsche von den Augen ab. Dora ist das Gegenteil. Sie tut, was ihr gefällt. Ich begehre sie. Und liebe sie. Ich will mit ihr leben. Ich schäme mich, Nicole sitzen zu lassen, und sie tut mir sehr leid. Aber ich liebe sie nicht mehr."

Nicoles Körper versteifte sich, sie ballte die Fäuste. „Dieses Scheißweib! Dora hat das geschrieben, die will mich fertigmachen!"

Moni drehte das aufgeschlagene Buch so, dass Nicole die Handschrift erkennen konnte.

Einen Moment lang saß sie da wie eingefroren. Dann griff sie sich an die Kehle, rang nach Luft. Ihr Oberkörper sackte nach vorn. Das Glas mit dem Tee kippte um, die Flüssigkeit ergoss sich über den Tisch. Ein Wimmern. „Nein. Nein, nein. Das ist alles nicht wahr. Oliver hat mich geliebt, nur mich. Nicht dieses hässliche Weib. Mich. Mich hat er geliebt."

Moni betrachtete das auf dem Tisch zusammengesunkene Häuflein Elend und versuchte, ihr Mitgefühl zu unterdrücken. Nicoles Kopf lag in einer Lache aus Tee, aber sie schien es nicht zu bemerken. Ihre Lebenslüge war entlarvt. Ihre Schönheit und Hingabe hatten nicht ausgereicht, um geliebt zu werden. Und ihr Traummann hatte eine Frau vorgezogen, die ihr so unähnlich war wie nur möglich.

Konnte man aus Nicoles Reaktion schließen, dass sie erst jetzt davon erfahren hatte? Nicht unbedingt. Oliver könnte es ihr diplomatischer, freundlicher gesagt haben. Was im Tagebuch stand, war grausam.

Nicole hob langsam den Kopf vom Tisch. Ihr Gesicht war rot und nass. „Ich muss jetzt gehen, die Kinder … Gib mir bitte das Tourenbuch."

Moni schüttelte ihre Gefühle ab. Vielleicht würde Nicole das Buch verbrennen, so als würde das die Wahrheit aus der Welt schaffen. Und das könnte auch der Grund gewesen sein, Oliver umzubringen … „Das darf ich nicht. Es ist ein Beweismittel in einem Mordfall.“

Nicole stand jäh auf, sie schwankte leicht und hielt sich an der Stuhllehne fest. Ihre Stimme klang hoch und verzerrt. „Du blöde alte Ziege!“

Dann marschierte sie mit nervösen, schnellen Schritten aus dem Lokal.

Moni starrte ihr hinterher.

Ein neuer Versuch, Martl zu erreichen. Nichts. War ihm etwas zugestoßen? Mach dich nicht verrückt. Vielleicht hat er eine Autopanne und kein Handy dabei.

Sie würde ihre Ermittlungen ohne ihn fortsetzen. Was sie vorhatte, war ja nicht gefährlich.

Es wäre dumm, Nicole mit dem Caddy zu verfolgen, sie kannte das Auto. Also wartete Moni ein paar Minuten, dann fuhr sie nach Bad Wiessee. Zuerst suchte sie in der Hauptstraße nach Nicoles gelbem Smart, dann in Nebenstraßen. Endlich fand sie ihn vor einer hohen Mauer, hinter der sich ein auf Bayerisch gestyltes Anwesen mit drei Stockwerken erhob.

Moni parkte gegenüber und musterte die geschnitzten Balkone, die großflächigen Fenster und das zweiflügelige Tor, vor dem ein halbes Dutzend Autos stand, darunter zwei Land Rover, ein Porsche und irgendein italienisches Geschoss. Das sah nicht aus wie das Haus einer normalen Familie.

Moni stieg aus, um das Schild neben dem Eingang zu entziffern: „Privatklinik Dr. Magersand“. Ließ sich Nicole hier wegen ihrer Schwangerschaft beraten? Aber dieses Gebäude wirkte nicht wie die Praxis eines Gynäkologen …

Moni suchte im Internet nach der Klinik und fand eine Website mit Fotos von luxuriösen Zimmern, einem Pool, Fitnessräumen, Massageliegen und raffinierten Gerichten von Sushi bis Wachtelbrüstchen. Im Text wurden die Leistungen des Hauses bei der Genesung von verschiedenen Krankheiten hervorgehoben.

Moni wartete eine Stunde. Gut gekleidete Menschen gingen ein und aus, vor allem Frauen, einige von ihnen trugen bodenlange Gewänder und einen Schleier, der nur ihre Augen sehen ließ. Nicole kam nicht wieder heraus. Schon bei dem Treffen im Café hatte sie gar nicht gut ausgesehen. Hatte sie eine schlimme Krankheit und verschwieg sie Rosmarie Baudel, um die sterbende alte Frau zu schonen?

Moni rief ihren Schwiegersohn an und bat ihn um Informationen über die Klinik Dr. Magersand in Bad Wiessee.

Dasitzen, warten, sitzen. Martl blieb unerreichbar. Warten. Moni knurrte der Magen, der Lebkuchen war längst den Weg aller guten Lebkuchen gegangen. Allmählich hatte sie die Nase voll vom Detektivspielen.

Ein sanftes Brummen, wieder so ein Luxusschlitten, eine silberfarbene Limousine. Auf der Fahrerseite stieg ein bulliger junger Mann mit einem schwarzen Backenbart aus; er eilte um das Auto herum und hielt die Beifahrer-Tür auf. Heraus kam ein dicker kleiner Kerl im dunklen Anzug. Er marschierte mit energischen Schritten zum Tor und drückte die Klingel. Dabei drehte er sich ein wenig zur Seite, so dass Moni sein Gesicht sehen konnte. Etwas fuhr ihr heiß in den Magen. Bingo!

Das war eindeutig „Hansi", Hans Rinkelfahr! Der Mann aus dem Album von Manuela Mitz. Der Mann, den Liam in seiner Villa mit Nicole zusammen beobachtet hatte. Der Mann, den Moll für einen Kriminellen hielt.

Das Tor glitt zur Seite, und Rinkelfahr betrat das Haus. Es dauerte eine Viertelstunde, bis er wieder erschien. Ohne Nicole. Moni sah der Limousine nach, bis sie um die Ecke verschwunden war.

Nicole war sicher keine Besucherin der Klinik, sondern eine Patientin, sonst würde sie sich nicht so lange dort aufhalten.

Monis Handy vibrierte. Sie ergriff es hastig. Bennos Stimme: „Hallo, Miss Marple. Immer noch am Ball?"

„Du hast deine Wette noch nicht gewonnen!"

„Du auch nicht, Monika."

„Hast du etwas über die Klinik herausgefunden?"

„Nicht viel. Sie ist in erster Linie auf die Reha reicher Leute nach Operationen spezialisiert."

„Ist das alles?"

„Meine Leute recherchieren weiter. Ich melde mich, sobald ich mehr weiß."

Wenn Moni bis heute Nacht hier vor der Klinik herumsaß, würde sie auch nicht mehr erfahren. Sie warf einen sehnsüchtigen Blick hinauf in die Berge, weiße Gipfel vor einem Himmel von dunklem Grau. Für die Tour auf die Aiplspitz würde es bald zu spät sein.

Moni stieg aus dem Auto und klingelte wie die anderen Besucher an der Sprechanlage am Tor. „Ich möchte gerne zu Nicole Mitz", sagte sie.

„Wen darf ich melden?", flötete eine weibliche Stimme.

„Monika Trautner."

„Einen Moment bitte." Es dauerte eine Weile, dann kam die Antwort: „Es tut mir leid, eine Nicole Mitz ist nicht auf meiner Liste."

„Aber ich bin mir sicher, dass sie hier ist. Sie ist eine auffallend schöne junge Frau mit langen dunklen Haaren, sehr blass ..."

„Bedaure, ich kann Ihnen da nicht helfen."

***

„Frau Mitz, jemand hat nach Ihnen gefragt."

„Wer?"

„Eine Frau namens Trautner."

„Wann?"

„Vor einer Minute."

„Vielen Dank, dass Sie mich informiert haben."

Nicole legte das Telefon auf und brach in Tränen aus. Sie hatte geglaubt, ganz nah an ihrem Ziel zu sein. Und jetzt das. Diese verdammte Detektivin! Sie wusste also, dass sie in dieser Klinik war und nicht beim Kinderhüten. Natürlich würde sie weiter nachforschen, warum Nicole hier war.

Es gab nur einen, der das in Ordung bringen konnte: Hansi. Aber ob er ihr noch einmal helfen würde?

Er hatte schon immer eine Schwäche für Nicole gehabt, ihr die Nasenoperation bezahlt, sie in seiner Agentur untergebracht und sie aus dem Kaff Pottenstein in die Welt der Reichen und Schönen geführt. Er hätte sie geheiratet, aber sie hatte sich für Oliver entschieden, der aus einer vermögenden Familie stammte, ohne eingebildet zu sein, viel jünger als Hansi war und fantastisch aussah. Ein Märchenprinz… Sie hatte ihn abgöttisch geliebt, sein mitreißendes Lachen tönte ihr noch immer im Ohr. Und im Bett hatte es mit ihm viel mehr Spaß gemacht als mit Hansi. Nicole ballte die Fäuste, dass sich ihre Fingernägel tief in ihre Haut gruben. Dieser Verräter!

Würde Hansi immer noch zu ihr stehen? Bei seinem Besuch in der Klinik hatte sie sich heulend in seine Arme geworfen und ihm von dem Treffen mit Monika Trautner und Olivers Tagebuch erzählt. Daraufhin hatte er ihr erklärt, sie solle zum Psychologen gehen, er eigne sich nicht als Seelentröster.

Sie zückte ihr Prepaid-Handy und tippte die Nummer ein, die sie nur in absoluten Notfällen anrufen durfte.

Hansi klang genervt. „Was gibt's denn schon wieder, Nicole?"

„Hansi, ach Hansi, du musst mir helfen."

„Irgendwann ist es genug."

„Bitte, Hansi. Denk an die alten Zeiten. Bitte. Ich bin – am Ende. Absolut am Ende." Sie schluchzte auf.

„Dann erzähle mir mal, in welcher Klemme du schon wieder steckst, und dann überlege ich mir, ob ich dir noch ein allerletztes Mal helfen werde oder nicht."

26. KAPITEL

Moni stieg die Skiabfahrt der Taubensteinbahn empor. Ihre Felle knirschten auf der harten Piste, sonst war es still in der Gasse zwischen den Fichten, deren Äste sich unter dem Gewicht des Schnees nach unten bogen.

Sie war ganz schön spät dran. Es hatte noch eine Verzögerung gegeben, weil Federico sich endlich per SMS gemeldet hatte. Natürlich hatte sie ihn sofort angerufen. Das Ergebnis des in englisch-italienischem Kauderwelsch geführten Gesprächs war eindeutig: Dora konnte den Steinschlag an den Sonnenplatten nicht geplant haben. Aber vielleicht war ihr spontan die Idee gekommen, als sie Nicole unten in der Wand in ihrer Schusslinie sah.

Die altmodischen Vierer-Gondeln schwebten über ihr, ohne sich zu bewegen, die Bahn war im Winter nur von Freitag bis Sonntag in Betrieb, und heute war Montag. Das Gebiet drüben am Rosskopf und Stümpfling mit seinen Schneekanonen und modernen Anlagen war dem Klimawandel weit besser angepasst, und dort mutete man es den Skifahrern auch nicht zu, zwischen den Abfahrten ein Stückchen zu Fuß zu gehen. Ab dem kommenden Winter würden die Hänge unter der Taubensteinbahn ganz den Tourenskifahrern gehören.

Sollte Moni Rosmarie Baudel erzählen, dass Nicoles Geschichte von der Kinderbetreuung eine Lüge war und sie sich in Bad Wiessee mit einem alten Freund getroffen hatte, der wahrscheinlich ein Krimineller war? Wie würde die kranke Frau darauf reagieren? Die Enttäuschung könnte ihren Tod beschleunigen. Und warum war Nicole in dieser Klinik und ließ sich verleugnen?

Beim schnellen Gehen war Moni warm geworden, sie blieb stehen, um ihre Jacke auszuziehen. Ein dunkelgrauer Vorhang hatte sich über die Berge herabgesenkt und die Gipfel glatt abgeschnitten. Die weiter unten liegenden Waldhänge und Schneebuckel erinnerten an ein verblasstes Schwarz-Weiß-

Bild. Moni steckte ihren Anorak in ihren Rucksack und marschierte weiter, vorbei an der unteren Schönfeldhütte und in die Senke hinein, aus der ein Schlepplift zum Rauhkopf emporführte. Ob den jemand abbauen würde, wenn der Bahnbetrieb eingestellt wurde? Wohl kaum. Niemand war dafür zuständig, es gab keine Rücklagen dafür. Durch den Klimawandel würden bald überall in den Alpen schrottreife Masten und verlassene Lifthäuschen herumstehen.

Frische Spuren anderer Tourengeher, die wohl schon am Morgen losgezogen waren, führten Richtung Schnittlauchmoosalm und hinauf zum Sattel unterhalb des Tanzecks. Dort pfiff der Wind, Monis Gesicht prickelte vor Kälte. Sie nahm den Rucksack ab und zog ihre Jacke wieder über. Dabei warf sie einen Blick hinunter zur Schönfeldalm. Erstaunlich, dort war noch jemand unterwegs, obwohl es schon später Nachmittag und das Wetter wenig einladend war. Und die Gestalt da unten war schnell, verdammt schnell.

Nun ging es den flachen Hang empor, auf dem der Grat zur Aiplspitz ansetzte. Er sah wenig einladend aus, verschneite Felsen und Latschen, die sich im Grau verloren, der Gipfel der Aiplspitz steckte unter dem Wolkenvorhang. Mit der schönen Aussicht wurde es wohl nichts, aber die Kraxelei am Kamm war interessant. Und was war eine Skitour ohne Gipfel?

Moni schnallte ihre Ski ab, steckte sie in den Schnee und zog die Felle ab. Sollte sie die Stöcke mitnehmen? Sie war vor etwa zwanzig Jahren im Sommer hier gewesen und erinnerte sich an ein Drahtseil an einer ausgesetzten Stelle. Dort würde sie ihre Hände brauchen, und ihr Rucksack war so klein, dass die Stöcke nicht hineinpassten. Also besser ohne. Wenn der Grat gefährlich wurde, konnte sie jederzeit umdrehen.

Inzwischen hatte der andere Tourengeher den Sattel erreicht. Vermutlich wollte er zum Jägerkamp, der viel leichter war als die Aiplspitz.

Unterhalb eines zwanzig Meter hohen Felsriegels zog sich ein hüftbreiter Absatz an einem von Schrofen durchsetzten Steilhang entlang.

Moni setzte ihre Füße mit Bedacht in den knöcheltiefen Schnee, versuchte zu spüren, ob sich darunter vereiste Stellen verbargen. Wenn sie hier ausglitt, gab es kein Halten mehr. War diese Querung im Sommer auch so heikel gewesen? Wohl kaum, da hatte man den Untergrund viel besser einschätzen können, man musste nur schwindelfrei und trittsicher sein.

Endlich das Drahtseil, aus unerfindlichen Gründen erst dort, wo das Band etwas breiter und weniger abschüssig war. Trotzdem war es ein beruhigendes Gefühl, sich daran festhalten zu können.

Es war noch kälter geworden, Monis Nasenspitze war taub. Egal, es waren nur noch zehn Minuten bis zum Gipfel.

Sie kam an einer in der Felswand eingelassenen Metallplatte mit dem Foto eines Mannes vorbei, der hier im Jahr 1951 abgestürzt war. Die Inschrift fand Moni ziemlich makaber: Viele Wege führen zu Gott, einer geht über die Berge.

Sie bog um eine Ecke. Nun lief der Weg nicht mehr so nah am Abgrund, und bei einem Ausrutscher würde man in den Latschenbüschen hängen bleiben. Moni spurte mal rechts, mal links der Gratlinie, das rote Seil, das über eine Felsplatte hinweghelfen sollte, war teilweise im Schnee vergraben.

Als sie das Gipfelkreuz erreichte, konnte sie nur ein paar Schritte weit sehen, die Felsen waren graue Schatten, der Wind pfiff. Verdammt ungemütlich. Bloß weg hier.

Aus ihrem Rucksack tönte eine Gitarrenmelodie – Liam hatte sie erfunden. Sie setzte ihn ab, nahm das Handy heraus. Martl? Nein, das waren schärfere Laute aus Deutschlands Norden, Benno. „Hallo Monika, in dieser Privatklinik Dr. Magersand erholen sich Leute aus der Schickeria und reiche Araber von Operationen – alles völlig legal. Aber sie steht auch unter dem Verdacht, Abtreibungen vorzunehmen, bei denen die gesetzlich erlaubte Frist verstrichen ist. Es ist ein Wunder, dass die Polizei nicht längst eingegriffen hat. Vermutlich gibt es da ein paar typisch bayerische Stammtischbeziehungen auf höherer Ebene."

Einen Moment lang war Moni sprachlos. „Könnte es nur ein Gerücht sein, Benno?"

„Eher nicht."

Monis Lippen waren so kalt, dass sie die Worte nur mit Mühe formen konnte. „Hast du sonst noch etwas herausgefunden?"

„Nein."

„Vielen Dank, Benno!"

Moni machte sich an den Abstieg.

Sie setzte ihre Füße automatisch, ein Durcheinander von Gedanken und Ideen stürmte auf sie ein. Hatte Nicole Olivers Kind abgetrieben? Das wäre doch höchst unklug! Wenn Rosmarie Baudel davon erfuhr, würde sie ihr Testament so ändern, dass Nicole leer ausging. Gab es noch andere Gründe für sie, sich in dieser Klinik aufzuhalten? Irgendeine Krankheit? Unwahrscheinlich. Dass sie unter einem falschen Namen dort war, sprach eindeutig für eine Abtreibung.

Nun ging es über teilweise verschneite Felsstufen, Moni kraxelte schnell, aber kontrolliert abwärts.

Als sie aus der Nebelschicht herauskam, wurde ihr etwas wärmer, obwohl der Wind Schneeflocken gegen ihr Gesicht trieb.

Wollte Nicole das Kind nicht, weil sie es hasste, dick zu werden? Sie war in dieser Beziehung psychisch gestört, aber das reichte doch nicht!

Moni streifte mit dem Arm einen Latschenast, sie wurde von einer Ladung Schnee überschüttet. Sie blieb stehen, um ihn von ihren Schultern zu wischen.

Sie keuchte auf. Schlagartig wusste sie es: Nicole konnte es nicht ertragen, Olivers Kind aufzuziehen, weil sie ihn ermordet hatte! Es würde sie jeden Tag, jede Stunde an ihn erinnern, an seinen Verrat, an ihre grauenhafte Tat, den Anblick des halb abgetrennten Kopfes – den Kopf ihres Traummanns, den sie so oft geküsst hatte.

Moment, langsam. Das war nur ein spontaner Einfall, kein Beweis für Nicoles Schuld.

Moni erreichte nun die Stelle des Kamms, an dem unterhalb eines Felsabbruchs eine Querung im Steilhang ansetzte. Sie bog um einen Vorsprung – und stutzte. Etwa fünfzig Meter von ihr entfernt hielt sich ein Mann am Drahtseil fest und schaute auf seine Füße. Er hatte eine Figur wie ein Preisboxer und einen schwarzen Backenbart. Es war der Chauffeur, Rinkelfahrs Chauffeur!

Mein Gott – der war nicht zufällig hier! Einen Augenblick lang wurde Moni schwindlig, ihr Herz pochte wie verrückt gegen ihre Rippen, ihr brach der Schweiß aus. Sie konnte unmöglich zurück zum Skidepot, dabei müsste sie auf Reichweite an ihm vorbei, nah am Abgrund.

Sie drehte sich jäh um und hastete über den Grat Richtung Gipfel. Weg, nur weg! Was für eine Dummheit, Nicole zu erzählen, dass sie auf die Aiplspitz wollte! Sie hatte einen Killer hinter ihr hergeschickt.

Moni atmete stoßweise, lange konnte sie dieses Tempo bergauf nicht halten. Denk nach. Der Kerl ist fitter als du. Davonrennen klappt nicht. Du schaffst es nie, ihn abzuhängen und dich über den Ostgrat ins Tal durchzuschlagen.

War er bewaffnet? Vielleicht war es derselbe Mann, der ihr schon am Riederstein aufgelauert hatte – und dieses Mal würde er nicht absichtlich daneben schießen!

Monis Fuß glitschte auf einer vereisten Felsplatte, sie kippte nach vorne, stützte sich mit den Händen ab, eilte weiter. Würde er sie einfach abknallen? Oder sie einholen und erwürgen oder …

Links der Gratlinie brach die Felswand etwa zwanzig Meter tief überhängend ab. Wenn er sie bewusstlos schlug und dort hinunterwarf, würde jeder an einen Unfall glauben.

Moni riskierte einen Blick über ihre Schulter. Niemand zu sehen. Der Mann war wohl immer noch in der Querung, wahrscheinlich war er im alpinen Gelände nicht so erfahren wie sie. Oder er ließ sich Zeit, weil er glaubte, Moni könne ihm sowieso nicht entgehen.

Sie musterte die von horizontalen Risslinien durchzogene Wand links unten, die so steil war, dass dort kein Schnee liegen bleiben konnte. An der oberen Kante des Abbruchs wuchsen Latschen.

Sie machte ein, zwei lange Schritte, warf sich mitten ins Gestrüpp hinein, Schnee stäubte, der harzige Geruch hüllte sie ein. Sie zerrte ihre Handschuhe herunter, legte sich auf den Bauch, umklammerte zwei Latschenäste und schob ihren Körper über die Felskante. Ein Ruck, ihre Beine baumelten im Leeren.

Schnell setzte sie ihre Füße in einen der waagrecht verlaufenden Risse, ließ einen Ast los und griff mit der rechten Hand in eine Spalte, die feucht war und eiskalt. Ein Blick in die Tiefe: düstere, mit Schnee gefüllte Rinnen. Wenn sie abstürzte, war ihre Chance zu überleben minimal. Aber wenn sie sich wieder an den Latschen hinaufzog, würde der Mörder sie entdecken, und das wäre das sichere Ende. Versuch es, konzentriere dich!

Moni krallte ihre Finger in die Spalte, ließ auch den anderen Latschenast los und packte einen Vorsprung auf der Höhe ihrer Brust. Sie ließ sich an den Armen herab, ging in die Knie und scannte den Fels unter ihr in fieberhafter Eile. Da – noch eine Querrille, sie stellte ihre Schuhspitzen darauf, ihre Fersen hingen über dem Abgrund. Der Fels roch nach Moder und strahlte Kälte aus, ihre Fingerspitzen waren gefühllos, egal, festhalten, festhalten! Das Drecksteil hing irre über, ihr ganzer Körper zitterte vor Anstrengung. Sie brauchte bessere Griffe, schnell, die scharfe Kante da unten – sie biss in ihre Fingergelenke, war prima zu halten. Gut. Sehr gut. Du kannst das. Noch tiefer greifen, treten, weiter – Gott sei Dank, sie stand auf einem Absatz. Moni atmete ein paarmal tief durch. Wo war der Feind jetzt? Der Überhang versperrte ihr die Sicht, aber ihm auch. Nur ein Kletterer käme auf die Idee, sie hier unten zu suchen. Sie lauschte. Wartete.

Was für blöde Fehler sie heute gemacht hatte! Sie war leichtsinnig gewesen und als Detektivin eine Null.

Sie hätte in der Klinik nicht ihren Namen nennen dürfen. Vielleicht hatte Nicole um Anonymität gebeten – nichts Ungewöhnliches in einer Klinik, in der Promis und Reiche ein- und ausgingen. Und die Empfangsdame hatte Nicole informiert, dass eine Monika Trautner nach ihr gefragt hatte. Klar, Nicole war nicht imstande, Moni zur Aiplspitz zu verfolgen. Aber Moni hätte daran denken sollen, dass sie jemanden damit beauftragen könnte.

Der Wind hatte nachgelassen, die Schneeflocken fielen dichter als vorher. Über ihr das Tappen von Schritten – ein Fluch: „Merda!" War der Kerl gestolpert?

Oder hatte er bemerkt, dass sie sich seitwärts in die Latschen geschlagen hatte? Konnte man erkennen, dass sie dort etwas Schnee von den Ästen gestreift hatte? Und verdammt, die Handschuhe …

Moni stand stocksteif da, wagte kaum zu atmen. Nichts. Keine menschlichen Geräusche mehr.

Oh Gott. Auch daran hatte sie nicht gedacht: Wenn der Kerl nur ein bisschen genauer hinschaute, würde er bemerken, dass es auf dem Weg Richtung Gipfel eine Aufstiegs- und Abstiegsspur gab. Woraus er folgern könnte, dass er irgendwo an Moni vorbeigekommen war.

Allerdings konnte er nicht ahnen, dass sie von seinem Mordplan wusste, vielleicht machte ihn das unaufmerksam.

Wie lange sollte sie hier warten? Zumindest so lange, bis der Killer außer Sichtweite war. Sie schaute auf ihre Uhr. Bald vier. Der Sekundenzeiger kroch, eine Runde, zwei Runden, noch eine. Der Kerl würde das Gipfelkreuz bald erreichen. Von dort führte keine Spur weiter, nur die zurück. Und dann würde ihr Feind mit Sicherheit begreifen, dass Moni schon wieder abgestiegen war und sich irgendwo abseits des Weges versteckt hatte, um ihn vorbeizulassen.

Es war Zeit aufzubrechen.

Sie spannte ihren ganzen Körper an, ein Trick, den sie oft auf kalten Standplätzen angewandt hatte, um warm zu werden. Es half ein bisschen, aber ihre Finger und Zehen waren immer noch wie abgestorben. Nun galt es, unter der überhängenden Wand herauszuqueren – gute Tritte, das war höchstens ein Dreier. Dann den von Felsstufen durchsetzten Hang empor, hinauf zum Grat.

Moni spähte über die Kante. Der Killer war nirgends zu sehen, vermutlich war er in der Wolkenbank verschwunden, die den Gipfel verschluckt hatte. Sie hastete bergab, an der Gedenktafel vorbei, hielt sich am Drahtseil, verlangsamte ihre Schritte an der heiklen Passage danach ... Das letzte Stück zum Skidepot war leicht, sie rannte beinahe. Keuchend kam sie bei ihren Ski an, daneben steckten fremde Bretter im Schnee. Moni kümmerte sich nicht um ihre Felle und Stöcke. Sie stieg in die Bindung, hob die schweren Latten ihres Verfolgers auf die Schulter und fuhr den Hang hinunter – langsam und kontrolliert. Einen Sturz konnte sie jetzt überhaupt nicht brauchen.

Erst auf Höhe der Schönfeldalm hielt sie an und schaute zurück zum Tanzeck. Da war niemand. Wahrscheinlich suchte ihr Feind weiter oben nach ihr. Für den Fußmarsch ins Tal würde er mindestens eine Stunde brauchen, da wäre Moni längst in Sicherheit. Oder doch nicht? Sobald ihm aufging, dass seine Mission gescheitert war, würde er Rinkelfahr per Handy informieren. Und dann?

Würde Nicoles Freund jemand anderen nach München schicken, um Moni aufzulauern?

Und Nicole musste nun befürchten, dass Moni Rosmarie Baudel anrief und ihr alles erzählte. Deshalb würde sie dafür sorgen, dass die alte Frau ihr Testament nicht mehr ändern konnte.

Es hatte keinen Sinn, die Polizei zu verständigen. Wenn sie erklärte, ein Killer verfolge sie, würde man sie für eine verwirrte alte Schachtel halten. Sie hatte keinerlei Beweise, dass an ihrer Geschichte etwas dran war.

Moni fuhr weiter ab, an einem Steilhang nahm sie die Ski ihres Gegners von der Schulter, setzte sie auf die Piste und gab ihnen einen Schubs. Zufrieden beobachtete sie, wie sie hinuntersausten und im Wald verschwanden.

Endlich war sie unten am Auto, erschöpft und gleichzeitig geladen mit nervöser Energie, ein Zustand, wie sie ihn manchmal nach einer abenteuerlichen Bergtour erlebt hatte.

Auf dem Weg nach München checkte sie ihr Handy. Martls Stimme tönte aus der Mailbox. „Verdammtes Pech, da war ein Unfall, ich bin im Stau gesteckt und mein Akku war leer. Ruf mich sofort zurück, ich mache mir Sorgen um dich!“ Moni atmete auf, ihr schlechtes Gefühl hatte sich nicht bewahrheitet. Das war wieder mal typisch für ihre Generation. Den Jungen passierte es praktisch nie, dass ein für sie so lebenswichtiger Gegenstand wie ihr Handy nicht funktionsfähig war.

Sie rief Martl gleich in der Arbeit an und erzählte in wenigen Worten, was passiert war. Dann telefonierte sie mit Liam und Mike und gab ihnen Instruktionen. „Und nimm deine Knarre mit, Mike, man weiß ja nie.“

„Logo. Hätt ich eh gemacht.“

27. KAPITEL

Nicole saß in ihrem Krankenzimmer vor dem Fernseher und hatte keine Ahnung, was da gerade lief.

Hoffentlich hatte Antonio Erfolg mit seiner Mission.

Jetzt ging es um mehr als Rosmaries Testament.

Bisher war Nicole nicht wirklich des Mordes verdächtigt worden, weil bei ihr kein Motiv zu erkennen war, ja es hatte sogar so ausgesehen, als könne sie durch Olivers Tod nur verlieren. Doch nun hatte die Detektivin sein Tourenbuch gefunden. Wenn sie es den Polizisten zeigte, würden sie eine Beziehungstat vermuten und alles noch einmal aufrollen.

Beziehungstat. Was für ein erbärmliches, schwaches Wort. Es passte nicht zu der gewaltigen Kraft, die sie damals erfüllt hatte.

Jener Samstag hatte mit einem seligen Gefühl der Erwartung angefangen. Sie stand in der Küche, summte vor sich hin und malte sich ihre Traumhochzeit aus, während sie die Gläser für das bevorstehende Fest spülte. Wenn man sie aus dem Schrank im Wohnzimmer holte, rochen sie immer nach Politur, und das konnte Nicole nicht dulden; für Olivers Feier sollte alles perfekt sein. Schließlich wurde er nicht jeden Tag zum Geschäftsführer ernannt. Und diesen fantastischen Erfolg hatte er Nicole zu verdanken, die sich bei Hansi für ihn eingesetzt hatte.

Die Türklinke quietschte, ihr Geliebter kam herein und drückte ihr einen schnellen Kuss auf die Wange – das war nicht gerade überschwänglich. Dabei hatte sie sich extra schön gemacht, Zöpfchen in ihr Haar geflochten, das Makeup so dezent aufgelegt, dass es fast natürlich wirkte, und mit dem himmelblauen Seidenkleid fühlte sie sich wie eine Elfe.

All das schien er nicht zu bemerken. Er war eben noch müde, weil er gestern total fertig aus den Dolomiten zurückgekehrt war.

„Entschuldige, Nicole, eigentlich wollte ich schon viel früher hier sein. Du hättest mich nicht ausschlafen lassen sollen!“

„Du musst doch fit sein bei einem Fest dir zu Ehren. Das war lieb, dass du mir eine SMS aus der Civetta geschickt hast, ich habe mir ein bisschen Sorgen gemacht, wie immer bei deinen alpinen Abenteuern. War es kalt im Biwak?“

Er nahm ein Geschirrtuch vom Haken und begann ein Glas abzureiben. „Nein. Es war ungewöhnlich warm.“

„Schön, dass ihr so tolles Wetter gehabt habt.“

Oliver sagte nichts. Er war oft wortkarg in letzter Zeit.

Sollte sie ihm die große Neuigkeit erst später erzählen? Die Gäste würden bald eintrudeln, und dann war keine Zeit mehr dafür. Und sie wollte einfach nicht warten bis nach dem Fest! „Lass das mal mit dem Geschirr, Oliver. Du hast mich noch gar nicht richtig begrüßt, seit du heimgekommen bist.“

Er stellte das Weinglas zurück auf die Anrichte. „Nicole, ich …“

Sie trat auf ihn zu, schlang die Arme um seinen Nacken und schmiegte sich an ihn. „Oliver. Es ist etwas Wunderbares passiert.“

„Was denn?“

Sie hob ihr Gesicht zu ihm empor und strahlte ihn an. „Wir bekommen ein Baby!“

Durch Olivers Körper ging ein Ruck, er sog scharf die Luft ein.

„Ich habe mich wahnsinnig darauf gefreut, es dir zu sagen.“

Seine Stimme klang heiser. „Das – überrascht mich total. Ich dachte, du nimmst die Pille.“

„Schon, aber ich war doch eine Weile krank und musste mich oft übergeben, vielleicht hat die Pille deshalb nicht gewirkt. Du hast jetzt einen tollen Job, wir bauen ein großes Haus… Ach, wird das schön! Wir sollten heute Abend unsere Verlobung bekannt geben, das passt doch total gut!“

Er machte sich von ihr los, wich einen Schritt zurück. „Nicole…“

Er musste es erst einmal verkraften, das verstand sie. Aber hätte er nicht freudiger darauf reagieren müssen? Hatte sie ihn falsch eingeschätzt, als sie auf Verhütung verzichtet hatte? In

Nicoles Magen breitete sich ein flaues Gefühl aus. „Oliver, was ist los?“

Er wich ihrem Blick aus. „Nicole, es tut mir so leid.“

„Was? Es tut dir leid, dass wir ein Kind kriegen?“

„Nein. Nein, natürlich nicht. Aber –“ Er stockte, dann sagte er mit einem Zittern in der Stimme: „Das – das passt jetzt überhaupt nicht.“

Nicole ballte die Fäuste. Diese verdammte Bergsucht! Es gelang ihr, ganz ruhig zu sagen: „Ich werde mich um unser Kind kümmern, du kannst gerne jedes Wochenende ins Gebirge fahren.“

„Aber ich will keine Verlobung!“

Nicole wurde gleichzeitig heiß und kalt. Was konnte Oliver dagegen haben? War er einer von diesen Typen, die Panik bekamen, sobald von Heirat die Rede war? Sie hatte das Thema schon öfter angesprochen, und er hatte ihr erklärt, eine Heirat sei für ihn nur sinnvoll, wenn Kinder da seien. Von Geld zu reden hatte Nicole nicht gewagt, das hätte ein schlechtes Licht auf sie geworfen.

Sie zwang sich zu einem Lächeln. „Wir sind seit sechs Jahren zusammen, und jetzt bekommen wir ein Kind – warum sollten wir nicht bald heiraten?“

Oliver blickte stumm zum Fenster hinaus.

Nicole hätte mit diesem Gespräch warten sollen, das lief alles gar nicht gut … Er war noch erschöpft von seiner langen Bergtour, schlecht gelaunt …

Er wandte sich ihr zu und schaute ihr in die Augen. „Ich war mir nie so ganz sicher mit uns beiden. Und jetzt liebe ich eine andere.“

Nicole stand wie betäubt da. Was hatte er da gesagt? Er liebte eine andere? Wen? Wie war das passiert?

„Das geht bestimmt schnell vorbei“, sagte sie, bemüht, das Beben in ihrer Stimme zu unterdrücken. „Dass man sich mal verliebt, ist doch normal in einer langen Beziehung. Wir dürfen das nicht ernst nehmen.“

„Du irrst dich. Es ist ernst. Ich liebe Dora.“

Nicole blieb einen Moment die Luft weg, dann stieß sie ein kreischendes Lachen aus. „Nein! Nicht Dora! Nicht diese fette Kuh! Bist du blind?“

Sein Mund wurde zu einem schmalen Strich. „Dora ist ganz anders als du, und wir passen zueinander. Dort in der Civettawand ist mir aufgegangen, dass ich aus diesem kurzen, einmaligen Leben das Beste machen will. Und dazu gehört die richtige Partnerin.“

„Du bist nur begeistert von Dora, weil sie genauso klettersüchtig ist wie du. Aber eigentlich liebst du mich, sag, dass du mich liebst …“

Seine Stimme klang fest. „Nein. Ich will nicht mehr mit dir zusammenleben.“

Das Zimmer drehte sich um Nicole. Der Boden wankte, ihre Beine gaben nach, die Fliesen kamen auf sie zu. Ihr wurde schwarz vor den Augen. Dann erblickte sie verwischt wie hinter Milchglas Oliver, der sich zu ihr herabbeugte. Sie wurde gepackt, hochgezogen, zu einem Stuhl geschoben und auf den Sitz gedrückt. Sie saß benommen da, gefangen in einer tränenlosen Leere.

Oliver ließ sich ihr gegenüber auf einem Hocker nieder und beobachtete sie mit besorgter Miene.

Ihre Lippen gehorchten ihr kaum. Mühsam formte sie die Worte: „Und das Kind?“

„Wir werden das irgendwie regeln.“ Er griff nach ihrer Hand. „Ach Nicole, es tut mir wirklich leid. Soll ich dir ein Glas Wasser bringen? Du bist ganz weiß im Gesicht.“

„Wenn ich gewusst hätte, dass ich ohnmächtig werde, hätte ich mehr Rouge aufgelegt“, schnappte sie und stieß ein Kichern aus, das in ihren Ohren schrill und hysterisch klang.

„Beruhige dich, Nicole. Ich kann gut verstehen, wie furchtbar das für dich ist.“

Dieses mitleidige Getue war das Letzte! Sie straffte sich und schüttelte seine Hand ab.

Seine sanfte Stimme war ein Hohn. „Kann ich irgendetwas für dich tun, Nicole? Ich könnte den anderen erzählen, dass du krank bist und deshalb nicht beim Fest dabeisein kannst. Oder ich sage ihnen die Wahrheit und blase das Ganze ab.“

Sie sprang auf, stürzte zur Küche hinaus und ins Bad, schloss ab. Dann hockte sie auf der Toilettenschüssel. In ihren Eingeweiden drehte und wand sich eine glühende Schlange. Sie schrie, schrie und schluchzte abwechselnd und schlug mit den Fäusten auf den Toilettendeckel ein. Sechs Jahre lang war sie nur für Oliver da gewesen, sechs Jahre! Für ihn hatte sie ihre Karriere aufgegeben. Für ihn hatte sie die hingebungsvolle Geliebte gespielt, egal wie ihr zumute gewesen war. Versicherungen, Haushalt, Einkäufe, alle nervigen Alltagsjobs hatte sie für ihn erledigt, damit er in die Berge fahren konnte. Er hatte sich nicht um ihre Mühen geschert, nie einen Finger krumm gemacht – kein einziges Mal in sechs Jahren hatte er das Klo geputzt!

Er hatte sie benutzt, nun warf er sie weg. Nicht wegen diesem breitschultrigen Weib, das konnte nicht sein, das war nur ein Vorwand. Es ging ihm nur um die Berge.

Schon am Anfang ihrer Liebe hätte er ihr sagen müssen, dass er keine Familie wollte. Aber er war ihr feige ausgewichen und hatte sie auf später vertröstet.

Sie würde eine alleinerziehende Mutter sein, keinen passenden Mann mehr finden. Oliver hatte ihr Leben zerstört. Sie war eine traurige Figur, die auf der Toilettenschüssel hockte und heulte. Sie war am Ende.

So saß sie lange da, bis sie heiser war vom Weinen und sich in ihr eine seltsame Stille ausbreitete.

Dann stand sie auf, trat vor den Spiegel und schaute in ein rotes, verschwollenes Gesicht. Das Gesicht einer Frau, die immer zu nett, zu sanft gewesen war.

In Nicoles Bauch zog sich etwas zusammen, begann zu glühen. Sie drückte den Rücken durch und funkelte ihr Spiegelbild an. So nicht! Sie würde nicht hinnehmen, was Oliver ihr antat!

Sie ballte die Fäuste und presste die Zähne so stark aufeinander, dass ihre Kiefermuskeln wehtaten. Hitze stieg aus ihrem Magen hoch bis in ihre Brust, sie atmete stoßweise.

Dieser gemeine, hinterhältige Verräter! Er war an allem schuld. Das sollte er büßen! Kraft durchströmte sie, ein Bild zuckte vor ihr auf. Das Beil. Es steckte im Hackklotz beim Schuppen – eine Fontäne aus Blut ...

Dreh bloß nicht durch. Sonst kommst du ins Gefängnis und bleibst die Verliererin. Du musst eiskalt werden, genau planen.

Eine Gelegenheit wie heute kam nicht wieder. Sie musste nur Oliver einen Hinweis geben, er solle im Schuppen schlafen, weil er das den Gästen nicht zumuten konnte. Und dann wäre jeder von ihnen verdächtig, vor allem Mike und Eberhard. Und David natürlich.

Kein Mensch würde einer zierlichen, freundlichen jungen Frau eine solche Tat zutrauen.

***

Eine halbe Stunde später trat sie aus dem Bad, frisch geschminkt und mit einem Lächeln auf den Lippen. Oliver schaute sie verwundert an. „Ich glaube, du hast recht", sagte sie. „Wir passen nicht wirklich gut zusammen. Ich wollte das viel zu lange nicht wahrhaben. Es ist nicht notwendig, das Fest abzusagen."

Er stieß einen Seufzer aus. „Danke, dass du mir nichts vorwirfst. Und das Baby – eigentlich freue ich mich darüber. Aber wir als Familie, das würde nie funktionieren."

Am Nachmittag und Abend zog Nicole eine verdammt gute Show ab. Die Meute mit Essen versorgen, Geschirr spülen, Getränke ranschleppen. Mit Mike übers Klettern plaudern, mit David übers Geschäft, Dora Häppchen anbieten, anstatt ihr die Gabel ins Gesicht zu stoßen.

Manchmal fing sie Olivers prüfenden Blick auf, und einmal flüsterte er ihr zu: „Du machst das großartig, Nicole. Du bist sehr tapfer."

Dass sie Rosmarie gegen Mitternacht heimbringen musste, kam ihr gerade recht. Danach fuhr sie nach Hause, um die Kleidung zu wechseln. Jeans, Sweatshirt und Turnschuhe eigneten sich besser für ihr Vorhaben als das feenhafte Kleid. Sie würde das Zeug hinterher wegwerfen. Keine Handschuhe. Abwischen war besser, damit würde es nach einer Tat im Affekt aussehen.

Um halb vier Uhr nachts kehrte Nicole wieder zu dem Häuschen zurück, in dem sie zusammen mit Oliver viele Wochenenden verbracht hatte, immer dann, wenn das Wetter zu schlecht gewesen war für seine Bergtouren. Romantische Abende am Kamin … Nicole hatte gern Holz gehackt … Sie unterdrückte ein bitteres Lachen und trat durch die Gartenpforte.

Das Gewitter war nur noch ein fernes Rumpeln. Über dem Wald hing der Mond und erhellte den gepflasterten Pfad, der zum Haus führte. Es lag still und dunkel da, die Läden waren geschlossen.

Nicole ging ohne Hast darauf zu, als sei ihre Rückkehr völlig normal. Und wie erwartet war keiner der Gäste draußen; sie waren wohl alle besoffen und schliefen.

Sie überquerte die Wiese, näherte sich dem Schuppen. Aus der Tür, die einen Spalt weit offen stand, tönte lautes Schnarchen.

An der Außenseite des Schuppens war Holz gestapelt, davor stand der Hackklotz. Mit dem Beil.

Eine schwarze, heiße Woge überflutete Nicole. Sie packte den glatten Schaft mit beiden Händen, er fühlte sich glitschig an. Nein. Reiß dich zusammen. Das kommt später. Folge deinem Plan. Sie ließ das Beil los und rieb ihre schweißnassen Hände an ihrem Sweatshirt trocken. Ihre Fingerabdrücke würde sie hinterher wegwischen.

Nicole trat zur Tür und spähte durch die Lücke.

Mattes Licht fiel durch ein kleines Fenster auf Oliver, der lang ausgestreckt auf der Isomatte lag, neben sich den zusammengeknüllten Schlafsack. Gut so. Genau, wie sie es erhofft hatte. Es war nicht notwendig, den Lichtschein ihres Smartphones zu nutzen.

Nicole schob die Tür ein Stückchen weit auf – noch weiter – die Unterseite schabte über den Boden, ein kratzendes Geräusch – Nicole stockte der Atem. Verdammt! Oliver brummte, regte sich. Bleib cool. Wenn er aufwacht, sagst du einfach, du hättest unbedingt noch einmal mit ihm reden wollen.

Seine Brust hob und senkte sich gleichmäßig. Der Hals war gut zu sehen.

Oliver begann wieder zu schnarchen. Langsam, ganz langsam die Tür weiter aufschieben ... Gut so, das reichte jetzt, um hindurchzuschlüpfen.

Nicole wandte sich von der Tür ab und ging zum Hackklotz. Ein schneller Blick zum Haus: niemand zu sehen.

Sie zog das Beil mit einem Ruck heraus.

Eine schwungvolle Melodie ertönte, die ersten Takte der „Kleinen Nachtmusik". Nicole fuhr zusammen. Ein Röcheln, Blut, so viel Blut – das Bild verlosch. Sie war hier, in der Klinik. Ihr Handy spielte weiter. Sie nahm es vom Tischchen. Ihr Zeigefinger zitterte, als sie auf Empfang tippte. Hoffentlich ...

Hansis Stimme. „Nicole, es hat nicht geklappt, die alte Frau hat Antonio ausgetrickst. Du darfst sie auf keinen Fall unterschätzen, sie ist ein beachtlicher Gegner."

28. KAPITEL

Dritter Versuch. Liam drückte den Zeigefinger mehrere Sekunden lang auf die Klingel.

Keine Reaktion.

Die Front der Villa war dunkel, nur die Treppe zur Haustür wurde durch eine schmiedeeiserne Lampe erhellt.

Vielleicht konnte Rosmarie Baudel nicht mehr aufstehen und den Türöffner bedienen. War keiner im Haus, der sich um sie kümmerte?

Auf Liams Anrufe hatte niemand reagiert. Etwas Kühles rieselte über sein Rückgrat. Würde er hier eine Leiche finden? Er räusperte sich und wandte sich Mike zu, der neben ihm stand und ein Mäppchen mit einem Sortiment verschiedener Metallwerkzeuge öffnete, die aussahen wie überdimensionale Instrumente eines Zahnarztes.

„Ich fürchte, wir müssen hier einbrechen. Äh – kannst du das wirklich?"

Mike grinste. „Kein Problem. Ein Kumpel, den ich im Gefängnis kennengelernt habe, hat es mir beigebracht."

„Hast du denn echt schon mal …?"

Mike machte sich an dem Schloss zu schaffen. „Ja. Bei mir daheim. Weil ich dauernd meinen Wohnungsschlüssel verschlampe."

Ob das wirklich stimmte? Es war ein blödes Gefühl, mit einem gelernten Einbrecher zusammen zu sein.

Es klickte.

„Eine altmodische Tür, total simpel", kommentierte Mike und trat ein. Liam folgte ihm in einen düsteren Vorraum, in dem es nach Putzmittel roch.

„Hoffentlich hat uns keiner beobachtet", sagte Liam. „Es wäre mir peinlich, wenn plötzlich die Polizei auftaucht und mich fragt, was ich hier mache."

„Rede nicht so laut!", flüsterte Mike. „Und bewege dich möglichst leise. Der Killer könnte schon hier sein."

Sie wagten es nicht, Licht einzuschalten. Im schwachen Schein von Liams Handy schlich Mike mit entsicherter Pistole voran und öffnete vorsichtig eine Tür nach der anderen. Die Fensterläden der Villa waren nicht geschlossen, fahles Licht fiel durch die hohen Fenster ins Innere. Die Möbel waren tiefschwarze Schatten in schwimmendem Grau. Sie tappten über Teppiche und glatten Steinboden, die Gerüche wechselten: frische Wäsche, Möbelpolitur, der schwere Duft von Lilien in einer Amphore. Es war still in der alten Villa bis auf das ferne Rauschen der Großstadt.

Im Erdgeschoss war niemand. Wenn jemand nach ihnen das Haus betrat, würde Martl per SMS Bescheid geben; er wartete im Auto und behielt den Eingang der Villa im Auge.

Sie erreichten den Flur im ersten Stock, der zum Krankenzimmer von Rosmarie Baudel führte. Es war Liams Aufgabe, die alte Frau zu warnen; er hoffte, sie würde ihm vertrauen, weil sie sein Gesicht aus den Medienberichten kannte und wusste, dass er Monika Trautners Enkel war.

Oma hatte gesagt, Frau Baudel läge im dritten Zimmer rechts. Vor dem zweiten blieben sie stehen.

„Alles klar, Mike?“, flüsterte Liam.

Mike nickte, öffnete die Tür leise und schlich mit der Pistole im Anschlag hinein. Liam starrte ihm hinterher, sein Atem ging schnell. Endlich kehrte Mike zurück. „Hier ist niemand.“ Er ließ die Tür einen Spalt offen, sodass er zum Flur hinausspähen konnte. Entsprechend Omas Plan sollte er jeden aufhalten, der sich mit einer Waffe in der Hand näherte oder sonst gefährlich aussah; wenn Ewelina oder Nicole auftauchten, sollte er sie das Krankenzimmer betreten lassen und dann an der Tür lauschen, um notfalls einzugreifen.

Liam ging weiter und klopfte an der dritten Tür. Jemand reagierte mit einem Krächzen, das nach „Herein“ klang. Er atmete auf. Sie war noch am Leben!

Er öffnete die Tür. Grelles Licht ließ ihn blinzeln; eine Deckenleuchte erhellte einen elegant ausgestatteten Raum. Die alte Frau lag in ihrem Bett, ihr Oberkörper war durch Kissen etwas aufgerichtet. Sie blickte in seine Richtung. Ihre Züge waren eingefallen und hatten die Farbe von Elfenbein.

„Guten Tag, Frau Baudel. Ich bin Liam Pratzke, Monika Trautners Enkel, und helfe ihr bei den Ermittlungen."

„Ach so, daher kenne ich Ihr Gesicht. Aber der Fall ist doch abgeschlossen!"

„Äh – nein. Durchaus nicht. Ich will Sie warnen. Sie befinden sich in Lebensgefahr."

Die alte Dame lachte auf, hustete, rang eine Weile nach Luft. Als ihr Atem wieder normal ging, sagte sie: „Ich bin todkrank, und Sie warnen mich, dass ich in Lebensgefahr bin!"

Trotz ihrer Magerkeit wirkte sie nicht so, als läge sie im Sterben. Dabei hatte ihm Oma erzählt, sie würde die nächsten Wochen kaum überleben. Irgendetwas stimmte hier nicht.

„Warum ist niemand im Haus, der sich um Sie kümmert?", fragte Liam.

„Nicole hat Ewelina angerufen und ihr gesagt, sie könne zu ihrem Freund gehen, sie wäre gleich bei mir. Aber Nicole braucht offenbar ein bisschen länger als geplant."

Damit hätte ein Mörder freie Bahn. War das Absicht?

Rosmarie Baudel schaute Liam misstrauisch an. „Wie sind Sie eigentlich hereingekommen?"

„Äh – ich bin – die Haustür war nicht schwer zu öffnen."

„Das ist eine Unverschämtheit – raus hier!"

Er musste es ihr erklären. Alles. „Es war notwendig. Sie sind in Gefahr. Wir wissen jetzt so gut wie sicher, wer Ihren Sohn umgebracht hat."

Sie hob die Brauen. „Na so was. Wer denn?"

„Äh – ich fürchte – ich fürchte, es ist jemand, der Ihnen nahesteht."

„Eberhard also. Das ist doch längst klar."

„Nein. Nicht Ihr Bruder. Nicole."

Jetzt war es heraus. Es musste entsetzlich sein für die alte Frau. Ausgerechnet Nicole, die jeden Tag bei ihr gewesen war und sie gepflegt hatte. Und die ihr mit ihrer Schwangerschaft eine große Freude gemacht hatte.

Rosmarie Baudel klang abschätzig. „Sie fantasieren."

„Äh – ich kann es verstehen, dass Sie das nicht einfach so glauben. Darf ich mich setzen? Ich werde es ihnen erklären."

„Meinetwegen. Obwohl ich sicher bin, dass Sie sich irren. Aber ich habe ja sonst nichts zu tun."

Liam zog einen Stuhl heran und versuchte, alles in eine logische Reihenfolge zu bringen. Er begann damit, dass Nicole mit einem Geschäftsmann befreundet war, den die Polizei krimineller Machenschaften verdächtigte. Die alte Dame schüttelte verächtlich den Kopf. Sie glaubte ihm kein Wort. Dann erzählte er, dass Nicole in Bad Wiessee keine Kinder betreute, sondern eine Klinik besuchte und vermutlich ihr Baby abgetrieben hatte.

Rosmarie Baudel atmete schwer und starrte Liam mit großen Augen an. „Sie lügen."

Liam schluckte. Sie tat ihm so leid. Aber sie musste Bescheid wissen, wenn Nicole hierherkam. Oder jemand anders.

***

Moni parkte ein Stück entfernt von Rosmarie Baudels Villa, da Nicole ihren Caddy kannte, und ging zu Fuß zu Martls Auto. Er öffnete die Tür. „Ach Moni, bin ich froh, dass dir nichts passiert ist."

Sie setzte sich auf den Beifahrerplatz. Er ergriff ihre Hand und drückte sie. „Du solltest nicht allein auf Tour gehen, wenn du an einem Fall dran bist. Das ist jetzt schon das zweite Mal, dass jemand dich umbringen wollte."

„Eigentlich das erste Mal. Der Kerl am Riederstein hat absichtlich danebengeschossen, um Ginzling zu belasten."

„Einmal beinahe tot ist schlimm genug."

„Sind Liam und Mike im Haus?", fragte Moni.

„Ja."

„Wie lange sind sie schon drinnen?"

„Erst seit ungefähr zwanzig Minuten, Mike und Liam sind im Feierabend-Stau stecken geblieben. Ich bin seit einer Stunde da und habe außer den beiden niemanden hineingehen sehen."

Sie beobachteten die Villa. Die Straße war kaum befahren, nur gelegentlich brummte ein Auto vorbei. Während sie warteten, erzählte Moni ihre Erlebnisse in Bad Wiessee und an der Aiplspitz noch einmal im Detail.

„Du glaubst also, dass Nicole Oliver ermordet hat", sagte Martl. „Und dass ihr Freund Hansi dir seinen Chauffeur hinterhergeschickt hat. Vielleicht hat er auch jemanden beauftragt, dir am Riederstein aufzulauern und Ginzling zu belasten – durch einen anonymen Anruf und die Pistole auf seinem Balkon."

„Der Zeitpunkt des Anschlags auf mich würde gut dazu passen", erwiderte Moni. „Ich hatte gerade erst Nicoles Mutter besucht und von der Beziehung zwischen Rinkelfahr und Nicole erfahren. Vermutlich hat Manuela Mitz ihre Tochter hinterher angerufen und ihr haarklein alles erzählt. Daraufhin hat Nicole Angst bekommen, ich würde weiterstochern und Rosmarie Baudel beweisen, dass ihr Freund Rinkelfahr ein Krimineller oder sogar der Vater ihres Kindes ist. Nach Ginzlings Verhaftung hat Nicole die alte Dame dann so beeinflusst, dass sie mich entlassen hat."

Monis Haar klebte an ihrer Stirn, von ihren feuchten Kleidern stieg Dampf auf, und die Autofenster beschlugen.

Martl wischte ein Guckloch in der Scheibe frei und spähte hinaus. Scheinwerferlicht, Motorengeräusche, dann nichts mehr. Jemand parkte. Martl richtete sich mit einem Ruck auf. „Da! Eine Frau. Mit einer Handtasche."

Jetzt sah Moni sie auch. Sie duckte sich unwillkürlich – bloß nicht gesehen werden! Ihr Herz sprang wild gegen ihre Rippen. Nicole! Sie kam näher, trat durch das Gartentor. Ob sie Rosmarie Baudel umbringen wollte? Und wenn ja, wie? Hatte sie eine Pistole in ihrer Tasche?

Moni musste Liam und Mike Bescheid geben. Ihre Finger zitterten, als sie die SMS schrieb, sie vertippte sich – egal. Senden.

„Sie ist jetzt drinnen“, kommentierte Martl. „Mach dir keine Sorgen. Wenn nötig, werden die beiden Jungs leicht mit ihr fertig.“

Moni öffnete die Autotür.

Martl packte ihr Handgelenk. „Nein, Moni!“

Sie versuchte, sich loszureißen. „Martl, das ist mein Job!“

„Bitte sei vernünftig.“ Martl beugte sich zu ihr, umklammerte auch ihre andere Hand und zog sie an sich.

„Lass mich sofort los! Spiele hier nicht den Beschützer!“

„Mir egal, wenn du sauer bist.“

Das bisschen, was sie im Kampfkurs gelernt hatte, war wie weggeblasen. Ihre Nase wurde an seiner Brust plattgequetscht, sie wand sich und strampelte vergeblich mit den Beinen.

Plötzlich ertönte eine scharfe Stimme. „Polizei. Sofort aussteigen!“

Martl gab Moni frei. „Wir hatten nur eine kleine Meinungsverschiedenheit“, erklärte er.

„Das sagen die Männer immer, wenn sie ihre Frauen verprügeln. Und jetzt erklären Sie mir mal, was Sie hier vor diesem Haus zu suchen haben.“

***

„Wir befürchten, dass bald jemand kommt, der Sie ermorden will, damit Sie Ihr Testament nicht mehr ändern können“, schloss Liam und schaute besorgt in Rosmarie Baudels Gesicht. Es war starr wie Stein.

Sein Handy vibrierte in der Hosentasche. „Entschuldigen Sie, Frau Baudel.“ Er zog es hervor und las Monis SMS: Nicole kommmt, Vorchist, MIT TASCHE, WAFFW?!

Gleich würde Nicole hier sein. Durch Liams Körper raste Hitze, seine Beine waren kraftlos. Er musste etwas tun, wenn … Würde sie tatsächlich – und wenn ja – du musst sie auf frischer Tat ertappen. Los, versteck dich!

Er zwang seine Füße Richtung Fenster und schlüpfte hinter den Samtvorhang. Er reichte bis zum Boden. Fast. Wenn jemand in Liams Richtung schaute, würde er seine Zehenspitzen sehen.

Die Tür klappte. Eine liebenswürdige weibliche Stimme. „Hallo, Rosmarie, hier bin ich wieder, entschuldige bitte, dass ich mich verspätet habe. Ich hoffe, Ewelina hat gut für dich gesorgt?“

Der Vorhang roch nach Staub, Liams Nase juckte. Bloß nicht niesen! Er riskierte einen Blick aus seiner Deckung.

Nicole stand neben dem Bett, Auge in Auge mit der alten Frau, die zu ihr emporblickte und schwieg. „Geht es dir nicht gut, Rosmarie?“

Keine Antwort. Liam hörte das rasselnde Atmen der Kranken. Dann plötzlich ihre Stimme, scharf, sich überschlagend: „Du falsches Biest!“

„Aber Rosmarie …!“ Nicole nahm ihre Handtasche von der Schulter. „Es tut mir wirklich leid. Ich werde dich nie mehr so lange allein lassen, das verspreche ich dir. Schau, ich habe dir etwas mitgebracht.“

Ein Reißverschluss ratschte, Nicole zog etwas aus der Tasche – etwas Langes, Dünnes – eine Spritze!

„Mike!!“, brüllte Liam und stürzte auf Nicole zu. Er stolperte über die Teppichkante, kippte nach vorne. Nicole stieß einen spitzen Schrei aus.

Die Tür sprang auf, Mike brach ins Zimmer, eine Pistole im Anschlag. Nicole wich vor ihm zurück. „Was – was –“

Mike richtete die Waffe auf ihre Brust. „Lass das Ding los, sofort!“

Nicole zitterte am ganzen Körper. Die Spritze fiel aus ihrer Hand und auf den Teppich.

Liam griff schnell danach und rappelte sich auf.

„So ist es brav, Nicole“, sagte Mike gelassen. Er legte die Pistole auf den Nachttisch und packte sie am Handgelenk. „Und jetzt kommst du mit mir. Ich fahre dich zur Polizei.“

Liams Blick fiel auf das Gesicht der alten Frau. Es war rot angelaufen, die Lippen verzerrten sich zu einem Viereck, sie bleckte die Zähne. Ihre von dunkelblauen Adern durchzogene

Hand umkrallte die Pistole, richtete sie auf Nicole. Ein Ton, der klang wie ein lautes Niesen.

Liam stand einfach nur da und sah zu, wie Nicole in sich zusammensackte, als sei ihr Körper aus Pudding.

Mike entriss Rosmarie Baudel die Waffe und legte einen Hebel um. „Scheiße. Ich hätte sie sichern müssen."

Nicole röchelte. Auf ihrer Brust breitete sich ein roter Fleck aus.

***

Die folgenden Stunden waren Chaos. Zuerst trafen die zwei Streifenpolizisten am Tatort ein, die Moni und Martl bei ihrem Gerangel gestört hatten; ein Nachbar hatte sie gerufen, weil er die beiden jungen Männer an der Tür beobachtet hatte. Die Beamten verdächtigten zunächst Mike, auf Nicole geschossen zu haben, aber Rosmarie Baudel erklärte, sie sei es gewesen, und es tue ihr kein bisschen leid.

Einer der beiden Polizisten führte Liam, Mike, Martl und Moni ins Wohnzimmer der Villa und bewachte sie, der andere blieb bei Rosmarie Baudel und Nicole. Bald trafen Sanitäter, Bütthaus, Moll und die Spurensicherer ein. Und Ewelina. Sie hatte sich Sorgen um Frau Baudel gemacht, nachdem Nicole sie fortgeschickt hatte. Durch ihre Aussage wurde verständlich, warum die alte Dame so aktiv und klar im Kopf gewesen war. Ewelina hatte während Nicoles Abwesenheit eines ihrer Medikamente abgesetzt, weil sie danach immer todmüde gewesen war und nichts mehr essen konnte. Der Verdacht lag nahe, dass Nicole versucht hatte, durch das hoch dosierte Sedativum den Tod der alten Frau zu beschleunigen.

29. KAPITEL

Nicole Mitz starb wenige Tage später im Krankenhaus.

Bei der Analyse der Spritze kam heraus, dass sie Insulin enthalten hatte, genug, um Rosmarie Baudel zu ermorden.

Der alten Dame ging es eine Weile deutlich besser, aber ihre Kräfte schwanden dann doch nach und nach.

Als Moni sie an einem sonnigen Märztag besuchte, hatte sie ihr die zehntausend Euro Erfolgshonorar längst überwiesen. Denn sie war überzeugt, dass Nicole ihren Sohn umgebracht hatte, obwohl die Untersuchungen der Polizei dazu noch nicht abgeschlossen waren. „Ich danke Ihnen sehr, Frau Trautner", sagte sie. „Jetzt kann ich in Frieden sterben."

Zwei Wochen später wurde sie beerdigt.

Ihr Nachlass ging hauptsächlich an wohltätige Organisationen. Ihrem Bruder vererbte sie so viel, dass er seine Schulden bezahlen konnte.

Eberhard Ginzling und David Husenkamp wurden zu Gefängnisstrafen auf Bewährung verurteilt, weil sie Beweise gefälscht hatten, aber Rinkelfahr kam straflos davon. Er behauptete, sein Chauffeur hätte Monika Trautner nicht in seinem, sondern in Nicoles Auftrag verfolgt, er wäre in sie verliebt gewesen. Und er hätte nichts damit zu tun, dass sein Angestellter Monika Trautner am Riederstein aufgelauert und die Pistole auf Ginzlings Balkon deponiert hatte.

Nach dem Chauffeur wurde gefahndet, aber der war seit der Aktion an der Aiplspitz verschwunden und tauchte auch in den folgenden Monaten nicht wieder auf.

Dass Nicole Mitz Oliver Baudel mit einem Beil erschlagen hatte, wurde nie zweifelsfrei bewiesen.

***

Martl stand mit einer von Moni entliehenen rosafarbenen Duschhaube auf dem Kopf auf einer Leiter und strich mit einer Rolle Farbe an die Decke. Ein weißer Klecks zierte seine Nasenspitze.

„Hübsch siehst du aus!“, sagte Moni.

„Schönheit wird oft überschätzt“, entgegnete Martl. „Wie man in deinem letzten Mordfall gesehen hat. Sonst hätte sich Oliver Baudel nicht in Dora verliebt, und er wäre noch am Leben. Übrigens gefällst du mir im Maleroutfit sehr gut.“

Moni, die mit Bademütze und fleckigem Kittel nicht gerade modezeitschriftenaffin gekleidet war, blickte an sich herab.

Er tauchte die Rolle in den Eimer und grinste. „Deine Schönheit kommt durch den Kontrast mit den hässlichen Kleidern noch viel besser zur Geltung.“

Derartiges Geplänkel kam häufig vor in letzter Zeit. Und doch hatten weder Martl noch Moni es gewagt, mehr aus ihrer Freundschaft zu machen.

Moni war immer ein wenig verlegen, wenn Martl etwas über ihr Aussehen sagte, und er wusste es. Sie würde es ihm heimzahlen.

Sie ging die Treppe hinauf ins Wohnzimmer, holte ihre Lumix und kehrte damit in den Keller zurück. „Darf ich ein Foto von dir als tapferem Handwerker machen?“, fragte sie. „Ich könnte es für meinen Facebook-Auftritt brauchen. Da werde ich zeigen, wie gerade mein neues, hochmodernes Büro für Kriminalistik entsteht.“

Martl rückte seine Duschmütze etwas zurecht und setzte ein charmantes Lächeln auf. „Bitte sehr.“

Eine Stunde später saßen sie verschwitzt und bekleckst in Monis Küche und tranken Kaffee.

„Wie soll euer Detektivbüro eigentlich heißen?“, fragte Martl.

„Keine Ahnung. Auf jeden Fall geht Trautner & Pratzke nicht, weil Benno dann sauer wäre.“

„Schon klar“, erwiderte Martl. „Sag mal, wie steht es eigentlich mit deiner Wette? Du hast Oliver Baudels Mörderin entlarvt. Wird dein Schwiegersohn dir in Zukunft bei deinen Fällen helfen?“

„Ja. Er hat mir erklärt, ich hätte meinen Erfolg vor allem glücklichen Zufällen zu verdanken, aber er würde zu seinem Wort stehen. Und ich solle meinen Einfluss auf seinen Sohn nutzen, damit er sein Studium endlich zu Ende bringt. Daraufhin habe ich ihm gesagt, Liam würde lieber als Detektiv arbeiten. Benno ist fast durchgedreht. Er hat ins Telefon gebrüllt: ‚Das ist totale Zeitverschwendung!' " Moni grinste. „Ich habe ihm geantwortet, er soll nicht so schlecht über seinen Beruf reden."

Martl lachte schallend. Dann wischte er sich die Tränen aus den Augen. „Zurück zu deiner Detektivfirma. Um auf Dauer erfolgreich zu sein, musst du dich mit Marketing beschäftigen. Am besten präsentierst du dich selbst als unverwechselbare Marke, du bist ja eine ganz besondere Ermittlerin."

Was sollte denn das nun wieder. „Ich? Eine Marke? Ich bin doch nicht Coca-Cola oder Marlboro!"

„Du musst den Leuten durch so etwas wie ein Etikett im Gedächtnis bleiben. Wie es zum Beispiel beim Klettern die ‚Huber-Buam' machen. Oder Stefan Glowacz, der ist einfach ‚Der Abenteurer'."

„Ich bin aber Detektivin, kein berühmter Kletterer!"

„Schmarrn. Ein Etikett braucht jeder, der bekannt werden will. Agatha Christie war zum Beispiel die ‚Queen of Crime'. Und du könntest zum Beispiel die ‚Lady of Crime and Climb' sein. Damit wäre auch deine Spezialität klar, nämlich die Ermittlung in Fällen, die in der Kletterszene spielen. Was nicht bedeuten muss, dass du andere Aufträge ablehnst."

„Ich finde es peinlich, mich so in den Mittelpunkt zu stellen."

„Das kann ich verstehen", erwiderte Martl. „Versuchen wir es anders. Zum Beispiel mit einem Motto, das zu dir passt und den Leuten in Erinnerung bleibt. Man könnte es auf T-Shirts drucken und auf Facebook und Twitter verbreiten."

Sie schwiegen.

Plötzlich schoss Moni etwas durch den Kopf. „Erinnerst du dich an den Wahlspruch der Hippie-Bewegung: ‚Live fast, love hard, die young'?"

„Klar. Er hat mir nie gefallen. Ich bin lieber alt als tot."

Moni lachte. „Ein guter Spruch! Und das ist meine Idee: „Live long. Climb hard. Die strong."

Martl nickte beifällig. „Das passt zu dir, Moni." Doch dann verfinsterte sich seine Miene, er starrte in seine Kaffeetasse.

„Was ist los, Martl?"

Er hob den Kopf und schaute sie an, mit einem Ausdruck in den dunklen Augen, der sie ein bisschen verlegen machte.

„Um als Kletterer alt zu werden, darf man kein Pech haben. Und manchmal braucht man obendrein Glück. Ich will dich nicht verlieren, Moni."

Das Küchenfenster war geöffnet. Vögel zwitscherten, der Duft von Honig und Vanille wehte herein. Endlich war die Hallensaison vorbei. Wieder draußen klettern …

Moni wich Martls Blick aus. „Mir passiert schon nichts, ich bin doch übervorsichtig. Du solltest dir eher um Mike Sorgen machen. Der will mit Dora nach Chamonix, und er wird ihr beweisen wollen, wie mutig er ist."

„Was? Dora und Mike? Sind die …"

Moni grinste. „Ich glaube schon. Dora klang so glücklich, als sie mir davon erzählt hat."

DANKE!

Ein großes Dankeschön an alle, die mich bei der Entstehung dieses Buches unterstützt haben:

Meinen Testlesern Matt Carr, Andreas Dick, Wiltrud Huber, Angelika Lorenz und Dr. Katja Rose für nützliche Hinweise, Ermutigung und Kritik.

Beate de Nijs für die schöne Gestaltung des Covers.

Klaus Wolfsperger und allen vom Bergverlag Rother für ihre kompetente Unterstützung.

Barbara Wickenburg für Anregungen, Mitdenken und die Umwandlung des Manuskripts in ein Buch.

Carlos Westerkamp für das professionelle Lektorat und gute Ideen und Vorschläge, die diese Geschichte besser gemacht haben.

Franziska Baumann für die kompetente Schlusskorrektur.

Rother Bergkrimi – bereits erschienen:

ISBN 978-3-7633-7077-1

Endlich hat sie Zeit fürs Klettern: Als Monika Trautner in Rente geht, widmet sie sich ganz ihrer Leidenschaft. Da besucht sie ihr Enkel: Liam ist verliebt, aber seine Angebetete ist nach einem Kletterkurs verschwunden – es gibt kein einziges Lebenszeichen mehr von ihr. Ein Unfall? Selbstmord? Oder hat der Bergführer Lukas etwas damit zu tun? Bei seiner letzten Tour kam auch schon jemand ums Leben ...
Die Polizei hat die Suche aufgegeben, aber Liam und Monika folgen Susis Spuren in den Tannheimer und Ammergauer Bergen. Monika zeigt dabei Eigenschaften, die man kaum von einer älteren Dame erwartet.